古典文獻研究輯刊

二四編
曾 永 義 主編

第3冊

《金瓶梅》歲時節令研究

何 庭 毅 著

國家圖書館出版品預行編目資料

《金瓶梅》歲時節令研究／何庭毅 著 -- 初版 -- 新北市：花木
蘭文化事業有限公司，2021〔民110〕
目 4+194 面；19×26 公分
（古典文學研究輯刊 二四編；第3冊）
ISBN 978-986-518-565-7（精裝）
1. 金瓶梅 2. 歲時節令 3. 文學評論
820.8   110011652

ISBN-978-986-518-565-7

古典文學研究輯刊
二四編 第三冊   ISBN：978-986-518-565-7

《金瓶梅》歲時節令研究

作　　　者　何庭毅
主　　　編　曾永義
總　編　輯　杜潔祥
副總編輯　楊嘉樂
編　　　輯　許郁翎、張雅淋、潘玟靜　美術編輯　陳逸婷
出　　　版　花木蘭文化事業有限公司
發　行　人　高小娟
聯絡地址　235 新北市中和區中安街七二號十三樓
　　　　　　電話：02-2923-1455／傳真：02-2923-1452
網　　　址　http://www.huamulan.tw 信箱 service@huamulans.com
印　　　刷　普羅文化出版廣告事業
初　　　版　2021 年 9 月
全書字數　167037 字
定　　　價　二四編 20 冊（精裝）台幣 45,000 元

《金瓶梅》歲時節令研究

何庭毅 著

作者簡介

何庭毅，臺南人，國立成功大學中國文學系博士生。碩士階段以《金瓶梅》為主要研究對象，從事與民俗學的跨領域論述。博士階段以此為基礎，繼續擴展在古典小說的學術視野。

提　　要

　　本文以《金瓶梅》為研究對象，梳理書中提及的重要節令，於中國古代演化的過程，最終至明代呈現的真實樣態。探討作者如何在情節中，擷取重要節令的人文意象，並串聯成特定的時空背景，藉此鋪敘西門府家道由盛轉衰的軌跡。以此為基礎，筆者檢視後世性質相似的家庭小說，如《醒世姻緣傳》、《林蘭香》、《紅樓夢》是否在創作時，繼承、改變《金瓶梅》節令書寫特色。研究發現，《金瓶梅》的重要節令，共有春節、元宵、清明、端午、中秋、重陽、除夕七類。作者依據節令的次序與意象，對應西門府興起、外患、內憂、中衰、頹敗、總結六大階段，繼而衍生三項敘事特色——節令鋪排的敘事結構、生日與節令特意重疊、時空營造的冷熱對比。以此對照《金瓶梅》與其他小說的差別，可以發現《紅樓夢》的節令書寫，最貼近前者的敘事模式；其餘二書則因主旨不同，未能完整沿襲。但同時也可看出，三書在繼承《金瓶梅》之餘，尚能發展出各自的特色。由此可見，《金瓶梅》的節令書寫，為後世家庭小說開創嶄新的敘事技巧，因而具有深厚的影響力。

誌　謝

論文擱筆的剎那是一種解脫。

回憶起三年前報考碩班時，心中激盪著閱讀古典文學的喜愛和熱情，也許更多的是對於學術生涯的嚮往。但是在正式踏入研究的道路後，陸續接觸許多頂尖的學者、傑出的學長姐和優秀的同學，心裡不斷閃爍出自我懷疑的念頭，甚至一度認為自己不適合走上這條艱險之路。導致在撰寫碩論的過程中，已經習慣每天動筆之前，先將昨日的內容重新修改，不斷延後提交論文的日期。所以看著碩論能夠順利產出，字裡行間不僅記錄三年來的學習成果，更多傳達的是無可名狀的感激之意。如果沒有許多人，在背後默默支持和鼓勵，這本碩論就不能完成了吧。

就讀碩班的這三年，需要感謝的人非常多，有師長，有家人，有朋友，也有同學。首先最感謝的是指導教授益源師，老師這兩年來在金門和臺南兩地奔波，卻從未中斷在學業上時刻指導和敦促，更鼓勵我向上考取博班。除此之外，當我剛進入研究室不久，老師馬上給我機會，學習如何籌辦研討會，這是許多研究生無法擁有的寶貴經驗。另外，還要感謝兩位口考委員，王三慶老師和胡衍南老師。在我擇定碩論題目之後，是三慶老師的一席話指引我日後的研究方向。胡衍南老師則在繁忙的公務之餘，遠從臺北趕赴考場，針對碩論給予我許多寶貴的建議。

除此之外，在研究室值班的光陰也是埋頭苦讀之餘，能夠稍微喘息的片刻。感謝凱蘋學姐這兩年來各方面的照顧，特別是包容我在研討會無數次的出包。秋君學姐在我撰寫碩論和報考博班，時給予各種提點，還要忍受值班時聽我抱怨碎念和敲打鍵盤。淑如老師與我同為精靈寶可夢的隊友，一起抵

抗來自黃隊的無情欺壓，和攻佔系館前的兩座道館。同門的予騰、清風、福安、小新、垂莊、靈心、鈴雅、哲豪、佳杰、家盈，大家都曾在我最需要幫助的時候伸出援手。系辦公室的文彬助教和欣儀姐姐，也時刻提供我必要的指引和協助，尤其是碩二時籌辦系上和香港中文大學的研討會，給予最大支持。

提到在系上這幾年來最快樂的時光，莫過於參加中文系排和大家一起練球、打球。當初加入系排，只是想要保持每週運動的習慣，畢竟從小到大運動神經完全不發達，根本沒有想過能夠堅持下去。但是在學長姐的帶領和訓練下，不知不覺間，打球已經是求學生涯最難忘懷的記憶：一起看著排球劃過天際、一起練球完後四處覓食、一起挑戰校內校外的各式杯賽。一路走來，經歷許多學長姐、同學、學弟妹陪伴：103 級蕭板、嘉彥、世翔、家軾；104 級偉翔、阿魚；105 級丞爵；106 級寓田、敦揚、受讓、育誌、順傑、亦君、貞雅、惟嘉；107 級麥麥、其融、邵瑋、鎮宇；108 級王柏；109 級勝愷、怡瑄；110 級健朗、慶瑋、建勳；111 級子霆、庭伊；112 級瀚埕、建亨、蕙菱、盈伊、颯萱、采晴。多麼感謝，能在大學到碩班七年的光陰中遇見你們，陪我在球場上揮灑汗水和青春。

最後，謝謝爸媽默默的付出與支持，對你們的感恩之情無法言喻。謹以這本碩論，表示就讀碩班的這三年，我沒有辜負你們的期待！

目

次

第一章　緒　論

第一節　研究動機

　　《金瓶梅》是明清小說的長篇鉅作，描述北宋末年，山東豪強西門慶的發跡始末。小說內容圍繞著西門慶和妻妾的日常生活，以及與官吏、親眷、幫閒、娼優等人物的密切交往，交織成一幅庶民社會大觀。此書的問世帶給明代文壇極大的震撼，因為《金瓶梅》在背景時間上，雖然是北宋政和年間，作者筆下的風俗、文化、飲食、語言等細節，無一不是明代社會的投影。誠如向愷在《世情小說史》提到：「《金瓶梅》像是一座突兀而出現的高峰。……但說它的出現更見突兀，並不是說它是一座『飛來峰』，實際上，它乃是明代中葉資本主義萌芽的產物。」〔註1〕隨著明代中葉經濟水平提升，庶民對於物質享受的需求大幅增長，造成社會瀰漫縱慾、享樂的風氣。因此《金瓶梅》中，西門府鋪張奢靡的吃穿用度、耽溺色慾的情愛糾葛，看似多有誇飾之嫌，卻字字揭露明代的世情風貌，是在史傳之外研究明代社會的絕佳對象。

　　自魯迅於 1924 年闡述《金瓶梅》的重要性後，逐漸吸引學界關注此書的多元價值。魯迅表示：「作者之於世情，蓋誠極洞達，凡所形容，或調暢，或曲折，或刻露而盡相，或幽伏而含譏，……同時說部，無以上之。」〔註2〕魯迅給予《金瓶梅》高度讚賞，認為作者能夠利用深厚筆力，勾勒世情的變化，

〔註1〕向愷：《世情小說史》（杭州：浙江古籍出版社，1998 年），頁 152。
〔註2〕魯迅：《中國小說史略》（臺北：風雲時代出版股份有限公司，2018 年），頁 210。

是同一時期的小說無法企及之處。除此之外，在《金瓶梅》的詞話本於 1932 年被發現之後，更促使學者全面展開對於此書的考察及研究，正式開啟學界研究《金瓶梅》的學術熱潮。

據吳敢在《20 世紀《金瓶梅》研究史長篇》指出，20 世紀的《金瓶梅》研究約可分成 5 大階段。自 1924 年至 1949 年間，學者如姚靈犀、鄭振鐸、吳晗等人，考據《金瓶梅》的作者、版本、問世、思想、語言等面向之後，為後人奠定堅實的研究基礎。〔註3〕因此在 1979 年到 2000 年間，《金瓶梅》研究能夠在國際開枝散葉，開始突破前人所著重的考據面向，深入至社會風俗、時代精神、士子心態等小說核心部分，形成跨領域的研究視角。〔註4〕吳敢針對此階段的研究狀況進行粗略統計，僅中國方面便可見專著 200 部，及單篇論文 2000 篇，足見《金》學研究發展至今已迅速累積豐碩成果，成為古典小說研究的主流之一。

但是亦因《金瓶梅》在學界受到大量的關注，許多議題業已經由多方論述，甚至成為定案，後人欲跳脫前人框架而另闢蹊徑，實非易事，容易步入窠臼之中難以自拔，此誠今日研究《金瓶梅》的一大困境。然而此種境況，絕非代表現今不宜進行相關論述，反之，若學者能夠立足於前人的基礎之上另行闡發，當能以不同的思維和視角，詮釋《金瓶梅》的價值。

有鑑於此，筆者拜讀前人著作之際，即屢屢留意其中理論或觀點，是否遺留未竟之處，期能對於金學研究有所補充或延伸。因而在《中國敘事學》中，注意到浦安迪（Andrew H. Plaks）針對《金瓶梅》時間布局，所提出的觀點：

> （《金瓶梅》）作者不厭其煩地描寫四季節令，超出了介紹故事背景和按年月順序敘述事件的範圍，可以說已達到了把季節描寫看成了一種特殊的結構原則的地步。如果我們注意到作者描寫景物時特別突出冷和熱不斷交替的原理，這種季節性的框架結構就顯得更為明顯。……我們不難察覺，西門慶家運的盛衰與季節循環的冷熱息息相關。〔註5〕

時間是小說內容不可忽略的元素，尤其《金瓶梅》須在有限的篇幅內，完整

〔註3〕吳敢：《20 世紀《金瓶梅》研究史長篇》（上海：文匯出版社，2003 年），頁 4。
〔註4〕吳敢：《20 世紀《金瓶梅》研究史長篇》，頁 24。
〔註5〕浦安迪：《中國敘事學》（北京：北京大學出版社，2018 年），頁 102～103。

敘述西門慶發跡至沒落的過程，有待作者妥善運用時間的推移，帶動情節發展。浦安迪的理論聚焦在《金瓶梅》中，歲時節令反覆出現的現象，指出節令並非單純作為時間流動的標誌，而是透過季節的循環形成一敘事結構。尤其作者有意識的採取冷熱交替的筆法，將最熱鬧的場景安排在最寒冷的節令，造成情節的起伏和衝突。浦安迪認為，《金瓶梅》作者費心凸顯節令的功用，是將季節的冷熱循環與西門慶家運盛衰緊密相連。

浦安迪選擇以元宵為例，進一步說明節令和情節的關聯：

> 在一年四季的週期循環裡，不少最「熱」的場景都被安排在最寒冷的幾個月份裡，而在中國傳統的習慣裡，這些月份又恰巧是人們最熱衷於尋歡作樂的節令。這一章法的原理也許能局部地解釋為什麼「元宵節」在明清文人小說家的眼裡特別富有魅力。整部《金瓶梅》的四季描寫中多次提到元宵節，每一次都有特殊的深意存焉。〔註6〕

元宵處於冬季的末尾，是農業社會裡休耕時期的終結點，百姓習於此日大肆狂歡，慶祝新春的到來。《金瓶梅》作者借助元宵的自然特徵和人文意象，運用冷熱交替的筆法，將最熱鬧的場面安排在此日，藉此寄寓特殊的意涵。

浦安迪闡釋歲時節令在《金瓶梅》的重要性，確實有其獨到之處，然而從整體理論和例證深入探討，尚且存在若干疑點。第一，敘事結構的定義，據楊義於《中國敘事學》釋曰：

> 一個作家動筆寫他的敘事作品的時候，他首先想到的是什麼？如果他是胸有成竹的話，他首先想到的大概是他的作品寫成之後的「模樣」，他所要創造的審美世界的風光和體制。……這種溝通寫作行為和目標之間的模樣和體制，就是「結構」。〔註7〕

敘事結構是作家寫作的所有過程，包含在設立一明確目標之後，該如何透過敘事技巧和情節布局達成。假設《金瓶梅》的歲時節令，足以形成完整的敘事結構，則除去浦安迪舉例的元宵之外，《金瓶梅》尚且提到春節、清明、端午等十四種節令；它們的敘事功能是否與元宵相同，能夠代表西門府家道發展的過程？此乃浦安迪未曾深入探討的問題。

第二，延續以上問題，如果我們從《金瓶梅》十五種節令中，篩選出和

〔註6〕浦安迪：《中國敘事學》，頁103。

〔註7〕楊義：《中國敘事學》，《楊義文存》第一卷（北京：人民出版社，1997年），頁34。

西門府家道相關者，各自又具有何種敘事功能？由於敘事結構是由多重的人物、情節、事件所組成，因此結構存在的意義，已超越文字的框架，體現作者獨特的思想和哲理。〔註8〕浦安迪認為，《金瓶梅》作者多次以元宵為場景，便是利用元宵的人文意象寄寓特殊的意涵，揭示敘事結構和作者思想的密切關聯。然而《金瓶梅》的敘事結構若由多種節令構成，必因各自的人文意象有別，呈現不一樣的敘事功能，甚至展現西門府家道不同的階段。因此浦安迪僅以元宵為例，無法完整說明敘事結構的組成。

第三，鑒於《金瓶梅》乃是古典小說創作的里程碑，此書或許在藝術或思想上存在若干缺陷，對於古典小說的演進仍有不可抹滅的貢獻。〔註9〕誠如齊裕焜在《明代小說史》表示，《金瓶梅》的出現促進人情小說的發展，直接影響後世不同題材小說的創作：

> 在《金瓶梅》的直接影響下，人情小說蔚為大觀，其中有以家庭生活
> 為主的家庭小說，如《醒世姻緣傳》、《林蘭香》、《紅樓夢》等；有以
> 描寫性欲，品格低下的猥褻小說，如《浪史》、《繡榻野史》、《痴婆子
> 傳》、《鬧花叢》、《昭陽趣史》、《玉妃媚史》等等；有不滿於猥褻小說，
> 反其道而行之，以歌頌男女真情、風格典雅的才子佳人小說。〔註10〕

無論是描寫家庭的家庭小說、刻劃情慾的猥褻小說、頌揚愛情的才子佳人小說，皆可從內容中看見《金瓶梅》的身影，顯示此書的影響力不容忽視。既然歲時節令所形成的敘事結構，是《金瓶梅》重要的特色，能否吸引後世創作者效仿，是值得深入探討的議題。

綜合以上論述，可以發現浦安迪雖已提出，《金瓶梅》歲時節令的研究雛形，其中仍有許多論點等待後人補述，方能完整解釋歲時節令書寫，對於《金

〔註8〕 楊義指出：「一篇敘事作品的結構，由於它以複雜的型態組合著多種敘事部分或敘事單元，因而它往往是這篇作品的最大隱義之所在。他超越了具體文字，而在文字所表述的敘事單元之間或敘事單元之外，隱藏著作者對於世界、人生以及藝術的理解。」明確說明，敘事結構是由不同的敘事單元所組成，因此作者易於埋藏深刻的思想或體悟。參氏著：《中國敘事學》，頁39。

〔註9〕 齊裕焜云：「《金瓶梅》在思想藝術上都存在著比較嚴重的缺陷，但它是中國古代小說發展的里程碑，顯示了中國古代小說逐步擺脫說唱藝術的影響，而向近代小說轉變的軌跡。」即知《金瓶梅》雖然在思想藝術上存在若干缺陷，但是整體而言，此書的問世代表小說脫離說唱文本的範疇。參氏著：《明代小說史》（杭州：浙江古籍出版社，1997年），頁288。

〔註10〕 齊裕焜：《明代小說史》，頁289～290。

瓶梅》的重要性。因此筆者選擇《金瓶梅》的歲時節令為研究對象，探討歲時節令書寫，如何影響西門府家道的發展，以及作者所營造的敘事特色，如何影響後世小說。

第二節 研究義界與研究範疇

一、研究義界

歲時節令，是由歲時和節令兩項詞彙所構成，各自指稱不同的事物或概念。歲時一詞是中國獨有的時間觀念，源自傳統社會中百姓的生活模式。然而從文字創造的過程解讀，歲和時最初分屬截然不同的概念。蕭放考據兩字的出處即云：

> 「歲」是上古的一種斧類砍削工具，卜辭中將殺牲稱為「歲」。……
> 更主要的是，「歲」還是一種收穫農作物的工具，當時是一年一熟制，
> 每年才收穫一次。收穫之後，人們要殺牲祭神，「歲」成為一種祭祀
> 名稱。……古人在長期的生產生活中發現了歲年周期與木星運動有
> 著對應關係。……這樣「歲」由勞動工具一變為收穫與祭祀的名稱，
> 再變為年度周期的時間標誌，並以天上的木星為歲度之星。因此，
> 「歲」由具體活動上升為曆法意義的周而復始的年度時間概念。
>
> 時，指自然季節。……在上古時期，作為節候之「時」的劃分還較
> 為簡略，開始只有春、秋二時，這與人們謀生活動及氣候的感受相
> 關。從氣候上講寒來暑往，暑來寒往的氣候變化，易於使人們有寒
> 暑二時的經驗。……通過空間的物候變化，把握時間的自然流動，
> 這是上古歲時發生的重要途徑。〔註11〕

歲的意義在上古時期本與時間無關，原是用來宰殺祭祀牲畜的斧類工具，但是傳統社會中百姓須在收穫後酬謝神明，導致歲的意義轉變為祭祀範疇。更重要的是，在曆法尚未完備的時代，時間的推移多數利用祭祀作為間隔。因此當百姓發現祭祀的週期性，和木星的運轉軌跡相應之後，便將木星視作歲星並作為年度循環的依據，自此歲的定義即擁有循環往復的年度觀念。時的

〔註11〕蕭放：《歲時——傳統中國民眾的時間生活》（北京：中華書局，2002 年），頁
4～6。

意義則始終為自然季節,未如歲一般經歷多次轉化。只是上古時期因應農業需求,最早僅有春季和秋季存在,直至商周時期和四方具有內在關聯,春、夏、秋、冬的觀念方告確立。

　　從歲時意義發展的過程,可以看見人類和自然互動的痕跡,尤其中國傳統社會以農耕為主,造就百姓須順應物候,制定一套生活模式。因此當歲與時合而為一之際,便具有自然、人文雙重意義。誠如蕭放所言:

> 從歲時的使用情形看,它有兩重含義:一、年度循環週期;二、指一年中的季節以及與季節相關的時令節日。在傳統中國的歲時觀念中,歲時包含著自然的時間過程與人們對應自然時間所進行的種種時序性的人文活動。〔註 12〕

按照歲時被使用的情形來看,同時代表年度循環週期,以及期間之季節和節日。此兩項定義看似與自然時間相近,但是在中國天人交感的觀念影響下,歲時的存在更彰顯人類呼應自然,而從事的時序性活動。

　　節令一詞是由節氣和時令組成,最初亦分屬不同的事物及概念。〔註 13〕李永匡和王熹指出,節氣是物候運行過程中各式階段,時令為人類因應物候所從事的活動:

> 中國古代天文學家在制定曆法時,以二十四氣來分配十二月,在月首者為節氣,在月中者為中氣。……具體而言,一年中的節氣,係指從小寒起,太陽黃經每增加 30 度,便是另一種節氣。

> 再就「時令」而言,時令又被稱為「月令」,它係指古時,歷朝歷代由朝廷及各級政府官員,按季節制定的關於農事活動的政令。〔註 14〕

節氣的制定和曆法的形式相關,古人根據太陽運行的軌跡以三十度為界,將二十四種不同的物候劃分為十二月。值得注意的是,節令的名稱取材自然環境或氣候現象的脈動,隱含人類生活經驗的累積。〔註 15〕時令又稱月令,是古代朝

〔註 12〕蕭放:《歲時——傳統中國民眾的時間生活》,頁 7。
〔註 13〕李永匡、王熹:《中國節令史》(臺北:文津出版社,1995 年),頁 2。
〔註 14〕李永匡、王熹:《中國節令史》,頁 2~4。
〔註 15〕李豐楙表示:「在歲(太陽年)、年(以太陰月為準)的調配下,四時八節、以及二十四節氣:其名稱命名的由來除四季的開始、中間是以季節為名外,有四個是反映大自然的生態現象:驚蟄、清明、小滿、芒種,其餘均反映出氣候變化:雨水、穀雨(春)、小暑、大暑、處暑(夏)……。」可見二十四節氣的命名方式,多數是人類透過自然環境的觀察結果,制訂該階段的節氣名稱。參氏著:〈由常入非常——中國節日慶典中的狂文化〉,《中外文學》第

廷按照季節變化所制定的各式農事政令，呈現古代百姓生產勞作的軌跡。

　　然而觀察中國曆法訂立的過程，除了節氣影響百姓的生活及勞作之外，節日亦以不同的形式左右百姓的生活，體現歲時脈動的另一種面貌。趙東玉指出，節日的制定與節氣息息相關，因為中國早自上古時期，已制定陰陽合曆的形式。陽曆的部分，是由太陽運行的軌道推算而成，由此衍生二十四節氣的規模。但是自節氣被確立之後，各節氣的交接時日逐漸被凸顯與合流，藉此形成許多的節日。〔註16〕具體而論，節日形成的方式共可分為兩種：

> 朔、望日在一年或一月之中，都較平日的天象特殊，易引起人們的重視。從農業文明的角度看，歲首的朔日意味著「一元復始，萬象更新」；望日月圓，為一月之半，合乎農業文明所賦予人們的圓滿、穩妥等理性信念。〔註17〕

> 「月日同數」節期的出現和確定，反映了以數字順序紀日法在民間的流行；另一方面，月日同數，重複出現，便於記憶，又能喚起人們的美感和親切、愉悅之情，故而這種節期安排的節日日漸增多。〔註18〕

節日的形成迥異於節氣，多數是由古人觀察月相的盈虧所制定，屬於太陰曆的系統。其中朔日和望日，分別處於各月份的起首及中心，對於傳統農業社會具有圓滿的意涵，容易形成特殊的節日，例如正月一日春節、八月十五日中秋。另外，由於百姓開始以數字取代干支紀年法，許多節日能以月日同數的方式產生，顯示百姓對於神祕數字的崇拜之意，例如七月七日七夕、九月九日重陽。

　　除了曆法上的差異之外，節日的存在不僅單純反映物候、農事對於人類的影響，更彰顯百姓順應天時所形成的風俗、文化或飲食。誠如鍾敬文於《民俗學概論》釋曰：

> 歲時節日，主要是指與天時、物候的週期性轉換相適應，在人民的社會生活中約定俗成的、具有某種風俗活動內容的特定時日。〔註19〕

節日的產生條件與節氣不同，雖然兩者皆是古人觀察自然所區分的特殊時刻，

---

3 期（1993 年 8 月），頁 126～127。

〔註16〕趙東玉：《中華傳統節慶文化研究》（北京：人民出版社，2002 年），頁 31～32。
〔註17〕趙東玉：《中華傳統節慶文化研究》，頁 34。
〔註18〕趙東玉：《中華傳統節慶文化研究》，頁 36。
〔註19〕鍾敬文：《民俗學概論》（上海：上海文藝出版社，1998 年），頁 131。

但是節氣制定的用意,在於提供傳統社會農耕的時間表,不必然衍生或附帶相應的風俗活動。節日不僅反映某種天時或物候,更凸顯社會上約定俗成的風俗文化,甚至遍及飲食、服飾、裝飾等生活面向。

在中國傳統的歲時觀念中,節氣和節日共同體現物候的脈動及百姓的生活,因此節令是否只包含節氣有待商榷。實際上考據節字字義,的確能夠兼指節氣和節日兩種時刻。誠如李永匡和王熹指出:「古代的『節』有『節氣』、『年節』之意,它以其特定的『時空觀』和『物候觀』為文化的『內涵』。」〔註20〕然而對於《金瓶梅》而言,能夠組成敘事結構者究竟是節氣還是節日,仍舊有待釐清。因為《金瓶梅》的敘事時間橫跨十六年之久,〔註21〕作者在特定的節令期間置入若干事件,加速整體情節的推進。清人張竹坡(1670~1698)評論此種現象:

> 其年譜,大約三五年間,其繁華如此。則內云某日某節,皆歷歷生動,不是死板一串鈴,可以排頭數去。而偏又能使看者五色眯目,真有如捱著一日日過去也。此為神妙之筆。〔註22〕

《金瓶梅》既以西門慶的日常生活為主軸,內容若逐日描述,容易陷入枯燥的弊病。因此節令的作用不僅製造情節必要的高潮,更應藉由特殊的人物、事件、風俗,加速西門府衰敗的結局。

由此檢視節令定義的歸屬問題,筆者認為只有節日方能組成《金瓶梅》的敘事結構,進而連結至西門府興衰的歷程。原因在於節俗和慶典是節日的核心,百姓能夠透過這些活動,獲得物質和精神上的滿足,大幅體現自然與人文的聯結。誠如李豐楙所云:

> 人類社會除了物質的滿足外,對於精神的需求產生諸多文化創造,節慶、廟會生活是精神的、屬靈的,從古典休閒論解說休閒與工作的關係,大多重視休閒的自由、鬆弛,足以激發再創造、生產的能力;或從經濟學供需的市場原理,認為即會廟會促進物質的交流、

〔註20〕李永匡、王熹:《中國節令史》,頁227。

〔註21〕根據魏子雲排序《金瓶梅》的年譜結果,小說起始於政和二年壬辰(1112)武松尋兄,止於建炎元年(1127)月娘返家,前後共計十六年。參氏著:《金瓶梅編年紀事》(新北市:巨流圖書公司,1981年),頁1~61。

〔註22〕〔清〕張竹坡:〈批評第一奇書《金瓶梅》讀法〉,收入〔明〕蘭陵笑笑生著,劉輝、吳敢輯校:《《金瓶梅》會評會校》第5冊(香港:天地圖書有限公司,2010年),頁2122。

交換；也可從社會學觀點解說，祠社的基層組織，具有凝聚、整合
社群的功能。〔註23〕

在節日慶典舉行的當下，百姓得以解放身心，而投入大規模的狂歡活動，有
助於凝聚社會大眾的向心力，並作為小說中人物交流的契機和場域。相較之
下，節氣的存在缺乏風俗活動的必備條件，無法激發百姓互動的可能性。

　　《金瓶梅》欲借用節令，引導西門慶家道發展的方向，便須使慶典、祭
祀或節俗成為媒介，否則節令只會流於單純的紀年作用，無法和人物、事件
交織成情節線索。因此本文以《金瓶梅》的歲時節令為研究對象，僅針對書
中所提及的節日——春節、元宵、清明、端午、中秋、重陽、除夕，排除芒
種、冬至等二十四節氣。透過探討各項節日源流，和相關節俗在明代流行的
風貌，希望能夠釐清各節日的人文意象，並分析節日和西門府家道的關聯。

二、研究範疇

　　除了《金瓶梅》歲時節令的敘事特色之外，本文另一重要的議題是此書
對於後世小說的影響。鑒於明清小說的數目、種類繁雜的情形，首先要釐清
《金瓶梅》在中國小說史的地位和意義，才能在清楚闡述此書的影響範圍。
魯迅首先按照題材，將明代小說分為神魔和人情兩大類，並將《金瓶梅》劃
歸人情小說的範疇，其定義據魯迅釋曰：

> 當神魔小說盛行時，記人事者亦突起，⋯⋯大率為離合悲歡及發跡
> 變態之事，間雜因果報應，而不甚言靈怪，又緣描摹世態，見其炎
> 涼，故或亦謂之「世情書」也。〔註24〕

魯迅為了區別描述神怪的小說，如《西遊記》、《封神演義》，特別提出人情
小說的概念，以凸顯人為主體的小說題材。此類小說主要反映社會上，世事
變遷與人情百態，雖然內容有時參雜果報之說，卻不流於靈異怪誕，故又可
稱為世情小說。此說是中國小說史的一大創舉，昭告以《金瓶梅》為首的
「記人事者」在明清小說的地位及價值，促使學界重視此類小說描摹世態
的精神。

　　但是魯迅僅以描摹人事，作為人情小說的劃分標準，不免因為定義過於
寬泛，產生在同類小說中題材卻不一致的問題。例如在《金瓶梅》、《續金瓶

〔註23〕李豐楙：〈由常入非常——中國節日慶典中的狂文化〉，頁134。
〔註24〕魯迅：《中國小說史略》，頁209。

梅》之外,魯迅另將《好逑傳》、《平山冷燕》等才子佳人小說列入人情小說,從此定義產生分歧。因為才子佳人小說與《金瓶梅》的相似之處,僅限於小說的命名方式,其餘題材及內容完全不同。魯迅自云:

> 《金瓶梅》、《玉嬌李》等既為世所豔稱,學步者紛起,而一面又生
> 異流,人物事狀皆不同,惟書名尚多蹈襲,……至所敘述,則大率
> 才子佳人之事,而以文雅風流綴其間,功名遇合為之主,始或乖違,
> 終多如意。〔註25〕

才子佳人小說描述男女相識至結合的過程,情節多數依循有情人終成眷屬的模式發展。不僅在定義上不盡然符合人情小說的條件,亦與《金瓶梅》、《玉嬌李》等內容毫無關聯,足見人情小說定義和範疇相違的問題。

除此之外,前人亦針對人情小說定義不周的情形提出探討,例如向愷在《世情小說史》表示,世情小說在魯迅的定義中是人情小說的別稱,但是同樣描摹世態的小說卻被另行歸類,顯示定義與實踐分離的矛盾現象:

> 最早接觸到世情小說的精神實質的是上述那段話中「描摹世態,見
> 其炎涼」二語,然而在論述的實踐中,《中國小說史略》又將「描摹
> 世態」、「見其炎涼」,揭其間弊情偽頗力的《儒林外史》、《官場現形
> 記》、《二十年目睹之怪現狀》等小說從「世情書」中剝離出去,既
> 見出全書分類標準的不統一,更反映出其對世情小說界說的不嚴密
> 和界說範圍與論述實踐相分離。〔註26〕

魯迅強調人情小說描摹世態的用意,欲突出此類小說社會寫實的價值,但是在實踐上,無法清楚辨別與諷刺小說、譴責小說的不同之處。因此將《金瓶梅》置於人情小說的範疇討論,雖能論證此書在明清小說的地位和價值,卻無法梳理此類小說的發展脈絡。

面對人情小說定義不周所導致的諸多問題,後世學者在討論《金瓶梅》對後世小說的影響時,另外提出家庭小說以明確表述。例如齊裕焜在《明代小說史》云:

> 人情小說是指以戀愛婚姻、家庭小說為題材,反映現實社會生活的
> 小說,也有人把這類小說稱之為世情小說。……在《金瓶梅》的直
> 接影響下,人情小說蔚為大觀,其中有以家庭生活為主的家庭小說,

〔註25〕魯迅:《中國小說史略》,頁219。
〔註26〕向愷:《世情小說史》,頁2。

如《醒世姻緣傳》、《林蘭香》、《紅樓夢》等。〔註 27〕

由於人情小說所包含的題材過於寬廣，當可再次細分為若干子類，家庭小說便是其中之一。家庭小說以家庭日常為主題，在精神上還是繼承人情小說描摹世態的精神，並非單純描述戀愛、婚姻甚至性愛的過程。《金瓶梅》作為人情小說的代表，直接影響家庭小說的創建，後世小說如《醒世姻緣傳》、《林蘭香》、《紅樓夢》皆可納入此類範疇。因此將《金瓶梅》置於家庭小說的視角探討，遠較人情小說更可具體說明此書的影響。

雖然家庭小說的概念早被提出和討論，在範疇上卻尚未凝聚明確共識。因為家庭是小說相當常見的場域，隨著作者著墨的程度有別，不能將述及家庭生活者一概劃歸此列。因此學者如段江麗，便統整學界的相關論述，按照與家庭的關聯程度及敘事篇幅的長短，將明清家庭小說的範疇分為長篇、中篇、短篇三大部分，釐清各小說與家庭小說定義的契合程度。〔註 28〕其中關於長篇小說部分，段氏認為：

> 第一部分，是比較典型的長篇家庭題材小說，包括《金瓶梅》、《醒世姻緣傳》、《林蘭香》、《歧路燈》、《紅樓夢》五部作品，它們都是以一家或幾家的興衰榮枯為中心，主要描寫了日常家庭生活，同時又廣闊或比較廣闊的反映了社會生活。無論對家庭小說作怎樣的界定，稱這幾部小說為家庭小說大概比較容易得到多數人的認可。〔註 29〕

《金瓶梅》、《醒世姻緣傳》、《林蘭香》、《歧路燈》、《紅樓夢》因為篇幅較長，能夠完整呈現家庭或家族的發展經歷，並揭露特定時空下的社會真實樣貌。即便當今學界對於家庭小說的定義依舊存在歧見，此五者在明清小說中，最能凸顯家庭或家族反映世情的功能，獲得大多數學者的認可。

筆者亦服膺段氏之說，但是認為其列舉的家庭小說書目仍有待商榷，特別是《歧路燈》一書。《歧路燈》乃清人李綠園（1707～1790）所著，主角譚紹聞出身書香世家，卻在父親去世後無人管束而荒廢學業，造成譚府家道一度衰敗；所幸日後悔悟並重新向學，最終重振譚府家業及聲名。《歧路燈》以譚府的興衰貫串情節發展，藉機諷刺社會腐敗的面貌，確實符合家庭小說的

〔註 27〕齊裕焜：《明代小說史》，頁 289。

〔註 28〕段江麗：《禮法與人情──明清家庭小說的家庭主題研究》（北京：中華書局，2006 年），頁 15～16。

〔註 29〕段江麗：《禮法與人情──明清家庭小說的家庭主題研究》，頁 25。

定義。然而誠如向愷所云：

> 生活在康、雍、乾三世的李綠園，與《紅樓夢》的作者一樣，深深
> 地看到了那個盛世繁榮背後的危機，看到了那個鼎盛王朝內部埋伏
> 著的窳敗，因而以一個家庭為中心，給我們展現了一個汙濁的社會，
> 一個腐敗的官場。……而《歧路燈》中的譚家，不過是一個祥符縣
> 蕭牆街一個稍「有根柢人家」而已，故書中所寫，反倒更重在這個
> 家庭以外的社會，筆觸伸向了社會的各個階層。〔註30〕

《歧路燈》雖然依循以家庭興衰帶出社會變遷的模式，卻受到作者亟欲針
砭世情的動機影響，造成家庭在小說的重要性銳減，反而社會才是敘事重
點所在。林偉淑即指出：「『光耀門楣』才是作者企圖要展示的主題，……
它所關注的其實是家庭教育問題以及社會百態。因此，就小說主題命意來
說，《歧路燈》實是中國小說史上第一部長篇教育小說。」〔註31〕由於《歧
路燈》的創作主旨，已偏離家庭小說強調的日常生活，筆者便將此書排除
在家庭小說之外。

　　綜合以上論述，本文將《醒世姻緣傳》、《林蘭香》、《紅樓夢》列入家庭
小說的範疇，探討三者如何受到《金瓶梅》影響。由於此四部小說的題材相
近，因此《醒世姻緣傳》、《林蘭香》、《紅樓夢》在情節規劃、人物設定等方
面，必然受到《金瓶梅》不同程度的影響。誠如孫遜表示，《金瓶梅》在中國
小說史的最大貢獻，即是開闢以家庭生活為題材的小說流派：

> 《金瓶梅》以其現實主義的筆觸為我們展示了一個真實而寬廣的世
> 界。但佔據整部小說中心的，無疑是西門慶一家的家庭生活描寫。
> 因此，我們說《金瓶梅》是我國第一部以家庭生活為題材的長篇小
> 說，它為我國長篇小說的取材開闢了一個新的境遇。〔註32〕

此段評語十分切合《金瓶梅》的影響，因為在《金瓶梅》之前的長篇小說，如
《三國演義》、《水滸傳》等，無不建構在雄奇壯闊的時空之上，甚少刻劃人
物的日常瑣事。《金瓶梅》一反前人的創作模式，深入開拓市井人物的生活風

〔註30〕向愷：《世情小說史》，頁298。
〔註31〕林偉淑：《明清家庭小說的時間研究——以《金瓶梅》、《醒世姻緣傳》、《林蘭
　　　　香》、《紅樓夢》為對象》（臺北：輔仁大學中文研究所博士論文，2009年），
　　　　頁38。
〔註32〕孫遜：〈論《金瓶梅》的思想意義〉，收入胡文彬、張慶善等編：《論《金瓶梅》》
　　　　（北京：文化藝術出版社，1984年），頁177。

貌，打造由西門慶家庭為核心的長篇巨製，並開啟後世長篇小說嶄新的面向。因此若我們將《醒世姻緣傳》等長篇小說視為家庭小說，便同時確立三者和《金瓶梅》的不可分割的關聯。

　　此外，在分析家庭小說的承繼關係時，不可忽略小說各自本有的藝術特色和思想價值。意即《醒世姻緣傳》等雖然沿襲《金瓶梅》的特色，卻依舊保有自身內容的主體性，不會產生千篇一律的情節。一如杜貴晨所言：

> 更深入來看，四部書雖各分《金瓶梅》之一體，卻又各極其變。《金瓶梅》寫夫妻（妾）重在寫西門慶、金、瓶、梅之惡，《林蘭香》寫夫妻（妾）重在寫耿朗之昏懦和燕夢卿之賢淑，《醒世姻緣傳》寫夫妻（妾）重在寫狄希陳之孱弱失教和薛素姐之悍妒……各「著此一家」，而變出新局，登峰造極，乃有千秋。〔註33〕

《醒世姻緣傳》等小說固然繼承《金瓶梅》的敘事特色，但是作者又能在仿擬的當下另闢蹊徑，使相似的家庭敘事展現不同的寓意。因此明清長篇家庭小說雖然以家庭或家族為主軸，卻能在題材、人物、結構等部分，凸顯獨特的風貌，構成家庭小說多元的藝術價值。

　　由此分析《金瓶梅》歲時節令書寫，對於後世小說的影響，當可推論《醒世姻緣傳》等三部小說沿襲此一敘事特色，並各自創造獨有的歲時節令書寫。故筆者以前文的論述成果為依據，檢視《醒世姻緣傳》、《林蘭香》、《紅樓夢》繼承或變革之處。

第三節　文獻回顧

　　《金瓶梅》研究從二十世紀至今，累積豐碩的成果，相關研究擴及版本作者、飲食風尚、語言詞彙、宗教文化等面向，成為古典小說研究不可忽視的潮流。本文以《金瓶梅》的歲時節令為研究對象，探討節令的人文意象如何深入影響情節佈局，交織成引領西門府家道發展的敘事結構，屬於歲時民俗和文學藝術的跨領域研究。查考兩岸學界的研究成果，對於此項議題皆有所論述。

　　臺灣部分，專書可見林偉淑所撰《明清家庭小說的時間研究──以《金

〔註33〕杜貴晨：〈《金瓶梅》為家庭小說簡論──一個關於明清小說分類的個案分析〉，《河北大學學報（哲學社會科學版）》2001年第4期，頁26～27。

瓶梅》、《醒世姻緣傳》、《林蘭香》、《紅樓夢》為對象》之博士論文,該書選擇
以明清長篇家庭小說為對象,探討時間如何影響家庭小說的情節規劃及敘事
模式。前者例如小說紀年刻意混淆,隱含作者對於自己生存時代所提出的批
評,包括以家庭的興衰比喻國家的興衰。後者闡述家庭中,時間如何引領空
間規劃,預示或追憶特定的生命歷程。在第四章〈明清家庭小說時間刻度的
敘事意義〉中,作者關注到歲時節慶在時間布局的重要性,透過檢視除夕、
元旦、元宵等節日在《金瓶梅》等小說的作用,歸納各節日所代表的情節意
義。以元宵為例,作者認為《金瓶梅》的三度元宵敘事,充滿物質的享樂和慾
望,《紅樓夢》則暗藏家族的興起與衰微。〔註34〕

　　單篇論文則有陳福智之〈世俗時間——《金瓶梅》的主要時間形式
及其意義〉一文,作者指出有別於多數小說,以帝王紀年鋪敘時間的方
式,《金瓶梅》另行塑造世俗時間,並聚焦日常生活的流逝,成功描摹小
說人物不同的形象。文中提及神聖時間世俗化的議題,是以元宵、清明
等節日為例證,指出人物在節日間的行為反映世俗時間的形象。以清明
為例,《金瓶梅》作者透過描述西門府祭祀和娛樂的過程,顯現神聖時間
世俗化的特質。〔註35〕

　　中國方面,專書部分首先須關注白維國所著《《金瓶梅》風俗譚》,作者
臚列《金瓶梅》中與節令有關的風俗、娛樂、飲食等,逐一考究風俗的來歷以
及明代流行的狀況,是研究《金瓶梅》民俗的重要參考依據。〔註36〕另外張
彩麗撰寫《中國古典通俗小說的節日描寫研究》之碩士論文,研究對象擴及
《三言》、《二拍》、《水滸傳》、《金瓶梅》、《紅樓夢》等小說,指出節日在小說
中扮演重要的功用,能夠支撐全書情節的發展架構和作者的思維。路瑞芳撰
有《金瓶梅》歲時節令研究》之碩士論文,梳理《金瓶梅》中歲時節令的表
現特徵,探討各式節令鋪陳情節的方式,與小說民俗具有的價值。前者以元
宵為例,作者認為小說四度描述西門府恣意狂歡的場面,卻同時暗伏事變、
衝突等負面影響,逐漸導引西門府步入衰敗的結局。後者以清明為例,作者

〔註34〕林偉淑:《明清家庭小說的時間研究——以《金瓶梅》、《醒世姻緣傳》、《林蘭
　　　　香》、《紅樓夢》為對象》。
〔註35〕陳福智:〈世俗時間——《金瓶梅》的主要時間形式及其意義〉,《輔仁國文學
　　　　報》第37期（2013年10月）,頁135～174。
〔註36〕白維國:《《金瓶梅》風俗譚》（北京:商務印書館,2016年）。

指出西門府上墳遊樂的畫面，反映明代清明墓祭的風俗。〔註37〕另外李琳亦著《《金瓶梅》歲時節令文學功能研究》之碩士論文，探討歲時節令在《金瓶梅》中所肩負的敘事特色，包括體現情色在全書的思想地位、彰顯世態炎涼的主題以及在情節架構的功能。〔註38〕

　　單篇論文部分，中國學界至今已累積眾多成果，分別針對歲時民俗和文學藝術。歲時民俗方面最早阿英有〈「燈市」──《金瓶梅詞話》風俗考之一〉，考證燈市的起源和在明代發展的情形。〔註39〕刁統菊撰〈白綾衫照月光殊──由《金瓶梅》及相關史料看明代元宵節婦女服飾民俗〉，分析《金瓶梅》中婦女走百病時穿著白衣的現象。〔註40〕此外路瑞芳和霍現俊共同發表〈《金瓶梅》歲時節令描寫梳理及表現特徵〉，透過梳理和分析《金瓶梅》的歲時節俗，考據小說的歲時書寫反映明代北方的風俗，並且藉由對比的陳述方式，塑造情節、人物與主題。〔註41〕文學藝術方面，張瑞著〈《金瓶梅》的節日描寫與敘事框架〉，認為元宵和清明是《金瓶梅》中最重要的節日，小說作者藉由兩者所構成的敘事框架，共同鋪展西門府家道由盛轉衰的歷程。〔註42〕魏遠征則撰寫〈歲時節日在《金瓶梅》中的敘事意義〉，聚焦探究《金瓶梅》中元宵的敘事節奏和意義，認為隨著四度元宵的發展，人物的性格及欲望不斷開展。另外于慧著〈《金瓶梅》節日風俗的特點和敘事功能〉，羅列小說中各節令所提及的節俗活動，並特別關注元宵敘事體現西門府家道興衰的功能。〔註43〕

　　整體而論，臺灣研究《金瓶梅》歲時節令書寫的趨勢不興，主要是將歲

〔註37〕張彩麗：《中國古典通俗小說的節日描寫研究》（開封：河南大學中國古代文學碩士論文，2005年）。

〔註38〕路瑞芳：《《金瓶梅》歲時節令研究》（石家莊：河北師範大學中國古代文學碩士論文，2014年）。

〔註39〕李琳：《《金瓶梅》歲時節令文學功能研究》（青島：青島大學中國古代文學碩士論文，2018年）。

〔註40〕阿英：〈燈市──《金瓶梅》風俗考之一〉，《阿英文集》上冊（香港：生活・讀書・新知三聯書店，1979年），頁157～163。

〔註41〕路瑞芳、霍現俊：〈《金瓶梅》歲時節令描寫梳理及表現特徵〉，收入黃霖等：《第十二屆國際《金瓶梅》學術研討會論文集》（北京：北京圖書館出版社，2017年）。

〔註42〕張瑞：〈《金瓶梅》的節日描寫與敘事框架〉，《青年文學家》（2011年5月），頁40～43。

〔註43〕魏遠征：〈歲時節日在《金瓶梅》中的敘事意義〉，《安慶師範學院學報（社會科學版）》第6期（2004年11月），頁86～90。

時節令置於整體時間的脈絡之下，探討節令對於情節布局的用途，尚未視為單獨的研究議題。中國方面較為活躍，無論是專書或單篇論文，皆針對《金瓶梅》的歲時節令多方析論，至今累積大量的研究成果。從以上引述的文章，可以發現中國學界的兩種傾向：第一，學者已關注到《金瓶梅》的歲時節令，並非單純的時間標的，對於情節布局、人物刻劃等方面有所助益。第二，多數學者研究的對象並未擴及《金瓶梅》的整體節令，僅僅聚焦在元宵和清明。

由此可見，縱使兩岸學界已注意到歲時節令在《金瓶梅》的重要性，至今尚未釐清節令和西門府家道的關聯，是相關研究的未竟之處。誠如筆者在前文指出，《金瓶梅》提及的節令共有十五種，欲以此形塑完整的敘事架構必有賴各節令的敘事功能，僅有元宵和清明無法完全彰顯歲時節令的價值。因此本文將立足於前人的研究成果，探討歲時節令的民俗與藝術特色，藉此驗證歲時節令和西門府家道發展的關係，更進一步分析《金瓶梅》帶給後世小說的影響。

第四節　研究方法與步驟

本文關注的研究議題共有兩項，第一乃分析《金瓶梅》中各節令的民俗意象和藝術特色，第二是討論《金瓶梅》歲時節令書寫，如何影響後世家庭小說。筆者擬以《金瓶梅》的歲時節令為核心，採取兩大步驟進行論述，期能透過民俗和藝術的跨領域研究，驗證歲時節令對於古典小說的重要性。

首先，節令是依據季節依序產生，本文即以春、夏、秋、冬的次序為章節架構，逐一析論期間重要節令的敘事功能。由於節令在小說中，必和情節、人物、結構產生密切的互動，[註44]本文論述的步驟，首先梳理節令的淵源和節俗意義，進而得出各節令的人文意象。其次分析作者如何運用各節令的

〔註44〕李道和表示：「明清小說特別是像《金瓶梅》、《紅樓夢》這樣的世情小說，在情節安排、結構安排、形象塑造、敘事效果等方面，都有很大成分是歲時民俗的促動。……當然，在這裡，歲時民俗主要是作為事件的背景或核心情節的引線，敘事的重點不在於民俗本身，而在於民俗對人物和情節的生發與促動。」由於小說並非屬於史傳的體例，世情小說如《金瓶梅》、《紅樓夢》雖然在情節中大量置入歲時民俗，多用於促成人物和情節的互動，而非作為單純的風俗記錄。參氏著：《歲時民俗與古小說研究》（天津：天津古籍出版社，2004年），頁21。

人文意象，控制人物的性格、生命、互動，或者特定事件的形成、後續。最後總結各章節的論述成果，分析《金瓶梅》歲時節令書寫的藝術特色，並且整合說明節令如何影響西門府家道發展。

　　其次，《金瓶梅》是明清家庭小說的典範著作，對於後世相同性質的小說影響深遠。因此筆者統整《金瓶梅》歲時節令的敘事特色之後，分析《紅樓夢》、《林蘭香》、《醒世姻緣傳》是否繼承此書的特色，抑或能夠有所變革。綜合此兩種面向的研究，本文安排各章節的架構如次：

第壹章　緒　論

說明歲時節令在《金瓶梅》的重要性，以此為基礎提出本文的問題意識所在，並指出論點和建構方式。

第貳章　《金瓶梅》冬季與春季節令探究——以除夕、春節、元宵、清明為例

鑒於《金瓶梅》的冬季節令僅有除夕，並且敘事篇幅過於簡短的問題，筆者遵循傳統風俗，將除夕納入春節中一併論述。本章的研究對象以除夕、春節、元宵和清明為主，參酌明代的風俗見聞如《宛署雜記》、《帝京景物略》、《酌中志》等書，以及清人張竹坡的《金瓶梅》評點，逐一析論各節令的人文意象與敘事功能。春節作為歲時之首，象徵迎春納福的神聖時空，所有邪祟當被屏除在外。但是《金瓶梅》刻意在春節後安排西門慶縱淫猝死的情節，乃以春節神聖的意象，反諷西門慶死非得時，並且宣示西門府家道衰敗的結局。元宵是展望未來的良好時機，亦是歲時中百姓群聚狂歡的時刻。作者極力在元宵期間，刻劃西門府奢靡的物質享樂，以及安排李瓶兒生於元宵為隱喻，傳達西門府家道正盛。清明本為二十四節氣之一，因吸收時間相近的寒食節俗，方形成正式節令，故同時擁有上墳祭祖和郊外踏青兩樣節俗，形成冷熱兼蓄的衝突時節。作者以冷熱對比的手法，描述西門府兩度墓祭和踏青的情節，成功反映西門府興盛與衰亡的家道落差，同時傳達世情冷暖的無常感嘆。是知冬春節令分別代表西門府家道的興起和衰落，並以冷熱對比的技巧總結西門府的故事。

第參章　《金瓶梅》夏季節令探究——以端午為例

《金瓶梅》的夏季節令以端午為代表，由於端午的起源自古眾說紛

紜，筆者主要參照黃石《端午禮俗史》的考據成果，分析此日所具有的人文意象。夏季是氣候正式轉為燠熱的時期，陽氣經由春季的滋養不斷壯大，益於萬物和自然化育成長。但是至仲夏時節，因為白晝開始縮短的緣故，促使陰氣萌生而與陽氣爭鋒，造成萬物面臨死亡的危機，自古被視為歲時的惡月。

端午處在仲夏期間，受到夏至影響而被認為大凶之日，是邪祟和疾病竄生的時刻，故端午節俗無不具有驅邪祛病的功能。《金瓶梅》借助此日所具有的惡日意象，將阻撓西門府家道發展的事件，置於端午期間，諸如武松追殺西門慶、西門慶險遭充軍。這些事變的產生不僅象徵西門府家道遭遇外患，筆者更根據楊義在《中國敘事學》所提及之結構理論，認為這些事件深化情節的意涵，更賦予小說必要的起伏。

除此之外，《金瓶梅》作者特地安排韓愛姐的生日和端午重疊，依據張竹坡的評點當以愛字和艾字混同，將她視為醫治不肖人物的靈藥。韓愛姐雖一度淪落風塵，但是在陳經濟死後願意為其毀容出家，讓她能夠擁有善終的結局。反觀小說其餘婦女如潘金蓮、李瓶兒等人，皆耽溺在淫慾之中，而慘遭橫死或惡疾的下場，足見作者透過端午艾藥為譬喻，勸戒世人知過能改的重要性。

第肆章 《金瓶梅》秋季節令探究──以中秋、重陽為例

《金瓶梅》的秋季節令以中秋、重陽為代表，秋季作為夏季和冬季的交會時刻，是陽氣和陰氣衝突的凶險季節，具有鮮明的矛盾意象。中秋是百姓團聚的重要節令，《金瓶梅》卻未多加著墨，因為作者亟欲凸顯吳月娘生於此日的意義。此處採用張亞敏提出的性格二律背反理論，認為《金瓶梅》中人物的性格相當多元，不能由外在文字而斷定形象。吳月娘在作者的筆下乃賢妻良母的代表，更是少數願意守節終身的女性，但是作者透過中秋期間所發生的妻妾衝突、家庭糾紛，屢屢影射吳月娘善妒貪財的深層心理。更因為她治家無方的過失，和中秋團圓的意象衝突，造成西門府家道陷於內憂的命運，進一步將西門府推向衰敗的結局。

重陽是陽氣正式衰退的時刻，在歲時中具有中衰之意，亦是繼端午之後另一惡日。作者既視李瓶兒為促進西門府家道繁榮的關鍵人

物，遂藉由她病發重陽的事件作為隱喻，宣告西門府好景不再。縱使在重陽之後西門慶升官正提刑，看似不受李瓶兒死亡影響，但是作者兩度穿插李瓶兒託夢西門慶的情節，作為西門慶將死的不祥預兆，因此重陽即為西門府家道的中衰階段。

第伍章　《金瓶梅》歲時節令書寫之影響析論

本章以《金瓶梅》歲時節令書寫的特色為架構，每節論述可以劃分為前後兩部分。前段乃繼承第貳至肆章的論述結果，統整《金瓶梅》歲時節令書寫的敘事特色。此處筆者借重浦安迪所提出的敘事結構及冷熱對比理論、楊義對於小說時間的諸多觀點、張竹坡的《金瓶梅》評點，歸結出歲時節令書寫所呈現的特色。後段則以前段論述為基礎，逐一分析後世長篇家庭小說——《醒世姻緣傳》、《林蘭香》、《紅樓夢》的歲時節令書寫，透過和《金瓶梅》的內容交相比對，探討三部小說是否繼承或發揮《金瓶梅》歲時節令書寫的特色。

第陸章　結　論

統合各章的研究成果，並反思《金瓶梅》歲時節令研究尚可延伸的空間。

第二章 《金瓶梅》冬季與春季節令探究——以除夕、春節、元宵、清明為例

　　冬季與春季對於歲時節令的重要性，體現在氣候變遷與百姓作息的交互影響之中。以氣候變遷而論，春季自古被視為四時之首，冬季則處於終止的位置，但是季節是以循環的方式不斷推移，春季到來即是凜冬結束。誠如《禮記‧月令》所云：

> 是月（季冬）也，……冰方盛，水澤腹堅。命取冰，冰以入。〔註1〕
>
> 孟春之月，……東風解凍，蟄蟲始振，魚上冰，獺祭魚，鴻雁來。
> 〔註2〕

季冬乃歲時最寒冷的月份，導致水澤無不凍結成冰，可供百姓開採並貯藏冰塊。直待來年春季降臨，東風帶入的暖氣吹拂大地，水澤方從冰凍型態逐漸消融，萬物亦開始展開活動。足見冬季和春季的交替，乃歲時中重要階段，象徵萬物的生命從靜止或死亡狀態再度重生。

　　從百姓作息而言，中國傳統社會以農業為主，百姓的生活必須順應氣候變遷，尤其在耕作時當遵循春耕、夏耘、秋收、冬藏的原則。然而受到四季交替的影響，土地在凜冬時無法耕作，而進入漫長的休耕時期，讓百姓能在空

〔註1〕〔漢〕鄭玄注，〔唐〕孔穎達疏：〈月令〉，《禮記正義》，收入〔清〕阮元校輯：《十三經注疏》第5冊（臺北：大化書局，1989年），卷17，頁22上〜22下。

〔註2〕〔漢〕鄭玄注，〔唐〕孔穎達疏：〈月令〉，《禮記正義》，卷14，頁14上。

閒中投入娛樂。李豐楙指出，古代的蠟祭便是百姓慶祝農暇，而舉行的收穫祭典，過程充滿集體狂歡的氣氛：

> 在蠟祭進行儀式後，土地、萬物等人類賴以為生的大生命均已暫時
> 死亡，在等待來春的復活期間，可以進行歡會、狂歡的祭儀。因而
> 「狂」具有儀式性的神聖感，在通過一連串與儀式有關的音樂、歌
> 舞的祭儀中進入儀式性的狂歡、集體性的歡會，此即是中國是休閒
> 的原始意義。〔註3〕

蠟祭為古代歲末時舉行的收穫祭，象徵萬物生命至此已暫時休止，直待來春降臨方告復甦。百姓在漫長的等待中，有足夠的時間與物力。解放日常所累積的疲勞，使精神及肉體進入放縱的非常狀態，故此時期的節慶往往具備狂歡的性質。不僅李豐楙舉例的蠟祭如此，實際上冬、春二季的節令慶典中，多數具備集體狂歡的環節，例如除夕團聚、春節拜年、元宵觀燈、清明踏青。可見冬季和春季節令被百姓賦予多重意涵，包含生命的循環、放縱的享樂、以及對來年的美好企盼。

《金瓶梅》的冬季和春季節令包含除夕、春節、元宵與清明，〔註4〕雖然此四種節令的起源與慶祝形式不盡相同，作者透過人物對話、景物描寫、場景置換等技巧，烘托熱鬧喧囂的佳節氣氛，寄寓對未來佳境的期待。尤其作者四度以元宵為背景推動情節，充分凸顯西門慶財勢顯赫的形象。但是在繁榮的場面之下，作者暗中傳達死亡與衰敗的異兆，營造物極必反的情節衝突，以及諷刺西門慶為富不仁的種種惡行，給予小說的冬季與春季節令，有別於現實社會的特殊意義。本章即分析《金瓶梅》中除夕、春節、元宵與清明的民俗描寫與藝術特色，藉此探討小說冬、春季節令與情節推展的關聯。

第一節　春節節俗的吉慶意涵產生

春節為歲時節令之首，在民俗文化中佔據重要意義。但是綜覽春節在《金瓶梅》出現的篇幅，相關敘述僅分布於第七十八回與第七十九回，遠遜於其

〔註3〕李豐楙：〈由常入非常──中國節日慶典中的狂文化〉，《中外文學》第 3 期
　　　（1993 年 8 月），頁 125。

〔註4〕本文於此章將冬季和春季節令合併論述，乃因《金瓶梅》的冬季節令僅見除
　　　夕，以及礙於相關敘事不足，難以透過獨立篇章進行研究。筆者有鑑於自古
　　　除夕與春節的關聯密切，故將除夕併入春節處一併探討。

餘節令如元宵、清明。據魏子雲將《金瓶梅》編年的成果，小說內容始於政和二年壬辰（1112）武松尋兄，止於建炎元年（1127）月娘返家，前後橫跨十六年之久。〔註5〕由此推論，小說若欲凸顯春節在歲時節令的重要性，理應詳細刻劃此十六次慶賀春節的場景。然而明清小說將節令納入內容，並非以客觀記錄節儀為首要，而是利用節令輔助情節推動。因此任何節令出現在小說絕非偶然，即使春節僅出現於《金瓶梅》一次，其重要性亦不亞於其餘節令。

現今以正月初一為春節的風俗，據李永匡與王熹考證，當追溯至漢武帝（157B.C.～87B.C.）時期：

> 漢初沿用秦曆，而秦曆則採用顓頊曆，以建亥孟冬之月為歲首。因此，漢初沿用的秦曆，仍以九月為一年之終，以十月初一為歲首，一年之始。迄至漢武帝時，才令鄧平、落下閎、司馬遷等製訂《太初曆》，改以正月為一年之始，並把二十四節氣訂入曆法，元旦正式列為令節。〔註6〕

中國早自先秦時期便有曆法出現，但是未有統一的元旦日期。直至漢武帝時《太初曆》頒行，方正式確立正月一日為元旦，並列入官方節日。當可推論春節風俗最遲至漢代已經成形，〔註7〕相關風俗發展至明代，慶典的時間與規模皆勝於前朝，顯示社會經濟發達與百姓享樂水平提升的現象。

然而回顧中國社會慶賀春節的時間，陰曆雖然明定春節為正月一日，百姓並非僅於此日，舉行慶祝新年的儀式或活動，而是將備辦過程視為春節的一部份。誠如鍾敬文所云，春節為除舊布新的節日，相關活動在歲末時已開始進行：「年節雖定在農曆正月初一，但年節的活動卻並不止於正月初一這一天。從臘月二十三日（或二十四日）小年節起，人們便開始『忙年』。」〔註8〕

〔註5〕魏子雲：《《金瓶梅》編年紀事》（新北市：巨流圖書公司，1981年），頁1～61。

〔註6〕李永匡、王熹：《中國節令史》（臺北：文津出版社，1995年），頁134。

〔註7〕相關見聞可參漢人崔寔（？～170）所著之《四民月令》，其中記錄漢人過年的風俗：「正月之朔，是謂正旦，躬率妻孥，潔祀祖禰。……及祀日，進酒降神畢，乃室家尊卑，無大無小，以次列於先祖之前。子婦曾孫，各上椒柏酒於家長，稱觴舉壽，欣欣如也。」從此段引文可知，漢人於元旦時須闔家祭祖，並於祭祀完畢後按尊卑聚於先祖前，由晚輩進獻椒酒、柏酒與長輩，象徵祝賀長壽。即驗證春節最遲至漢代，便形成祭祀先祖的傳統，並強調團聚、敬老的吉慶意涵。參氏著：《四民月令》，收入《歲時習俗資料彙編》第1冊（臺北：藝文印書館，1970年），頁1上。

〔註8〕鍾敬文：《民俗學概論》（上海：上海文藝出版社，1998年），頁145。

由此可見，我們若欲完整了解古人慶祝新年的流程，必須採納廣義的春節日期。故即使歲末節日如除夕屬於冬季節令，本文仍採用鐘氏之說，將春節的時間定為歲末至正月初一之間。

綜覽《金瓶梅》描寫西門府慶賀春節的過程，與傳統社會由歲末開始的習俗相似，可以分為除夕守歲與元旦拜年兩大環節，於下文分述如次：

一、除夕守歲

除夕作為歲時之末，包含驅邪、敬祖與團圓等意義，其中又以親族團圓為首要。喬繼堂即指出：

> 年節期間人們對鬼、對神的種種作為都不過是人間俗情的反映、人
> 際關係的映現，此時編織最綿的關係網絡無疑是人際關係……除夕
> 的禮俗活動大多局限在家庭範圍內，淋漓盡致地表現了這一方面的
> 世俗人情。〔註9〕

在所有歲時節令中，除夕祭典的祭祀對象最為龐雜，舉凡神鬼、地祇、先祖，皆是百姓供奉的對象。導致祭祀的規模隨之擴增，彰顯慎終追遠的精神，故除夕被視為宗族團圓的最佳時刻，藉由祭祀可將親屬間的血緣關係緊密相連。可見雖然除夕祭祀的精神意義以敬祖為主，世俗意義上仍以團聚為重。

明代北方除夕守歲的相關見聞，可參照文人筆記如《宛署雜記》所云：「守歲：宛俗除夕，聚坐達旦，有古惜陰之意。」〔註10〕宛平縣（今北京市內）人於除夕時，有團聚並通宵不眠的習俗，沿襲古代珍惜寸陰的精神。另外《帝京景物略》曰：「已，聚坐食飲，曰守歲。」〔註11〕順天府（今北京市）民於除夕時亦有團聚飲食的習慣。以上所引用的兩段文獻，記錄中國北方的風土民情，雖然對於守歲的象徵意義說明不盡相同，卻皆能看出強調團聚的意涵。

《金瓶梅》於第七十八回中描述西門府中除夕團聚的景象：

> 西門慶與吳月娘居上坐，等李嬌兒、孟玉樓、潘金蓮、孫雪娥、西
> 門大姐并女婿陳經濟都遞了酒，兩旁列坐。先是春梅、迎春、玉簫、

〔註9〕喬繼堂：《中國歲時禮俗》（天津：天津人民出版社，1992年），頁352。

〔註10〕〔明〕沈榜：《宛署雜記》，收入中國科學院圖書館編：《稀見中國地方志彙刊》第1冊（北京：中國書店，1992年），卷17，頁6下。

〔註11〕〔明〕劉侗、于奕正：《帝京景物略》，收入張智主編：《風土志叢刊》第15冊（揚州：廣陵書社，2003年），卷2，頁8下。

蘭香、如意兒五個磕頭。然後小玉、綉春、小鸞兒、元宵兒、中秋
兒、秋菊磕頭。其次者來昭妻一丈青惠慶、來保妻惠祥、來興妻惠
秀、來爵妻惠元，一般兒四個家人媳婦磕頭。然後纔是王經、春鴻、
玳安、平安、來安，棋童兒、琴童兒、畫童兒，來昭兒子鐵棍兒、
來保兒子僧寶兒、來興女孩兒年兒來磕頭。〔註12〕

此處細膩描寫西門府的除夕活動，先由身為家主的西門慶與吳月娘居於上
位，接受小妾輩李嬌兒、孟玉樓等人，及兒女西門大姐與夫婿陳經濟遞酒賀
年，眾人方於兩旁列坐。之後再由丫鬟、僕婦、小廝，並家人兒女依次向家
主磕頭，呈現井然有序的家庭儀規。

　　從此段文字亦可發現，西門氏於此時為地方望族，然而以府中人數而論，
此回敘述的團聚景象並不興旺。僅觀西門氏的人口結構可知，西門慶父母於
其年少時早已亡故，左右亦無手足扶持，更兼膝下於第七十八回時僅存西門
大姐，全族人丁實為單薄。按理僅以西門慶與妻女數人，難以營造除夕所強
調的大團圓氣象，但是作者巧妙安排丫鬟與僕役依次行禮的場面，不僅弭補
西門宗族人丁不足的缺陷，亦彰顯西門慶家業蓬勃的氣派景象，符合除夕的
團聚意涵。

二、元旦拜年

　　元旦當日進行的節俗繁多，此種現象與民間的歲時信仰有關。喬繼堂釋
云：

越是特別就越是要緊，越是要緊就越馬虎不得，也就越多規矩——這
可以說是民間歲時俗信的創造原則。新正元旦不僅是一個單純的日
子，它還關涉到一月、一季乃至一年，故而人們的注意就更多，態度、
行為方面的規矩編織得非常綿密，各種俗信當然也就多。〔註13〕

民間歲時信仰的原則，是以該節日的重要程度而累積相應的風俗。元旦於歲
時中不僅作為單純節日存在，亦因其自身意義可牽涉至一月、一季甚至一年，
進而衍伸出大量的祭儀與活動。然而《金瓶梅》以簡練而流暢的筆法，逐一
呈現西門府的元旦景象。

〔註12〕〔明〕蘭陵笑笑生：《金瓶梅詞話》第七十八回，見梅節校訂：《夢梅館校本
　　　　金瓶梅詞話》（臺北：里仁書局，2007年），頁1338～1339。以下引用本書，
　　　　為免冗蕪之累，均採隨文引注方式。
〔註13〕喬繼堂：《中國歲時禮俗》，頁26。

試觀小說第七十八回的相關內容：

> 到次日，重和元年新正月元旦，西門慶早起，冠冕穿大紅，天地上
> 炷了香，燒了紙，吃了點心，備馬就出去拜巡按、賀節去了。月娘
> 與眾婦人，早起來施朱傅粉，插花插翠，錦裙綉襖，羅襪弓鞋，妝
> 點妖嬈，打扮可喜，都來後邊月娘房內，廝見行禮。那平安兒與該
> 日節級，在門首接拜帖、落門簿，答應往來官長士夫。（第 78 回，
> 頁 1339）

西門府度過新正佳節的方式從祭祀天地開始，之後西門慶至親友與官吏處拜
年，小妾輩則妝扮整齊，赴正室吳月娘房中行禮。府外若有官吏貴客拜年，
一併由小廝與節級在門首接收拜帖。可見《金瓶梅》的元旦節俗，共可歸納
出祭祀與拜年兩大部分，分述如次：

（一）祭祀

明人在元旦當日的祭祀內容與除夕相似，舉凡神鬼、地祇、先祖皆是百
姓祭祀的對象，但是隨著地域不同而有些許差異。例如《宛署雜記》記載：
「歲時元旦拜年：晨起當家者，率妻孥，羅拜天地，拜祖禰。」〔註 14〕清楚
呈現宛平縣人於元旦早晨時，由家主率領妻小祭拜天地與先祖。另外《月令
採奇》則云：「元旦酬恩，宜齋戒焚香點燭，拜謝天地日月星辰、國王水土、
祖宗父母、社稷六神、勿興惡念。」〔註 15〕此則文獻與《宛署雜記》的內容
有些許出入，在於《月令採奇》所臚列的祭祀對象較為廣泛，舉凡天地、星
辰、人君、先祖皆納入祭祀之列。但須注意的是，《宛署雜記》僅為宛平縣的
地方風土見聞，而《月令採奇》則為全國性的歲時風俗紀錄，因此後者蒐羅
的民俗訊息相對前者廣泛，亦合乎情理。

然而即使各筆記史料的內容有所差異，尚能看出明人於元旦時的祭祀對
象，必定包含天地與先祖。此與《金瓶梅》中「西門慶早起，冠冕穿大紅，天
地上炷了香，燒了紙」的敘述相似，皆強調元旦祭典中天地的重要性。

（二）拜年

明人的拜年方式可依對象分為家長與親友兩類，諸如《帝京景物略》與

〔註 14〕〔明〕沈榜：《宛署雜記》，卷 17，頁 2 下。

〔註 15〕〔明〕李一楫：《月令採奇》，收入《歲時習俗研究資料彙編》第 8 冊（臺北：
藝文印書館，1970 年），頁 8 上。

《宛署雜記》，皆指出兩種形式的差異。家長拜年方面，《帝京景物略》僅曰：
「家長少畢拜。」〔註16〕顯示元旦時，晚輩須向長輩祝賀新年。《宛署雜記》
則有較為詳盡的描述：「做匾食，奉長上為壽。」〔註17〕宛平縣民於元旦時，
亦須由晚輩向長輩拜年，形式上卻額外製作扁食以供奉長輩，可視為中國北
方的特殊風俗。但是回顧《金瓶梅》的內容，僅見到小妾如李嬌兒、孟玉樓等
人向吳月娘行禮，並未有晚輩向長輩拜年的場面。然而顧及西門慶上無尊親
的情況下，正室吳月娘即為家主，因此小妾向正室行禮合乎此項風俗。

　　親友拜年方面，《帝京景物略》云：「姻友投箋互拜。」〔註18〕即親友間
以投遞拜帖的形式拜年。《宛署雜記》則記載當地有「道上叩頭」的獨特風俗：
「元旦出游，道逢親友，即於街上叩頭。」〔註19〕宛平縣民於元旦出遊時，
若路逢親友便互相叩頭拜賀。兩者所記錄的內容不盡相同，顯示中國地域風
俗的多樣性；但是《帝京景物略》的內容，與《金瓶梅》中「那平安兒與該日
節級，在門首接拜帖，落門簿」的敘述相同，提起以拜帖賀年的習俗。

　　拜帖的前身稱為名刺，類似今日之名片。明人田藝蘅（1524～？）云，
古代名刺由竹木片削製而成，並在上面書寫自身姓名。傳至後世改以紙張代
替竹木後，又稱為名紙：「古者削竹木以書姓名，故曰刺。……後以紙書，故
曰名紙。」〔註20〕據郭興文與韓養民的考證結果，中國自西漢時已有用名刺
拜會的風俗，但到宋代方形成拜年時投贈名帖的風氣：

　　　　（宋代）到了正月初一拜年時，理應登門拜賀，由於忙不過來，就
　　　贈送一張名帖，甚至給不熟悉的人也送一張。……到了明代，京師
　　　投寄名刺之風尤盛，朝官往來不問相識與否，都是望門投刺，還有
　　　不下馬或不登門而令人送名帖者。〔註21〕

宋人因春節忙碌而不克登門拜年，遂改用投遞名帖的方式表達心意。此項風
俗發展至明代大盛，尤其京師官吏不問相識與否皆望門投遞，甚至衍生出命
人代投名帖的習慣，造成家戶應接不暇的問題產生。為了應對此種現象，明

〔註16〕〔明〕劉侗、于奕正：《帝京景物略》，卷2，頁8下。
〔註17〕〔明〕沈榜：《宛署雜記》，卷17，頁2下。
〔註18〕〔明〕劉侗、于奕正：《帝京景物略》，卷2，頁23上。
〔註19〕〔明〕沈榜：《宛署雜記》，卷17，頁2下。
〔註20〕〔明〕田藝蘅：《留青日札》，收入《續修四庫全書・子部》第1129冊（上海：
　　　上海古籍出版社，2002年），卷23，頁11下。
〔註21〕郭興文、韓養民：《中國古代節日風俗》（臺北：博遠出版有限公司，1989年），
　　　頁100。

人多於門上張貼紅色紙袋，並上書姓名以便接收名帖，此即門簿的由來。

雖然《金瓶梅》未深入描寫春節風俗，但是透過西門府內外慶賀佳節的過程，可以發現作者如實傳達明人過年時強調的團圓、敬祖、尊長的吉慶意義。更藉由西門府貴客往來不絕的氣象，塑造西門慶官運亨通、交遊廣闊的形象，顯示西門慶處於權勢鼎盛的榮景當中。

第二節　春節敘事中西門府衰敗跡象

《金瓶梅》中與春節相關的文字，僅出現在第七十八與七十九回，看似難以左右全書的情節布局，然而誠如蒲安迪表示：「作者不厭其煩地描寫四季節令，超出介紹故事背景和按年月順序敘述事件的範圍，可以說已達到了把季節描寫看成一種特殊的結構原則的地步。」〔註22〕可見小說作者刻意將各節令穿插於背景中，實已將其視為特殊架構存在。因此任何節令出現於小說中絕非偶然，當能證明春節為情節鋪敘的重要樞紐。據筆者梳理《金瓶梅》春節敘事的特點，可以發現春節位處新舊歲時的交接時刻，以其身為歲首的地位，固能成為西門府發跡的象徵。但是作者更重視春節作為舊年的終止意義，而將春節視為西門府家道衰敗的標誌，關鍵是西門慶暴病身亡的事件產生。

西門慶卒於《金瓶梅》第七十九回，死因據小說中各醫家的診療結果，計有脫陽、忍便行房、癃閉便毒等疾病，未有任何更加明確的原因。但是透過作者在第七十九回前半段的敘述，讀者能明白西門慶乃因服食春藥過度，以致精血盡出而亡，故當為脫陽之症。由此推論，西門慶的死似乎出於偶然。但是作者在判語中否認此種說法，轉而將其死因歸咎於長期縱慾：

> 看官聽說：一己精神有限，天下色欲無窮。又曰：嗜欲深者，其天機淺。西門慶只知貪淫樂色，更不知油枯燈盡，髓竭人亡。原來這女色坑陷得人有成時必有敗。（第79回，頁1378）

此段評價以「看官聽說」的形式提出，是作者採用敘事者干預的技巧，對於小說情節進行事前或事後的補充說明。徐志平將中國古典小說的敘事者干預分為若干類型，指出小說中如上述引文屬於評價式干預，即為道德勸懲。或對人物言行及事件的評論，尤其散文式的議論，更直接傳達了敘事者的

想法。〔註 23〕因此從上文所徵引的段落而論，西門慶的直接死因當為服藥過度無疑，但是作者利用敘事者干預，將原由導向長期縱慾，顯示對西門慶平素行為的批判。

　　春節位於新舊歲時之交，自古具有除舊布新的作用，如趙東玉所云：「年節裡舉手投足、飲食起居，到處都有這些無處不在的神人、神物包圍，對人們加以救助和保佑。」〔註 24〕由於百姓對於未來充滿希望與期待，無論春節間進行的儀式或使用的器具，皆被賦予趨吉避凶的功能，諸如春聯、爆竹比比皆是。李豐楙亦表示，在特殊節日進行的期間，慶典進行時所涵蓋的時空可受到宗教儀式的淨化：

> 從原始的社分化、發展，可為宮觀、寺廟或廟宇的聖界，也可為醮
> 典、祭區的合境，空間也不是恆常不變的，乃經由一些固定或臨時
> 設置的象徵物，經由宗教的聖化後，世俗的空間也可轉化為神聖的、
> 非常的，以此區隔於界外的世俗、平常的世界。〔註 25〕

中國古代以社為人群聚集的基礎，並以此為單位進行儀式與慶典，即便後世轉由庵觀寺院為宗教中心，只要該空間經過淨化後便具有神聖意義。由此可見，在春節期間無論何處皆為神聖空間，百姓不受邪祟與惡疾侵擾。

　　但是在《金瓶梅》的春節敘事中，作者為了加深讀者對於西門慶長期縱慾的印象，同時暗示其死因何在，於是透過批評與徵兆，作為西門慶將死的預言。雖然兩種方式在小說中呈現方式不盡相同，卻同時兼具批判與預示的功效，分述如次：

一、批評

　　《金瓶梅》作者在春節敘事中，頻繁置入西門慶與妻妾、僕婦或他人妻妾的性交場面，諸如賁四嫂、林太太、如意兒、潘金蓮、來爵妻惠元與王六兒，皆為此短暫時間中的性對象，藉此加速西門慶的死期，與奠定縱慾身亡的事實。值得注意的是，作者不僅單純描述西門慶性交的場景，更於其性交前後附上一段批評的文字或詩詞。在這些批評的文字中，作者針對西門慶的行為進行道德批判，並透漏小說後續內容的走向，充分發揮敘事者預示的效果。

〔註23〕徐志平：《明清小說敘事研究》（臺北：新文豐出版股份有限公司，2014 年），頁 133。
〔註24〕趙東玉：《中華傳統節慶文化研究》（北京：人民出版社，2002 年），頁 154。
〔註25〕李豐楙：〈由常入非常——中國節日慶典中的狂文化〉，頁 133。

本文將第七十八與七十九回中的批評臚列於下表中：

表一：《金瓶梅》第七十八至七十九回批評一覽

回　目	對　象	批　　評	出　　處
78	如意兒	西門慶情濃樂極，精邈如湧泉。正是：不知已透春消息，但覺形骸骨節鎔。	頁1353
	惠元	看官聽說：次第明月圓，容易彩雲散，樂極悲生，否極泰來，自然之理。西門慶但知爭名奪利，縱意奢淫，殊不知天道惡盈，鬼錄來追，死限臨頭。	頁1367
79	惠元	西門慶只知淫人妻子，而不知死之將至。當日在夾道內奸耍了來爵老婆，走到捲棚內陪吳大舅、應伯爵、謝希大、常時節飲酒。	頁1369
	潘金蓮	西門慶下馬，腿軟了，被左右扶進，逕往前邊潘金蓮房中來。這不來倒好，若來，正是：失曉人家逢五道，淒冷餓鬼撞鐘馗。	頁1376
		看官聽說：一已精神有限，天下色欲無窮。又曰：嗜慾深者，其天機淺。西門慶只知貪淫樂色，更不知油枯燈盡，髓竭人亡。原來這女色坑陷得人有成時必有敗。	頁1378

　　從上表可知，此二回的批評共有五段，多數直接顯示西門慶將死於貪淫的結局，並且順勢進行道德批判。例如第七十八回中，西門慶與惠元性交後，作者評云：「西門慶但知爭名奪利，縱意奢淫。殊不知天道惡盈，鬼錄來追，死限臨頭。」〔註26〕明確指出西門慶爭名奪利、縱意奢淫的行為天理難容，故其大限離此時已經不遠。又如第七十九回，西門慶服藥過度而脫陽，作者即曰：「西門慶只知貪淫樂色，更不知油枯燈盡，髓竭人亡。原來這女色坑陷得人有成時必有敗。」〔註27〕此段批評更直接表達《金瓶梅》的中心思想，即男子深陷女色必招致禍患。〔註28〕整體而言，以上批評同時具有勸誡的作用，而充分發揮敘事者預示的功效，使讀者能知曉小說後續的發展與西門慶的命運。

〔註26〕〔明〕蘭陵笑笑生：《金瓶梅詞話》第七十八回，頁1367。
〔註27〕〔明〕蘭陵笑笑生：《金瓶梅詞話》第七十九回，頁1378。
〔註28〕《金瓶梅》卷前附有〈四貪詞〉四闋，各以〈酒〉、〈色〉、〈財〉、〈氣〉為題，勸戒世人莫陷入此四種迷障當中，此亦正文所欲傳達的核心思想所在。其中〈色〉詞上闋即云：「休愛綠鬢美朱顏，少貪紅粉翠花鈿。損身害命多嬌態，傾國傾城色更鮮。」點出世人若貪愛美色，將置己身於傷身損命的危機。參〔明〕蘭陵笑笑生：《四貪詞》，《金瓶梅詞話》，卷前，頁2。

二、徵兆

　　《金瓶梅》作者以「看官聽說」等敘事者預示的方法，使讀者了解西門慶的死因為長期縱慾。但是敘事者預示對於情節，僅能起到補充作用，無法直接取代用以推進情節的敘事文字。作者除了以批評起到預示作用外，亦於情節中置入若干徵兆，即透過對於特殊事物或事件的刻劃而形成，例如疾病、鬼祟等。值得注意的是，徵兆雖與特定的事件有所聯繫，但因須融入情節而在描述時模糊不清，使讀者在閱讀的當下，未必能意識到徵兆。《金瓶梅》第七十八回與七十九回的徵兆，可分成疾病與邪祟兩類，臚列於下表：

表二：《金瓶梅》第七十八至七十九回徵兆一覽

徵　兆	回　目	內　　容	出　　處
疾病	78	西門慶道：「……這兩日春氣發也怎的，只害這邊腰腿疼。」月娘道：「你腰腿疼，只怕是痰火，問任醫官討兩服藥吃不是？只顧挨着怎的？」	頁1348
		西門慶陪着伯爵吃茶，說道：「……這兩日不知酒多了也怎的，只害腰疼，懶待動彈。」	頁1350
		到晚夕，堂中點起燈來，小優兒彈唱燈詞。還未到起更時分，西門慶正陪著人坐的，就在席上齁齁的打起睡來。伯爵便行令猜枚鬼混他，說道：「哥，你今日沒高興，怎的只打睡？」西門慶道：「我昨日沒曾睡。不知怎的，今日只是沒精神，打睡。」	頁1367
邪祟	79	打馬正過之次，剛走到西首那石橋兒跟前，忽然見一個黑影子從橋底下鑽出來，向西門慶一拾。那馬見了只一驚躲，西門慶在馬上打了著個冷戰。醉中把馬加了一鞭，那馬搖了搖鬃，玳安、琴童兩個用力拉著嚼環，收煞不住，雲飛般望家奔將來，直跑到家門首方止。	頁1376

　　從上表可見，春節中所出現的徵兆類型，共可分成疾病與邪祟，其中疾病部分共有三例，並集中於第七十八回出現。而邪祟僅見一條，僅出現在第七十九回中。

　　疾病部分，西門慶於春節期間感覺自身已有腰腿疼痛、嗜睡等小疾，卻認為是因時氣所感或飲食失調所引起，並未十分重視。雖然表中所列的疾病或許皆起於偶然，與西門慶長期縱慾毫無關聯，但是西門慶畢生少疾，直到第七十八回開始方有患病的紀錄，顯示作者有意藉由疾病，帶出脫陽的結果。

然而更直接的證據是在第七十八回，西門慶宴請堂客卻在席上昏昏欲睡。
小說即云：

> 看官聽說：次第明月圓，容易彩雲散，樂極悲生，否極泰來，自然
> 之理。西門慶但知爭名奪利，縱意奢淫，殊不知天道惡盈，鬼錄來
> 追，死限臨頭。……還未到起更時分，西門慶正陪著人坐的，就在
> 席上鶻鶻的打起睡來。（第78回，頁1367）

此處首先批評西門慶縱慾無度有違正道，後續立刻帶出精神不濟且嗜睡的病
癥，顯示作者有意將病根歸於縱慾，而造成精力衰竭的症狀。當可推論西門
慶於春節中所染之小疾，即為脫陽而死的徵兆。

另外在第七十九回中，徵兆轉以具體的形象出現，試觀該回相關敘事：

> 那時也有三更時分，天氣有些陰雲，昏昏慘慘的月色……打馬正過
> 之次，剛走到西首那石橋兒跟前，忽然見一個黑影子從橋底下鑽出
> 來，向西門慶一拾。那馬見了只一驚躲，西門慶在馬上打了著個冷
> 戰。（第79回，頁1376）

此處的徵兆乃一黑影，於三更時分驚嚇西門慶坐下的馬匹，使西門慶從酒醉
中驚覺。關於此黑影的具體來源，小說未再次敘述或交代，因此難以解釋黑
影的真貌為何。但是從作者有意將黑影出現的時機，置於三更時分，並在此
事後使西門慶脫陽的情形而論，可以推論此黑影為一邪祟而非人影。雖然《金
瓶梅》中邪祟傷人的事例不多，然而邪祟的出現往往能對人的身心造成實際
影響，並昭示某一事件的產生。因此與疾病相較，邪祟對於讀者而言，更能
凸顯預示的功效。

然而何以《金瓶梅》作者，特意將西門慶的大限安排在春節後，而非其
他節日如清明、中秋？此乃作者欲藉由春節熱鬧、吉祥的喜慶意象，凸顯西
門慶死非其時，並諷刺其平生作為有違天理。《金瓶梅》中有兩場重要的喪禮，
一為李瓶兒、二為西門慶，雖然兩人喪禮皆由西門府舉行，無論時間與排場
實為天淵之隔。從時間而論，李瓶兒死於九月十七日，〔註29〕在歲時中為一
平常日期，前後未與重要節日有所關聯；反觀西門慶卒於正月廿一，正與春
節結束相去不遠。以排場而言，作者在第八十回中描述西門慶送殯時，僅以
數句話便能明瞭兩人喪禮排場的差別：

> 初九日念了三七經，月娘出了暗房。四七就沒曾念經。十六日，陳

〔註29〕魏子雲：《《金瓶梅》編年紀事》，頁32。

　　經濟破了土回來，二十日早發引。也有許多冥器紙札，送殯之人終
　　不似李瓶兒那時稠密。（第 80 回，頁 1403）

實際上西門慶與李瓶兒的喪禮流程並無差別，皆遵循傳統禮制而進行。但是
作者僅用「送殯之人，終不似李瓶兒那時稠密」一句，立刻道破西門慶的喪
禮場面冷清，不似李瓶兒出殯時熱鬧喧囂。

　　即明李瓶兒與西門慶的喪禮存在繁複的冷熱對比，誠如張竹坡（1670～
1698）評曰：「寫西門一死，其家中人上下一個不少，然只覺淒涼，不似瓶兒
熱鬧，真是神化之筆。」〔註 30〕李瓶兒死時平常為冷，出殯人多乃熱；西門
慶卒於春節為熱，出殯人少乃冷。然而若將兩人的喪禮進行整體比對，即能
發現李瓶兒之喪為熱，西門慶之死乃冷。因此西門慶死於春節後絕非偶然，
乃因作者為了將其喪禮與李瓶兒形成對照，並透過喧囂吉慶的氣氛襯托西門
慶死時淒涼的場景。

　　更重要的是，西門慶身亡固然為《金瓶梅》的重大事件，代表情節發展
至此發生轉折。整體場景將從西門府遷往守備府，主角亦由西門慶改成陳經
濟。但是在現實意義中，西門慶暴卒即象徵西門府家業迅速崩毀，不復當年
富貴奢靡的生活。在《金瓶梅》的人物設定及關係規劃中，西門慶除去妻妾
與子女數人之外，再無親人可堪依靠。可見西門府的榮景乃由西門慶獨力開
創和支撐，無人從旁施予援手，因此西門府家業自西門慶死後迅速衰敗，實
乃必然之理。此即張竹坡所云：

　　書內寫西門許多親戚，通是假的。如喬親家，假親家也；翟親家，
　　愈假之親家也；楊姑娘，誰氏之姑娘？假之姑娘也；應二哥，假兄
　　弟也；謝子純，假朋友也。……彼西門氏並無一人，天之報施亦慘，
　　而文人惡之者亦毒矣。

　　《金瓶梅》何以必寫西門慶孤身一人，無一著己親哉？蓋必如此，
　　方見得其起頭熱得可笑，後文一冷便冷到徹底，再不能熱也。〔註 31〕

西門氏在西門慶的經營下躍升為清河豪門，但是在顯耀光彩的富貴景象之下，
依舊無法掩飾宗族血脈單薄的事實。雖然作者陸續安排喬通、翟謙、楊姑娘、

〔註 30〕〔明〕蘭陵笑笑生著，〔清〕張竹坡評點，劉輝、吳敢輯校：《金瓶梅》會評
　　　　會校》第 4 冊（香港：天地圖書有限公司，2010 年），頁 1675。
〔註 31〕〔清〕張竹坡評點：〈批評第一奇書《金瓶梅》讀法〉，收入劉輝、吳敢輯校：
　　　　《《金瓶梅》會評會校》第 5 冊，頁 1675。

應伯爵等人出場，並分別冠與親家、姑娘、兄弟等稱呼。表面上看似親密無比，卻皆是透過聯姻、結拜等方式與西門慶產生關聯，不及真實的血緣關係可靠。因此自西門慶死後，作者特意安排一眾假親族、假兄弟、假朋友與西門府疏遠的情節，不僅譴責世情冷暖的無情假象，更暴露西門慶身為西門府唯一支柱，在其人身亡後西門府注定衰敗的悲涼結局。

　　整體而論，雖然《金瓶梅》所刻劃的春節場景與明代社會無二，營造出熱鬧喧囂的喜慶氣氛，代表西門府家業一帆風順的吉兆。然而作者旨於透過春節的傳統意涵，反襯西門慶死非得時的報應，故在春節中多次描述其耽溺性交的場面，並且在情節中埋藏包含預示作用的疾病及徵兆，傳達西門慶必死於縱慾的結局。

第三節　元宵節俗的狂歡及展望作用

　　元宵源自漢代祭祀太一的儀式，根據《帝京景物略》記載：「張燈之始也，漢祀太乙，自昏至明。」〔註32〕太一在漢武帝（156B.C.～87B.C.）朝被尊奉為最高神祇，〔註33〕制定於正月上辛日進行祭祀。〔註34〕但是此項事蹟僅能視為元宵祭祀的起源，民間尚未形成固定的慶祝活動。直至東漢時期，由於佛教東傳且在中原廣為流播，促使漢明帝（28～75）下令在宮中與各地寺廟點燃燈火，以表彰佛法。誠如宋人贊寧（919～1001）指出：「西域十二月三十日，是此方正月十五日，謂之大神變月，漢明勅令燒燈表佛，法大明也。」〔註35〕可見元宵張燈的習俗深受佛教影響，經由朝廷推廣擴大慶典的規模。

〔註32〕〔明〕劉侗、〔明〕于奕正：《帝京景物略》，卷2，頁14上。

〔註33〕《漢書·郊祀志》記載：「及病，使人問神君，神君言曰：『天子無憂病。病少瘉，強與我會甘泉。』於是上病瘉，遂起，幸甘泉，病良已。大赦，置壽宮神君。神君最貴者曰太一，其佐曰太禁、司命之屬，皆從之。」此處清楚指出，武帝崇祀太一的原因，係身染疾病而請示神祇，遂得神祇指示，當在病癒後，於甘泉宮設立諸神祇靈位。而此眾神祇之首即為太一，此即漢武帝供奉太一的由來。參〔漢〕班固著，〔唐〕顏師古注，〔唐〕王先謙補注：〈郊祀志〉，《漢書補注》上冊（北京：中華書局，1983年），卷5，頁25下。

〔註34〕《史記·樂志》記載：「漢家常以正月上辛祠太一甘泉，以昏時夜祠，到明而終。」可見漢代祭祀太一的時間為正月上辛日。參〔漢〕司馬遷：〈樂書〉，《史記》第2冊（臺北：鼎文書局，1993年），卷24，頁1178。

〔註35〕〔宋〕贊寧著，富世平校柱：《大宋僧史略校注》（北京：中華書局，2015年），卷下，頁224。

然而元宵正式進入庶民生活的時間點，須往後推移至南北朝時期，方能在文人著述發現民間慶賀的跡象。例如《荊楚歲時記》記載：「其夕迎紫姑，以卜將來、蠶桑，並占眾事。」〔註36〕南北朝時期，民間已有在元宵晚夕迎接紫姑的儀式，藉此占卜來年運勢與蠶桑諸事。不僅可以視為元宵成為民俗節令的證明，更能看出元宵具有展望未來，或寄寓期望的功用。

但是元宵對於傳統社會的原始意義，並非在於懸掛花燈或燃放花炮等活動，而是此日後百姓從狂歡狀態回歸日常。元宵作為春節延伸與終止日期，意即百姓慶賀新春的活動，從正月一日開始，直到十五日方告完結。春節期間大地尚為大雪籠罩，故為農業社會中的休耕階段，百姓得以進行狂歡。元宵作為此非常時間的終結，亦有氣候條件作為憑證，李豐楙指出：

　　而在黃河流域的氣候則常以雨水前後的元宵節為隔開，在全家聚集
　　共吃元宵、共賞元宵燈與月，並進行集體性元宵燈夕遊行，狂歡後，
　　才算是過完息農功、樂新年的年節。〔註37〕

元宵與二十四節氣的雨水相近，中國北方的氣候至此方逐漸回暖，有利進行農耕作業。因此百姓慶賀新春的活動多持續至元宵，並且於此日晚夕擴大狂歡的規模，迎接自然與萬物生命的復甦。總體而言，元宵作為凜冬的終結，與新春的起始，被傳統社會賦予對來年的無限希望，進而透過集體狂歡，開啟日常生活的嶄新階段。

明代慶賀元宵的風氣達到鼎盛，無論朝廷或民間皆投入節俗。宮中慶賀活動主要為觀賞燈火與花炮，例如《皇明資治通紀》記載，永樂年間成祖（1360～1424）於元宵大宴群臣，並連續三日與臣民同賞鰲山燈景：「正月元宵節賜文武羣臣宴，聽臣民赴午門外觀鰲山三日，自是歲以為常。」〔註38〕另如《酌中志‧宮中上元》亦云，天啟年間在臘月至正月間，接連於乾清宮丹墀內，施放煙火與安置花燈，以供熹宗（1605～1627）與宮眷取樂：「乾清宮丹墀內，自二十四日起至次年正月十七日止，每日晝間放炮，遇風大，暫止一日半日。其安放鰲山燈扎煙火。」〔註39〕以上文獻顯示，明代宮中確實有慶賀元宵的

〔註36〕〔南朝梁〕宗懍：《荊楚歲時記》，收入《叢書集成初編》（北京：中華書局，1991年），頁6。
〔註37〕李豐楙：〈由常入非常——中國節日慶典中的狂文化〉，頁127。
〔註38〕〔明〕陳建：《皇明資治通紀》，收入《四庫禁燬書叢刊‧史部》第12冊（北京：北京出版社，2005年），卷13，頁17上。
〔註39〕〔明〕劉若愚：《酌中志》，收入《明清筆記史料》第98冊（北京：中國書店，

習俗，並且隨著時代推進有擴大活動規模的趨勢。

　　民間慶祝元宵節的活動遠比宮廷多元，並不侷限於觀賞花燈、施放煙火等項目，難以逐一詳述。然而《金瓶梅》的敘事背景設定為明代社會，我們若針對書中的慶祝活動進行探討，並且以明代風俗見聞交相比對，亦可了解庶民慶祝元宵的方式。綜覽《金瓶梅》所描述的元宵節節俗，共可臚列觀賞花燈、施放煙火、走百病等三項。茲於下文分述如次：

一、觀賞花燈

　　明代庶民賞燈的地點聚集於燈市，即出售各式花燈的市集。《金瓶梅》中西門府歡度元宵的地點，亦多發生於燈市。試觀相關敘事：

> 月娘到次日。留下孫雪娥看家，同李嬌兒、孟玉樓、潘金蓮四頂轎子出門。都穿着妝花錦繡衣服，來興、來安、玳安、畫童四個小廝跟隨著，徑到獅子街燈市李瓶兒新買的房子。……見那燈市中人烟湊集，十分熱鬧。（第 15 回，頁 202）

> 須史，走過大街，到燈市裡。金蓮向玉樓道：「咱如今往獅子街李大姐房子裡走走去。」於是吩咐畫童、來安兒打燈先行，迤邐往獅子街來。（第 24 回，頁 337）

> 西門慶與應伯爵看了回燈，繞到房子裡，兩個在樓上打雙陸。樓上除了六扇窗戶，挂着簾子，下邊就是燈市，十分熱鬧。（第 42 回，頁 620）

明人慶賀元宵的方式以遊覽燈市為主，例如《帝京景物略》記載：「市在東華門，東亘二里。市之日，省直之商旅，夷蠻閩貊之珍異，三代八朝之骨董，五等四民之服用物皆集。」〔註40〕另外《酌中志》曰：「正月燈市節，司禮監掌印等各購擺設器物、書畫手卷、册頁之類進御前。」〔註41〕顯示燈市販賣的貨物不限於花燈，而是擴及骨董、擺設、書畫等用品，吸引朝廷與庶民投入遊賞燈市的活動，驗證明人生活與元宵燈市息息相關。

　　值得注意的是，《金瓶梅》不僅保存明人遊覽燈市的風俗，更臚列燈市販售的花燈樣式。試觀以下內容：

　　　2000 年），卷 20，頁 10 上。

〔註40〕〔明〕劉侗、〔明〕于奕正：《帝京景物略》，卷 2，頁 14 下。

〔註41〕〔明〕劉若愚：《酌中志》，卷 7，頁 3 上。

金蓮燈，玉樓燈，見一片珠璣；荷花燈，芙蓉燈，散千圍錦繡。繡
毯燈，皎皎潔潔；雪花燈，拂拂紛紛。秀才燈，揖讓進止，存孔孟
之遺風；媳婦燈，容德溫柔，效孟姜之節操。和尚燈，月明與柳翠
相連；通判燈，鐘馗共小妹并坐。師婆燈，揮羽扇，假降邪神；劉
海燈，背金蟾，戲吞至寶。駱駝燈、青獅燈，馱無價之奇珍，咆咆
哮哮；猿猴燈、白象燈，進連城之秘寶，頑頑耍耍。七手八腳，螃
蟹燈倒戲清波；巨口大髯，鮎魚燈，平吞綠藻。……轉燈兒一來一
往，吊燈兒或仰或垂。琉璃瓶現美女奇花，雲母障呈瀛州閬苑。……
向西瞧，羊皮燈，掠彩燈，錦繡奪眼。（第 15 回，頁 203）

上文列出的花燈樣式共計二十四種，依序為金蓮燈、玉樓燈、荷花燈、芙蓉
燈、繡球燈、雪花燈、秀才燈、媳婦燈、和尚燈、通判（鐘馗）燈、師婆燈、
劉海燈、駱駝燈、青獅燈、猿猴燈、白象燈、螃蟹燈、鮎魚燈、轉燈兒、吊燈
兒、琉璃瓶、雲母障、羊皮燈、掠彩燈。雖然此段文字以詩詞的形式呈現，但
是不代表其中花燈樣式出於虛構。田汝成（1503～1557）於〈熙朝樂事〉中另
外記錄明代燈市所販售的花燈類目，可與《金瓶梅》的內容比對：

出售各色華燈，其像生人物，則有老子美人、鍾馗捉鬼、月明度妓、
劉海戲蟾之屬。花草則有梔子、葡萄、楊梅、柿橘之屬。禽虫則有
鹿鶴、魚鰕、走馬之屬。其奇巧則琉璃毯、雲母屏、水晶簾、萬眼
羅、玻璃瓶之屬。而豪家富室，則有料絲魚魷、綵珠明角、鏤畫羊
皮、流蘇寶帶，品目歲殊，難以枚舉。〔註42〕

〈熙朝樂事〉所列花燈共計二十種，依據外觀可分為人物、花草、禽蟲、奇巧
等五類。礙於燈市販賣的花燈歷年不一，書中臚列的樣式無法呈現明代花燈
的全貌，但是〈熙朝樂事〉乃西湖地區的風土見聞，與《金瓶梅》相較之下更
具真實性，故可作為明代花燈樣式的重要史料。

以二書花燈樣式比較，共可見六種相同的花燈，即通判燈、劉海燈、鮎
魚燈、琉璃瓶、雲母障與羊皮燈。雖然此數額遠不及《金瓶梅》臚列的樣式數
目，但是若將《金瓶梅》中的花燈以〈熙朝樂事〉的類目進行區分，可以發現
各式花燈皆能依此分門別類。足以驗證《金瓶梅》的敘事背景並非全然出於
虛構，即便有虛構的部分亦本於史實，因此《金瓶梅》所描繪的燈市景致，確

〔註42〕〔明〕田汝成：〈熙朝樂事〉，《西湖遊覽志餘》（臺北：木鐸出版社，1982 年），
卷 20，頁 355。

為明人生活的具體投映，並且彰顯晚明經濟繁榮的勝狀。

二、施放煙火

　　中國放煙火的起源，最早可上溯至兩宋時期，並已成為慶祝節日不可或缺的活動之一。〔註43〕明代基本上延續此項風俗，不同的地方在於，宋人多只在除夕或元旦施放煙火，明人則延續至元宵前後方止。例如《西湖遊覽志餘》記載，宮中於元夕時，曾在宣德門燃放煙火百餘架：「至二鼓，上乘小輦，幸宣德門觀鼇山。……宮漏既深，宣放烟火百餘架，而駕始還。」〔註44〕另外《酌中志》則指出，內廷鐘鼓司於元宵節之前，須置辦花燈、火炮、煙火等用品娛樂宮眷：「又，上元之前，……內官監供奇花、火炮、巧線、盒子、煙火、火人、火馬之類。誠所謂瞬息之樂，妝點太平，或藉此孝娛聖母，未為不可。」〔註45〕由此可見，明代繼承宋代於重要節日施放煙火的節俗，並且有擴大慶祝規模的趨勢。

　　《金瓶梅》對於煙火的敘述散見於各回之中，大多僅以簡單數句帶過。直到第四十二回，作者方細緻描繪西門府前，施放煙火的壯麗景象：

> 少頃，西門慶分付來昭將樓下開下兩間，吊挂上簾子，把烟火架抬出去。……彩蓮舫，賽月明，一個趕一個，猶如金燈沖散碧天星；紫葡萄，萬架千株，好似驪珠倒挂水晶簾泊。霸王鞭，到處響亮；地老鼠，串繞人衣。瓊盞玉臺，端的旋轉得好看；銀蛾金蟬，施逞巧妙難移。八仙捧壽，名顯神通；七聖降妖，通身是火。……一丈菊與烟蘭相對；火梨花共落地桃爭春。樓臺殿閣，頃刻不見巍峨之勢；村坊社鼓，仿佛難聞歡鬧之聲。貨郎擔兒，上下光焰齊明；鮑

〔註43〕如宋人吳自牧（？～？）於《夢粱錄》記載，宋代宮廷於除夕時有施放煙火的習俗：「是夜，禁中爆竹蒿呼，聞於街巷。□□□□□□煙火、屏風諸般事件爆杖，及送在□□□□□□爆杖聲震如雷。」此段紀錄雖然文字脫漏甚多，尚可看見宋代宮廷慶祝除夕的活動，係以爆竹與煙火等用品，呈現熱鬧的過年場景。另外《武林舊事》亦云，宋代朝廷於元旦行大朝會儀後，皇帝宴百官於慶瑞殿，並以施放煙火、張懸花燈等方式助興：「朝廷元日冬至行大朝會儀，……午後，修內司排辦晚筵於慶瑞殿，用煙火、進市食、賞燈，並如元夕。」前參〔宋〕吳自牧：《夢粱錄》，收入《全宋筆記》第8編（鄭州：大象出版社，2017年），卷6，頁146。後詳〔宋〕周密：《武林舊事》，收入《全宋筆記》第8編（鄭州：大象出版社，2017年），卷2，頁28。

〔註44〕〔明〕田汝成：〈偏安逸豫〉，《西湖遊覽志餘》，卷3，頁55。

〔註45〕〔明〕劉若愚：《酌中志》，卷16，頁23上～23下。

老車兒，首尾迸得粉碎。五鬼鬧判，焦頭爛額見猙獰；十面埋伏，

馬到人馳無勝負。（第 42 回，頁 627～628）

此處引文透露出兩項與煙火相關的重要訊息：第一，煙火的計數單位為「架」。
第二：煙火的樣式可見十八種，即彩蓮舫、紫葡萄、霸王鞭、地老鼠、瓊盞玉
臺、銀蛾金蟬、八仙捧壽、七聖降妖、一丈菊、煙蘭、火梨花、落地桃、樓臺
殿閣、村坊社鼓、貨郎擔兒、鮑老車兒、五鬼鬧判、十面埋伏等。

與前文論述花燈樣式時相同，《金瓶梅》雖然以詩詞形式敘述煙火施放的
場景，但是樣式不盡然出於作者虛構。因為《帝京景物略》對於明代煙火的
製作方式，與樣式有清楚的陳述，即可驗證《金瓶梅》內容的虛實：

煙火施放（煙火則以架以盒，架高且丈，盒層至五，其所藏械：壽
帶、葡萄架、珍珠簾、長明塔等）。〔註46〕

此段引文清楚指出，煙火的計數單位可以分成「架」與「盒」兩種，架高逾
丈，盒僅五層。故能推論，煙火以架製作的成本遠較盒昂貴。因此《金瓶梅》
中西門府每逢施放煙火必以架計量，徹底彰顯西門慶豪奢的家業。另外《帝
京景物略》亦約略提及，明代煙火樣式有壽帶、葡萄架、珍珠簾、長明塔四
種，然而真實的數目必不止於此。但是若以《帝京景物略》與《金瓶梅》的內
容比較，可以發現前者的葡萄架、長明塔與後者之紫葡萄、樓臺殿閣相似。
當可推論《金瓶梅》的敘事背景並非全然出於虛構，而是作者描述昔時施放
煙火的勝景時，為了烘托元宵節的佳節氣氛，與西門慶的富足家業，以文學
創作的筆法進行藻飾。

三、走百病

元宵走百病的節俗至明代方成形，並且具備多重意義。據《帝京景物略》
記載，明代婦女於元宵晚夕時，結伴同行以消疾病，此即走百病的來源：「婦
女相率宵行，以消疾病，曰走百病，又曰走橋。」〔註47〕然而檢閱明清風俗
見聞，可以發現時人常將走百病與摸釘兒的風俗並談。即如《帝京景物略》
所云，婦女於走百病時行至城門處，會觸碰門釘以求得子：「至城各門，手暗
觸釘，謂男子祥，曰摸釘兒。」〔註48〕顯示摸釘兒實際上屬於走百病過程的

〔註46〕〔明〕劉侗、〔明〕于奕正：《帝京景物略》，卷 2，頁 14 下～15 上。
〔註47〕〔明〕劉侗、〔明〕于奕正：《帝京景物略》，卷 2，頁 23 下。
〔註48〕〔明〕劉侗、〔明〕于奕正：《帝京景物略》，卷 2，頁 23 下。

一部份。因此明代婦女走百病的完整意義,不僅在於避邪,亦希望藉此求得生子的吉兆,可見走百病具有避邪與生育的雙重意義。

《金瓶梅》多次描述西門妻妾於元宵走百病的情節,然而僅第二十四回敘事最詳盡。試觀該回敘事:

> 金蓮便向二人說道:「他爹今日不在家,咱對大姐姐說,往街上走走去。」……月色之下,恍若仙蛾,都是白綾襖兒,遍地金比甲。頭上珠翠堆滿,粉面朱唇。……。出的大街市上,但見香塵不斷,游人如蟻。花炮轟雷,燈光雜彩。簫鼓聲喧,十分熱鬧。(第 24 回,頁 335～337)

以上引文看似單純描繪元宵走百病的盛況,重點卻在西門妻妾所穿著的衣飾上。此處顯示西門內眷皆穿著白綾襖兒,《帝京景物略》便提及:「婦女著白綾衫,隊而宵行,謂無腰腿諸疾,曰走橋。」〔註 49〕然其起源與跟走百病的關聯,據筆者檢閱歷代風俗見聞未能得出結論,僅能初步以顏色推斷,當欲呼應月色。但是透過《金瓶梅》描述走百病的文字,可以看出作者描摹昔時風物的筆力之高,雖為枝微末節處亦不草草帶過,相當程度保存明代歲時風俗。

總而言之,元宵源自西漢宮廷祭祀太乙的祭典,並在東漢時期受到佛教東傳的影響,由朝廷推動擴大祭祀的規模。但是直至南北朝,元宵方正式進入民間流傳,百姓透過迎接紫姑的儀式進行占卜,凸顯元宵作為展望未來的契機和功能。另外在歲時意義中,元宵作為春節的延伸和寒冬的終結,百姓在當日晚夕擴大慶賀新年的規模,把握最後狂歡的機會,以迎向日常生活的到來。因此元宵節俗往往具有狂歡的形式,象徵對於來年的殷切企盼。在《金瓶梅》的元宵敘事中,共收錄明人觀賞花燈、施放煙火及走百病三項節俗,即使小說文辭經過大量藻飾,模擬民間慶賀元宵的排場,但是在細節處仍舊符合明人風俗,呈現熱鬧喧囂的狂歡場面。

第四節　元宵敘事中西門府榮景建構

元宵作為《金瓶梅》最重要的歲時節日,共計於第十五回、第二十四回、第四十三回和第七十九回四度出現。綜觀此四次元宵期間的情節,無不充滿

〔註 49〕〔明〕劉侗、〔明〕于奕正:《帝京景物略》,卷 2,頁 23 下。

西門府縱情聲色的狂歡場景。不僅反映晚明社會富麗繁華的風貌，更藉由一系列節俗，張揚西門府的豪奢生活，象徵西門府的家業發展達到頂峰。作者為了凸顯元宵與西門府家業的關聯，特意從人物設定與敘事技巧兩方面入手，同時將元宵的狂歡及展望的意象，導入情節架構之中。尤其以人物設定而言，元宵正是西門慶妾室李瓶兒的生辰，當能推論作者欲以李瓶兒為媒介，串聯元宵與西門府運勢的關聯。本節將元宵敘事的特點分為兩部分論述，首先分析李瓶兒的人物設定意義，其次探討敘事技巧的運用方式。分述如次：

一、李瓶兒嫁入西門府的寓意

《金瓶梅》歲時書寫的一大特點，為西門妻妾或其他婦女的生辰多和特定節令重疊。誠如浦安迪指出：

> 祝壽的場面在《金瓶梅》這樣一部「人情小說」裡當然在所難免，問題在作者處理細節時運用的時間結構框架——他刻意把祝壽的場合安排在季節循環中的若干特殊的時刻……這些生日一個個如此巧妙的安排，清楚地透漏了作者在時間節令方面的精心設計。〔註50〕

在《金瓶梅》的時空布局中，作者有意將人物生辰與節令重疊，成為西門府運勢及節令意象的媒介，發揮歲時節令對於情節架構的影響力。

《金瓶梅》所刻劃的婦女群像中，唯有李瓶兒於正月十五日誕生，故小說四度以元宵為時空背景，完整呈現她的生命歷程。李瓶兒本為西門慶結義弟兄花子虛之妻，因在府中偶遇西門慶而一見鍾情，遂於日後氣死花子虛以順利嫁入西門府。雖然在西門妻妾中，李瓶兒排行第六，卻因持有花家巨額財富和育有子嗣官哥，地位幾乎可與正室吳月娘比肩。值得注意的是，西門慶迎娶李瓶兒的動機，不僅著眼於李瓶兒愛好風月的性格，更貪圖李瓶兒所擁有的花家財富。作者在小說中多次強調此一事實：

> 西門慶自從娶李瓶兒過門，又兼得了兩三場橫財，家道營盛，外莊內宅，煥然一新。米麥陳倉，騾馬成群，奴僕成行。（第20回，頁283）

> 玳安道：「一來他是福好，只是不長壽。俺爹饒使了這些錢，還使不著俺爹的哩。……把銀子休說，光金珠玩好，玉帶絛環鬏髻，值錢寶石，還不知有多少。為甚俺爹心裡疼？不是疼人，是疼錢。」（第

〔註50〕〔美〕浦安迪：《中國敘事學》，頁103～104。

64 回，頁 1021～1022）

西門慶在迎娶李瓶兒之前生活尚屬小康，但是整體財力無法稱作富庶。直至李瓶兒嫁入府中，西門慶順利佔據花家累積的財富，促使家業蒸蒸日上。甚至待李瓶兒病故後，西門慶不忌屍身穢惡而撲伏痛哭，看似為她傷悼不已，玳安卻批評西門慶所為不過疼惜錢財。然而無論西門慶對於李瓶兒真心與否，當能看出李瓶兒所帶來的錢財，是西門慶暴富與家道興隆的重要關鍵。

李瓶兒為西門府所帶來的另一榮景，乃產下官哥，使西門慶的家業後繼有人。在《金瓶梅》第一回至第二十九回間，西門慶僅與亡妻陳氏育有一女西門大姐，其餘六房俱無所出。直至第三十回李瓶兒產子官哥，西門血脈終可順利傳宗接代。但是官哥對於西門府的意義，不局限在宗族血脈的承繼關係，而是西門慶得子後，旋即接獲任官副提刑的喜訊。試觀以下所節錄之內容：

> 西門慶看見上面銜著許多印信，朝廷欽依事例，果然他是副千戶之職。……便把朝廷明降，拿到後邊與吳月娘眾人觀看，說：「太師老爺抬舉我，升我做金吾衛副千戶，居五品大夫之職。……吳神仙相我不少紗帽戴，有平地登雲之喜，今日果然。不上半月，兩樁喜事都應驗了。」又對月娘說：「李大姐養的這孩兒，甚是腳硬，到三日洗了三，就起名叫做官哥兒罷。」（第30回，頁434）

西門慶將李瓶兒產子，與獲得官銜的消息併為一談，認為此兩件喜訊互有關聯，方為新生兒取名官哥。因此李瓶兒對於西門慶，乃至西門府的意義，實際上已兼具財富與權勢兩項重要象徵。而西門慶亦是憑藉二者，方能開創西門氏於地方的顯赫名望。

元宵作為凜冬和新春的真正交接，百姓往往透過儀式寄予對於未來的美好想像，一如李瓶兒嫁給西門慶後，府中財勢隨之勃興。足見元宵深入影響西門府的家道發展，並透過李瓶兒的存在緊密相連。尤其對於西門府而言，李瓶兒的到來代表西門府的財勢達到鼎盛，其離世後西門慶亦隨之身亡，造成西門府家業迅速崩解，驗證元宵對於西門府的重要性。筆者依據魏子雲所著之《金瓶梅編年紀事》，將李瓶兒進西門府後，所經歷的重大事件日期逐一臚列，檢視李瓶兒生平如何影響西門府運勢，茲觀下表：

表三：《金瓶梅》中李瓶兒入西門府後大事紀

回　目	年　份	日　期	事　件	出　處
19	政和五年（1115）	八月二十日	西門慶迎娶李瓶兒	頁 9〔註51〕
27	政和六年（1116）	六月初一	李瓶兒懷胎臨月	頁 13
30	政和六年（1116）	六月二十三日	官哥誕生	頁 14
31	政和六年（1116）	七月二日	西門慶上任副提刑	頁 15
41	政和七年（1117）	正月十二日	官哥與喬大戶女長姐結親	頁 20
59	政和七年（1117）	八月二十三日	官哥病卒	頁 31
82	政和七年（1117）	九月十七日	李瓶兒病卒	頁 32
70	政和七年（1117）	十一月十日	西門慶升正提刑	頁 35
79	重和元年（1118）	正月廿一日	西門慶病卒	頁 45

　　《金瓶梅》內容，據魏子雲考證前後橫跨十六年，〔註52〕其中西門慶由出場至退場的時間共計六年，〔註53〕故其家業繁榮時日僅維持六年而已。由上表顯示，自李瓶兒嫁入府中至身亡，其間經歷官哥誕生、西門慶任副提刑、與喬家結親等重大事件，皆有助於西門府的聲名與威望。此段時間雖僅延續三年光景，已然佔據西門府繁榮階段的半數時日。反觀自李瓶兒病卒後，西門慶固然榮升正提刑之職，卻在不到半年的時間內暴病身亡。可見作者有意延長李瓶兒存在府中的時間，並於此期間盡力鋪陳西門慶顯貴的歷程，凸顯李瓶兒死後西門府迅速衰敗的現象。再次證明李瓶兒進入西門府的意義，與元宵期許美好未來的意涵相同，旨於賦予西門府繁華的基礎與景象。

二、元宵節俗的敘事技巧分析

　　元宵為歲時中最具有娛樂意義的節日，但是誠如阿英所云，明代遊賞燈市的風俗，僅屬於貴族豪紳所獨有，庶民百姓難以企及：「理由當然是為著要

〔註51〕魏子雲：《《金瓶梅》編年紀事》，頁9。以下引用本書，為免冗蕪之累，均在表格中採取隨文引注方式。

〔註52〕據魏子雲考證，《金瓶梅》內容始於武松返陽穀縣探訪武大，時值政和二年；終於吳月娘歷亂回府，正是建炎元年，故云全書情節共歷時十六年。參氏著：《《金瓶梅》編年紀事》，頁1～60。

〔註53〕據魏子雲考證，西門慶出場係與潘金蓮相遇，時值政和三年；並於重和元年亡故，前後僅經歷六年。參氏著：《《金瓶梅》編年紀事》，頁1～45。

繁榮市面，歌頌太平，使細民消解一切的愁悶悲苦與不平。……而明太祖南建南都，舉行燈市，主要也就先是『招徠天下富商』。」〔註54〕此處應當指出，明代元宵遊賞燈市的風俗，固然受官方鼓吹，以便營造太平盛世的表象。但不可否認的是，明代經濟隨著時間發展大幅增長，提供庶民娛樂良好的基礎。故可推論，明人能夠在元宵時舉行大規模的娛樂活動，即代表庶民經濟水平提升。

西門慶的故事，是明代庶民經濟提升的例證之一，他畢生攢積的財產數額，可從臨終時交代各店鋪之處置方式得知：

> 緞子鋪是五萬銀子本錢，……貫四絨線鋪，本銀六千五百兩；吳二舅綢絨鋪是五千兩，都賣盡了貨物，收了來家。……李三、黃四身上還欠五百兩本錢，一百五十兩利錢未算，討來發送我。……印子鋪占用銀二萬兩，生藥鋪五千兩。韓夥計、來保松江船上四千兩。……前邊劉學官還少我二百兩，華主簿少我五十兩，門外徐四鋪內，還本利欠我三百四十兩，都有合同見在，上緊使人催去。（第79回，頁1390）

如果僅計算各鋪本錢與放貸款項總和，西門慶的財產粗估九萬一千七百四十兩，當然實際數額遠不止如此。若僅以數額表示西門府的富庶程度，恐無法使讀者感同身受，因此作者在描述西門府的日常生活時，多以陳述大量奢侈的飲食、服飾、排場，襯托西門慶的財勢。而《金瓶梅》元宵敘事所呈現的風土人情，亦旨於彰顯西門府前程似錦。

綜觀《金瓶梅》的元宵敘事，以第四十二回的內容，最能彰顯西門府生活的豪奢程度。此回主要描述西門慶與眾弟兄，在獅子街觀賞煙火，誠如張竹坡（1670～1698）評點：

> 此回侈言西門之盛也，四架煙火，既云門前逕放，看官眼底，誰不謂好向西門慶門前看煙火也。〔註55〕

作者於此回運用的敘事筆法，乃是透過三項事物的連續描繪，層層勾勒出西門慶恣意享樂排場。第一層為應伯爵與韓玉釧兒、董嬌兒二妓鬥嘴，其中穿

〔註54〕阿英：〈燈市——《金瓶梅》風俗考之一〉，《阿英文集》上冊（香港：生活·讀書·新知三聯書店，1979年），頁163。

〔註55〕〔明〕蘭陵笑笑生著，〔清〕張竹坡評點，劉輝、吳敢輯校：《《金瓶梅》會評會校》第2冊，頁835。

插許多歇後語：

> 韓玉釧道：「十分晚了，俺每不去，在爹這房裡睡。再不，教爹這裡
> 差人送俺每。王媽媽支錢，一白文不在於你。好淡嘴女又十撇兒。」
> 伯爵道：「我是奴才，如今年程欺保了！」拿三道三說笑回，兩個唱
> 的在傍彈唱了春景之詞。（第 42 回，頁 624）

三人以歇後語交談，其中純為戲謔之詞，並無實質內容可言。但是此段文字
藉由說笑、彈唱的交互運用，徹底渲染元宵縱情聲樂的氣氛。

　　第二層為刻劃席上的珍稀菓點，試觀西門慶於獅子街宴客時，席上陳列
的食品：

> 也有黃烘烘金橙，紅馥馥石榴，甜瑠瑠橄欖，青翠翠蘋婆，香噴噴
> 水梨；又有純蜜蓋柿，透糖大棗，酥油松餅，芝麻象眼，骨牌減煤、
> 蜜潤絲環；也有柳葉糖，牛皮纏；端的世上稀奇，寰中少有。（第 42
> 回，頁 626）

此處共臚列十三樣糖食菓品，被形容是「世上稀奇，寰中少有」。以上食品無
論於明代社會的真實價值為何，或許對於庶民而言的確堪稱稀罕，卻不過是
西門內眷的日常飲食而已。顯示西門府中飲食水平非常人可及，已經透漏西
門慶與妻妾生活奢靡之態。

　　第三層為描繪大量煙火施放的壯麗景致。前文已云，第四十二回中所羅
列的煙火種類共計十九種，並且以詩詞的形式，生動描述獅子街前煙火齊鳴
的盛況，此處不再另行引述。僅欲額外指出，作者反覆強調西門府的煙火製
作以架計算，顯示西門府中生活必然衣食無虞，方可製作較高成本的煙火供
人娛樂。第四十二回即是藉由此三種事物的呈現，層層堆疊並凸顯西門慶的
家業鼎盛之狀。

　　此處尚須澄清，上文所析論的敘事方式，僅限於描繪獅子街的熱鬧場面，
然而第四十二回的場景共分成兩處，即在獅子街與西門府兩處。元宵當日西
門慶已預先置辦四架煙火，並令僕役取一架至獅子街施放，其餘留在府中供
內眷觀賞。以此推論，若小說欲利用施放煙火的場面，來烘托西門府的財力
雄厚，應集中描述西門府前的景致為佳。但是作者卻僅以人物對話，向讀者
透露西門府前觀賞煙火的盛況：

> 棋童道：「大娘使小的送來，與爹這邊下酒。眾奶奶們還未散哩。戲
> 文扮了四摺。大娘留住眾奶奶大門首吃酒，看放烟火哩。」西門慶

問：「有人看沒有？」棋童道：「擠圍滿街人看。」西門慶道：「我分
付下平安兒，留下四名青衣排軍，拿欄桿在大門首攔人伺候，休放
閒雜人挨擠。」（第 42 回，頁 626）

此處以棋童的答覆，傳達西門府前街道人潮擁擠，促使西門慶須特別安排四
名排軍攔門看守，方不使閒雜人等擠入門前。可見作者使用側面書寫的方式，
藉由獅子街的娛樂場面，襯托西門府前的壯麗景象。此即張竹坡所云：

看他偏藏過一架在獅子街，偏使門前三架毫無色相，此用棋童口中
一點。而獅子街的一架，乃極力描寫，遂使門前三架，不言俱出。
此文字旁敲側擊之法。〔註56〕

此回將慶祝元宵的場面分為兩處，利用煙火架的數量，界定西門府與獅子
街的賓主關係。即以西門府為主、獅子街為賓，達到以賓襯主的功效。因此
作者極力刻劃獅子街一架煙火施放的景致，看似道盡西門慶歡度佳節的富
麗排場，然而透過棋童的視角使話鋒一轉，提醒讀者與西門府前三架煙火
齊放的盛況相較，獅子街的煙火不足為奇。暗示西門府的財勢遠遠超出讀
者的想像範圍。

由此可見，元宵具有集體狂歡的風俗，故《金瓶梅》特意在第四十二回
中，以觀賞煙火的場景，從細微處烘托西門府財勢如日中天。尤其作者為了
加強讀者對於西門府財力雄厚的印象，將施放煙火的場所分成西門府及獅子
街兩處，並透過側面書寫以後者襯托前者。意即無論獅子街的娛樂內容如何
奢靡，皆無法具體陳述西門慶的財富多寡，使讀者能實際感受西門府的生活
水平，遠非庶民所及。

是知《金瓶梅》作者著眼於元宵具有的狂歡和展望的意義，透過人物設
定與敘事技巧的交互運用，將元宵的文化意義導入情節之中，呈現西門府家
業興隆的光景。人物設定部分，李瓶兒身為西門慶六房妻妾之一，作者特意
安排她於元宵出生，彰顯李瓶兒對於西門府繁榮的功績。在《金瓶梅》的四
度元宵敘事中，李瓶兒分別為西門府帶入錢財及子嗣，象徵西門慶從此名利
雙收，立下往後飛黃騰達的基礎。敘事技巧部分，第四十二回敘述西門府慶
祝元宵的過程，作者雖然將場景分為獅子街和西門府，並集中刻劃獅子街處，
西門慶與弟兄觀賞煙火的情節，係欲利用以賓顯主的敘事技巧，側面凸顯西

〔註56〕〔明〕蘭陵笑笑生著，〔清〕張竹坡評點，劉輝、吳敢輯校：《《金瓶梅》會評
會校》第 2 冊，頁 835。

門慶的財富雄厚難以言表。是知元宵在《金瓶梅》的時空布局中，象徵西門府家業繁榮鼎盛，乃繼春節的發跡之後所迎來的運勢高峰。

第五節　清明節俗的冷熱意象衝突

清明本為二十四節氣之一，命名緣由據《月令七十二候集解》釋云：

> 清明，三月節。按《國語》曰：「時有八風。」歷獨指清明風為三月節，此風屬巽故也。萬物齊乎巽，物至此時皆以潔齊而清明矣。[註57]

在中國傳統的氣候觀中，風乃天地之氣聚合而成，因形成自八種方位，而具有不同性質。其中農曆三月所聚合之風，由巽方吹拂，氣候於此際轉趨清和明媚，利於萬物生長，故稱清明。由於清明在早期，僅為節氣的變遷歷程之一，尚未發展出相關的慶典或儀式，未被百姓視為民俗節日。

清明由二十四節氣轉為節日的關鍵，乃因唐人使清明與寒食合一，自此寒食節俗如掃墓、踏青轉移至清明。寒食的起源主要有二說，第一，為春秋時期介之推（？～636B.C.）隨晉文公（671B.C.～628B.C.）出奔有功，卻在返國後歸隱山林不仕。文公為求他出仕而焚燒山林，不料介之推辭意堅決而抱木身亡，遂令百姓在三月五日不得舉火。[註58]第二出自《周禮‧秋官》記載：

> 掌以夫遂取明火於日，以鑒取明水於月，以共祭祀之明粢、明燭，共明水。凡邦之大事，共墳燭庭燎。仲春，以木鐸修火禁於國中。
> [註59]

周代設有司烜氏一職，掌理祭祀使用的火器和水器，並且在仲春之際禁止民間用火，成為寒食的起源之一。此兩種說法據李亦園研究，皆不盡然正確，但是從民俗信仰的角度而言，民間主要採信第一種說法，係利用介之推故事，來合理化寒食儀式。[註60]

〔註57〕〔元〕吳澄：《月令七十二候集解》，收入《歲時習俗研究資料彙編》第8冊（臺北：藝文印書館，1970年），頁3下。

〔註58〕〔南朝梁〕宗懍：《荊楚歲時記》，頁8。

〔註59〕〔漢〕鄭玄注，〔唐〕賈公彥疏：〈秋官〉，《周禮注疏》，收入〔清〕阮元校輯：《十三經注疏》第3冊（臺北：大化書局，1989年），卷36，頁23上～24上。

〔註60〕李亦園以結構學的角度，分析寒食儀式與起源故事或神話的關聯，今日民間

整體而言，清明能與寒食合併的原因，在於兩者的時間十分接近。清明身為二十四節氣之一，以陽曆推算當為四月五日，但是寒食自古從未確立於特定日期，古人主要以冬至或清明為基準演算。《荊楚歲時記》即云：「去冬節一百五日，即有疾風甚雨，謂之寒食。……按歷合在清明前二日，亦有去冬至一百六日者。」〔註61〕寒食的日期如以清明為基準，乃於清明前兩日；若由冬至推算，則相距一百零五日，或一百零六日不等，歷代說法不一。然而自唐代以後寒食併入清明之故，即便百姓無法確切計算寒食日期，亦可在清明當日舉行慶祝與儀式。

清明節俗流傳至明代種類繁多，難以逐一深入探討，本文以《金瓶梅》所收錄的節俗為主進行論述：

一、掃墓

掃墓祭祖為清明的核心節俗，即使歲時如春節、中元亦存在墓祭的風俗，清明依舊為百姓掃墓的主要節日。中國掃墓的風俗，源自先秦時期的祖靈信仰，至東漢時期方見墓祭的形式出現，據宋人高承（？～？）考察結果，〔註62〕最早在《後漢書・光武帝紀》記載，光武帝（5B.C.～57）曾親赴長安（今陝西省西安市）祭祀十一陵：「（建武十年）秋八月己亥，幸長安，祠高廟，遂有事十一陵。」〔註63〕然而此時墓祭儀式僅限於貴族階層，庶民社會中尚未普及。

墓祭普及於民間的時間點，有待至唐玄宗（685～762）時期，朝廷鑒於無論士庶皆於寒食墓祭，遂令將墓祭的儀式編入五禮之中，成為永久且正式的禮

流傳介之推神話的出現，乃用以作為寒食熄火、冷食等儀式的依據。雖然中國的許多神話中皆含藏火的意涵，但是若以李維斯陀（Claude Lévi - Strauss）的結構分析為出發點，可以發現介之推神話中，包含若干組對比的結構存在，即點火與禁火、煮熟與生冷、人際關係的高估與低估、文化與自然，正與寒食儀式所傳達的訊息相似，因此介之推神話方被民間用來支持寒食的儀式。參氏著：〈寒食與介之推──則中國古代神話與儀式的結構學研究〉，《宗教與神話論集》（臺北：立緒文化事業有限公司，1998年），頁302～320。

〔註61〕〔南朝梁〕宗懍：《荊楚歲時記》，頁7。

〔註62〕〔宋〕高承：《事物紀原》，收入〔清〕永瑢等編：《景印文淵閣四庫全書・子部》第920冊（臺北：臺灣商務印書館，1986年），卷8，頁33上。

〔註63〕〔南朝宋〕范曄：〈光武帝紀〉，《後漢書》第1冊（臺北：鼎文書局，1981年），卷1，頁47。

俗：「（開元二十年）五月癸卯，寒食上墓，宜編入五禮，永為恆式。」〔註64〕
由於寒食在唐代已與清明並稱，雖然此處顯示唐人視墓祭為寒食節俗之一，
民間實際上已逐漸將掃墓的時間點挪移至清明，並至宋代正式成為清明節
俗。〔註65〕

　　明人掃墓已發展出固定的儀式環節，《帝京景物略》即記錄當時順天府一
帶，百姓掃墓的情形：

> 三月清明日，男女掃墓，擔提尊榼，轎馬後挂楮錠，粲粲然滿道也。
> 拜者、酹者、哭者、為墓除草添土者，焚楮錠次，以紙錢置墳頭。
> 望中無紙錢，則孤墳矣。〔註66〕

明人墓祭時有兩項重要程序。第一為修整墳墓，為墳上增添新土與拔除雜草，
不僅維持墳墓外觀齊整，也防止雨季到來時，墳土鬆動沖蝕。第二乃焚燒紙
錢，供亡者在冥間使用，在祭祀完畢後將紙錢置於墳頭，若有墳墓未置紙錢，
則代表墓主之家族斷嗣。由於中國強調宗族血脈延續的重要性，清明上墳
不只象徵慎終追遠的精神，更被視為宗族延續，與子孫孝順與否的判斷依據。

　　《金瓶梅》在第四十八回與第八十九回中，分別描述西門府墓祭的情形，
試觀以下敘事：

> 西門慶穿大紅冠帶，擺設豬羊祭品卓席祭奠。官家祭畢，堂客繞祭。
> 響器鑼鼓，一齊打起來。……須臾祭畢，徐先生念了祭文，燒了紙。
> （第48回，頁710）

> 玳安向西門慶墳上祭臺上，擺設卓面三牲羹飯祭物，列下紙錢。……
> 那月娘手拈著五根香：一根香他拿在手內，一根香遞與玉樓，一根
> 遞與奶子如意兒替孝哥兒上，那兩根遞與吳大舅、大妗子。月娘插
> 在香爐內，深深拜下去。（第89回，頁1518）

以上兩段引文清楚看出西門府的祭祀過程，必先在墓臺上擺放三牲祭品和紙
錢，方繼續進行祭拜儀式，並待整體程序完畢後焚燒紙錢，呈現井然有序的
家祭場面。

〔註64〕〔後晉〕劉昫等：〈玄宗本紀〉，《舊唐書》第1冊（臺北：鼎文書局，1985
　　　　年），卷1，頁198。
〔註65〕蕭放：《歲時──傳統中國民眾的時間生活》（北京：中華書局，2002年），頁
　　　　151。
〔註66〕〔明〕劉侗、〔明〕于奕正：《帝京景物略》，卷2，頁25上。

二、踏青

　　踏青的風俗源自古代祓除的儀式，《周禮·春官》記載周代設立女巫一職，掌理驅邪、避凶、祛病等儀式：「掌歲時祓除、釁浴。」〔註67〕早自先秦時期，人們便會在春季至河畔淨身，達到驅逐邪祟惡疾的目的，因此祓除可視為古代的驅邪儀式。然而與掃墓的風俗相同，踏青原先亦非隸屬清明節俗，另由時間與清明相近的上巳過渡而來。鄭玄注《周禮》女巫條時，即云：「歲時祓除，如今三月上巳如水上之類。」〔註68〕可見祓除最遲至漢代，已被視為上巳節俗之一。

　　漢人進行祓除儀式時，須前往郊外或河畔，同時促進百姓在上巳郊遊的機會和意願，進而形成踏青的風俗。例如《西京雜記》有云，漢高祖（256B.C.～195B.C.）與戚夫人（224B.C.～194B.C.）曾於上巳，往流水處遊樂：「戚夫人侍兒賈佩蘭，後出為扶風人段儒妻，說在宮內嘗見戚夫人侍高帝。……三月上巳，張樂於流水。」〔註69〕《荊楚歲時記》則曰，南朝百姓每逢上巳，便於江渚池沼間宴飲：「三月三日，四民並出江渚池沼間，臨清流為流杯曲水之飲。」〔註70〕可見祓除儀式隨著時間發展，逐漸喪失原有的驅邪功能，僅留下郊外踏青的娛樂形式。

　　明代踏青已由上巳轉歸清明，原因不只清明與上巳的日期相近，亦因百姓於清明外出乃順應天時之舉。誠如蕭放指出：「清明時節的戶外運動，其原始的意義在於順應時氣，是月生氣方盛，陽氣發洩，萬物萌生，人們以主動的姿態順應、進而促使時氣的流行。」〔註71〕中國自古強調順應天時的生活規律，而清明時節陽氣勃發，正是百姓遊賞的時機，同時具有傳統文化底蘊。

　　明代踏青與掃墓的關聯密不可分，據《帝京景物略》記載，百姓墓祭完畢後未直接返家，無論男女老少，皆前往郊外踏青遊樂：「三月清明日，男女掃墓，擔提尊榼，轎馬後挂楮錠，粲粲然滿道也。……哭罷，不歸也，趨芳樹，擇園圃，列坐盡醉。」〔註72〕《宛署雜記》亦有相似的禮俗紀錄：

〔註67〕〔漢〕鄭玄注，〔唐〕賈公彥疏：〈春官〉，《周禮注疏》，卷26，頁10上。
〔註68〕〔漢〕鄭玄注，〔唐〕賈公彥疏：〈春官〉，《周禮注疏》，卷26，頁10上。
〔註69〕〔晉〕葛洪：《西京雜記》，收入《筆記小說大觀》第1冊（揚州：廣陵書社，2007年），卷3，頁2下。
〔註70〕〔南朝梁〕宗懍：《荊楚歲時記》，頁9。
〔註71〕蕭放：《歲時——傳統中國民眾的時間生活》，頁155。
〔註72〕〔明〕劉侗、〔明〕于奕正：《帝京景物略》，卷2，頁25上。

「清明日，小民男婦盛服攜盒酒祭其先墓，祭畢野坐，醉飽而歸。」〔註73〕
踏青和掃墓的淵源分別來自不同節日，卻在明代時歸類至清明節俗之列，
呈現追思及狂歡、肅穆和喧囂的矛盾現象。由此推論，雖然清明踏青並非純
粹的娛樂活動，明人卻將掃墓及踏青兩項衝突的節俗視為一體，呈現出節
令世俗化的傾向。

　　《金瓶梅》第八十九回描寫西門內眷踏青宴飲的情景，試觀以下敘事：

> 卻說吳月娘和大舅、大妗子吃了回酒，恐怕晚來，分付玳安、來安
> 兒收拾了食盒酒菓，先往那十里長堤杏花村酒樓下，揀高阜去處，
> 人烟熱鬧，那裡設放桌席等候。……三里抹過桃花店，五里望見杏
> 花村，只見那隨路上墳游玩的王孫士女，花紅柳綠，鬧鬧喧喧，不
> 斷頭的走。（第89回，頁1520）

此段文字敘述西門慶死後，吳月娘率領吳大舅夫婦和孟玉樓等人上墳，並在
祭拜完畢後隨即尋覓去處開宴。第一，西門內眷在墓祭之後方置席遊樂，正
如明人先墓祭後踏青的慣例。第二，作者提及「只見那隨路上墳游玩的王孫
士女，花紅柳綠，鬧鬧喧喧」一句，刻畫出明代踏青不分男女的景象。可見
《金瓶梅》的踏青節俗與《帝京景物略》的內容相同，反映明代清明踏青人
潮洶湧的盛狀。

三、打鞦韆

　　打鞦韆的起源據《古今藝術圖》考證，最初是北方戎狄在寒食進行的活
動，傳入中原後深受婦女喜愛，遂形成於寒食打鞦韆的節俗：「北方戎狄愛習
輕趫之能，每至寒食為之。後中國女子學之，乃以綵繩懸樹立架，謂之秋千。」
〔註74〕此種說法同時獲《荊楚歲時記》與《事物紀原》採納，但是《事物紀
原》另外提出一種說法：「自齊桓公北伐山戎，此戲始傳中國。」〔註75〕此處
提出周惠王十三年（664B.C.），齊桓公（？～643B.C.）北伐山戎，方將打鞦
韆的活動傳入中國的說法。有鑑於《事物紀原》在此條目下，未出示文獻出
處，此說或僅出自民間傳聞，未有史實以資佐證。雖然無法得知打鞦韆起源
的確切時間，但是二說皆提及打鞦韆並非中國獨有的活動，而是先由北方民

〔註73〕〔明〕沈榜：《宛署雜記》，卷17，頁4上。
〔註74〕〔宋〕高承：《事物紀原》，卷8，頁32上。
〔註75〕〔宋〕高承：《事物紀原》，卷8，頁32上。

族傳入後，方內化為清明節俗。

明代無論宮廷或民間，皆熱衷於清明打鞦韆的節俗。宮廷方面如《酌中志》記載，宮中稱清明為鞦韆節，當日坤寧宮與各宮後，皆立有鞦韆供宮眷玩樂：「清明則鞦韆節也。……坤寧宮後及各宮皆安鞦韆一架。」〔註76〕民間部分可參酌《五雜組》的說法：「今清明寒食時，惟有秋千一事較之諸戲為雅，然亦盛行于北方，南人不甚舉也。」〔註77〕此處指出，打鞦韆雖然自古即為清明節俗，但是民間僅有北方盛行此種活動，可見打鞦韆與掃墓或踏青有別，乃一地域性風俗。

《金瓶梅》的故事背景位於山東地區，屬於打鞦韆流行的區域之中。第二十五回描寫吳月娘與眾妻妾打鞦韆的場面，試觀以下敘事：

> 先是，吳月娘花園中扎了一架鞦韆，至是西門慶不在家，閑中率眾姊妹們游戲一番，以消春晝之困。……玉樓便叫：「六姐過來，我和你兩個打個立鞦韆看，如何？」吩咐：「休要笑。」當下兩個婦人玉手挽定彩繩，將身立于畫板之上。月娘却教宋惠蓮在下相送，又是春梅。（第25回，頁345）

此段文字陳述婦女打鞦韆的情形，即婦女可立在鞦韆畫板上，而由人在後邊推送，以達到神仙飛躍般的感受。另外第二十五回中，作者另外藉由孫雪娥與來旺的對話，直接透漏明人打鞦韆的地域分布：

> 來旺因問：「爹娘在那裡？」雪娥道：「你爹今日被應二眾人邀去門外耍子去了；你大娘和大姐都在花園中打鞦韆哩！」來旺兒道：「阿呀，打他則甚！鞦韆雖是北方戎戲，南方人不打他。婦女們到春三月，只鬭百草耍子。」（第25回，頁347）

透過兩人的對話，可以看出打鞦韆屬於北方特有風俗，南方婦女至清明當日僅以鬭百草為樂。此段文字不僅驗證《五雜組》的說法，更充分突顯《金瓶梅》保存歲時風俗的功能。

總而言之，清明本為二十四節氣之一，因與寒食的日期相近，乃自唐代後兼併寒食節俗，正式成為歲時節令之一。在清明的眾多節俗中，《金瓶梅》總共提及掃墓、踏青與打鞦韆三種，作者藉由深刻而細膩的文筆，反映明代

〔註76〕〔明〕劉若愚：《酌中志》，卷20，頁4上。

〔註77〕〔明〕謝肇淛：〈天部二〉，《五雜組》（上海：上海書店出版社，2001年），卷2，頁22～23。

北方百姓度過清明的方式。值得注意的是,除了打鞦韆屬於清明本有的節俗之外,掃墓和踏青分別由寒食及上巳併入清明。但是以此兩種節俗所呈現的意義與表象而論,掃墓強調慎終追遠的敬祖精神,整體場面肅穆而嚴謹;踏青則是百姓順應天時的郊遊活動,百姓莫不歡愉而縱情。明人將兩者視為清明重要並相連的儀式,表現出強烈的冷熱對比,足見清明在明代歲時象徵事物的衝突和矛盾。

第六節 清明敘事的對比功能分析

清明敘事分佈在《金瓶梅》第二十五回、第四十八回和第八十九回,以小說共一百回的篇幅而論,平均散佈在整體情節架構中,貫串西門府家道的興起與衰落。綜觀清明敘事的內容,除了第二十五回僅僅敘述西門內眷打鞦韆的情景外,第四十八回和第八十九回分別展現西門府墓祭與踏青的場面。在相似的過程中,作者卻藉由時空人物的抽換,呈現西門府今非昔北的人事變遷,徹底彰顯西門府興衰的前後對照。尤其西門府歷經元宵的繁華及春節的衰敗後,清明繼元宵而起,具有總結故事和勸戒世人的寓意。除此之外,作者為了強調西門慶家破人亡的結局,特意在清明敘事中突出孟玉樓的地位,傳達西門慶姦淫婦女和貪財嗜欲的報應。本節在此探討《金瓶梅》清明敘事的特點,首先分析孟玉樓在西門府的處境變化,和踏青活動的關聯,其次釐清作者如何透過兩度清明墓祭的描寫,凸顯西門府興衰前後的境遇,和寄託的勸世意涵。茲分述如次:

一、孟玉樓改嫁事件的影響和意義

踏青是清明的重要節俗,原型來自先秦時期的祓除儀式,具備驅邪祛病的功效。但是追溯上古社會的歲時觀念,春季作為萬物孕育生長的時節,長期以來被百姓視為生殖的絕佳契機。因此百姓會前往郊外舉行慶祝生殖的儀式,祈求子嗣與血緣順利延續。例如《禮記・月令》記載,仲春時節君王率領后妃祭祀高禖以求子嗣,儀式中即有君王與后妃交合的環節:「是月(仲春)也,玄鳥至。至之日,以大牢祠於高禖。天子親往,后妃帥九嬪御。」〔註78〕《周禮・地官》另外提及,周代設有媒氏掌理天下男女婚嫁,嚴格管控男女

〔註78〕〔漢〕鄭玄注,〔唐〕孔穎達疏:〈月令〉,《禮記正義》,卷36,頁4上。

成婚的時機，但是仲春當月男女可私自結合，不受法令約束：「中春之月，令會男女。於是時也，奔者不禁。」〔註79〕由此可見，古代社會認為春季屬於生殖的時節，男女結合乃服膺天道變化，不應禁止而違誤良機。

上巳作為春季的節日，正是人類出於繁衍需求所形成的節日，因此諸如水邊祓除、祭祀高禖等節俗，皆帶有鮮明的生殖意涵，甚至出現男女野合的行為。〔註80〕由祓除所演化的踏青活動，雖至後世已省略水邊沐浴的形式，並且失去原有的生殖環節及意涵，男女依舊可透過郊外遊賞的契機，與異性見面或私會，成為雙方日後結合的絕佳時機。明代許多小說和戲曲即以清明踏青為題材，書寫青年男女成就良緣的愛情故事。諸如《警世通言》之〈白娘子永鎮雷峰塔〉取材自民間傳奇，敘述書生許宣在清明外出遊覽，偶因大雨得與陌生女子白娘子同舟，遂藉借傘及取傘的機緣私訂終身。〔註81〕另外在〈金明池吳清逢愛愛〉中，吳清偕同友人於清明時節踏青，見一女子形容殊麗而無法忘懷，幾經波折之後終成眷屬。〔註82〕是知清明踏青在明代小說乃相戀的前兆，作者往往借重踏青時，人群結伴出遊的場景，作為男女初識的契機。

《金瓶梅》第九十一回是第三度清明敘事所在，也是西門慶新亡後西門內眷初次墓祭。有別於第四十八回西門合族祭祀的繁榮光景，此時西門內眷僅剩下吳月娘和孟玉樓兩人守寡，其餘姜室盡已亡故或離去。吳月娘率領吳大舅夫婦與孟玉樓祭祀完畢後，眾人同往郊外高阜處踏青遊賞；恰巧李知縣之子李衙內少年喪偶，在酒樓內望見孟玉樓姿容俏麗，遂命官媒陶媽媽赴西門府提親。不料孟玉樓當時亦見李衙內一表人才，早已心下屬意嫁與李衙內為妻，從此拜別吳月娘而嫁入李府。試觀以下敘事：

> 單說李知縣兒子李衙內，自從清明郊外那日，在杏花莊酒樓看見吳
> 月娘、孟玉樓，……衙內有心愛孟玉樓，見生的長挑身材，瓜子面
> 皮，面上稀稀有幾點白麻子兒，模樣兒風流俏麗。原來衙內喪偶，

〔註79〕〔漢〕鄭玄注，〔唐〕賈公彥疏：〈地官〉，《周禮注疏》，卷14，頁16上。

〔註80〕李永匡和王熹在《中國節令史》指出：「上巳日除了祓禊之外，上有祭高禖、聚餐、會男女野合及其他娛樂活動，其目的是求子，以維持人類自身的繁衍需求。」參氏著：《中國節令史》，頁137。

〔註81〕〔明〕馮夢龍著，徐文助校注：《警世通言》（臺北：三民書局股份有限公司，1983年），卷28，頁397～424。

〔註82〕〔明〕馮夢龍著，徐文助校注：《警世通言》，卷30，頁434～447。

鰥居已久，一向着媒婦各處求親，都不遂意。……至是衙內謀之于
廊吏何不韋，逕使官媒婆陶媽媽，來西門慶家訪求親事。

那日郊外，孟玉樓看見衙內生的一表人物，風流博浪，兩家年甲多
相彷彿，又會走馬拈弓弄箭，彼此兩情四目都有意，已在不言之表。

（第 91 回，頁 1544～1546）

明代小說的情節中，清明踏青既然是男女相戀的固定徵兆，李衙內和孟玉樓
一見鍾情當不足為奇。重點在於倘若西門慶不死，則孟玉樓依舊身為西門妾
室，自然無法產生清明踏青的橋段，更遑論後續改嫁李衙內的情節發生，足
見孟玉樓改嫁的關鍵在於西門慶身亡。

由此推論，《金瓶梅》作者安排孟玉樓改嫁發生在清明前後，藉由西門內
眷兩度踏青的活動，傳達孟玉樓生活處境的變化，與西門府興衰的關聯。在
第四十八回和第八十九回的踏青風景中，作者利用兩段筆力不等的述景手法，
凸顯前後春景的差異：

從清早晨，堂客都從家裡取齊起身，上了轎子，一路無辭。出南門，
到五里原祖墳上，遠遠望見青松鬱鬱，翠柏森森。新蓋的墳門，兩
邊坡峰上去，周圍石墻，當中甬路。明堂神臺、香爐、燭臺，都是
白玉石鑿的。（第 48 回，頁 710）

出了城門，只見那郊原野曠，景物芳菲，花紅柳綠，仕女游人不斷
頭的走的。一年四季，無過春天最好景致：日謂之麗日，風謂之和
風，吹柳眼，綻花心，拂香塵；天色暖謂之暄，天色寒謂之料峭；
騎的馬謂之寶馬，坐的轎謂之香車，行的路謂之香徑，地下飛的土
來謂之香塵；千花發蕊，萬草生芽，謂之春信。（第 89 回，頁 1517）

前段文字乃西門祖墳與莊園重新修繕，西門慶因得官副提刑和生子官哥，率
領合族眷屬與親友祭祀郊遊。雖然周邊景致經由人力整治得宜，作者僅以「青
松鬱鬱，翠柏森森」簡單描繪春景如斯，並且刻意強調墓祭擺設皆為白玉石
所砌，呈現青綠與純白交雜的單調景象。後段文字則是西門慶亡故後，內眷
初次掃墓及踏青的光景，能夠看出作者使用鮮活的文字、明豔的色調，刻劃
春季紅芳綻放的大觀。甚至反覆以「麗日」、「和風」、「香塵」等詞彙，襯托春
光爛漫的美麗景致。

前後文字對照之下，可以發現相同的節日與環境，作者卻對春色進行不
同程度的描繪，顯示人事變遷的冷熱對照。此即張竹坡所評：

故其愈鬧熱，卻愈不是作者意思。今看他於出嫁玉樓之先，將春光
極力極力一描，不啻使之如錦似火。蓋云：前此你在鬧熱中，我卻
寒冷之甚；今日我到好時，你卻又不堪了。〔註83〕

作者呈現兩次踏青的景致的相異之處，旨於凸出孟玉樓身分的轉變，藉此彰
顯西門府興盛和衰落的前後差別。第四十八回的墓景場面，因為西門慶鴻運
當頭而熱鬧喧囂，但是整體環境顯得異常單調，象徵孟玉樓此時身處豪門卻
受夫主冷落。第八十九回中西門府雖因西門慶身亡而衰，春景竟然絢爛無比
有別以往，代表孟玉樓的處境由西門小妾轉變為李府正妻，從此獲得夫主寵
愛與權勢。是知孟玉樓的生平處境和西門府家道互有關聯：西門府愈興盛而
孟玉樓愈孤獨，西門府愈衰敗則孟玉樓越嬌貴，呈現矛盾的冷熱衝突。

　　值得一提的是，孟玉樓改嫁的意涵除了彰顯西門府興衰的過程，作者更
欲表露西門府家破人亡的結局與報應。西門慶的六房妻妾在《金瓶梅》的婦
女群像皆是獨立的存在，無論是身分、容貌、舉止、背景等方面各有鮮明的
特徵。如以容貌為品鑑標準而論，潘金蓮與李瓶兒兩人各有千秋，乃其餘妻
妾所不及，方能相繼獨佔西門慶的寵溺。然而若改以品行相較，潘、李卻是
小說中淫婦的代表，尤其在婚嫁過程裡更留下無法抹滅的汙點；無論潘金蓮
或李瓶兒，都不是透過正式管道嫁入府中，〔註84〕潘金蓮更因與女婿陳經濟
通姦而被逐出。相較之下，孟玉樓雖然三嫁其夫而不免有所瑕疵，但是在兩
度改嫁的過程中皆依禮而行，乃《金瓶梅》作者心目中典型的美人代表。張
竹坡即云：「玉樓來西門家，合婚過禮，以視『偷娶』、『迎奸赴會』，何啻天
壤？其吉凶氣象已自不同。……故知作者特特寫此一位真正美人，為西門不

〔註83〕〔明〕蘭陵笑笑生著，〔清〕張竹坡評點，劉輝、吳敢輯校：《《金瓶梅》會評
　　　　會校》第 5 冊，頁 1865。

〔註84〕潘金蓮於小說第九回嫁入西門府，過程中為了躲避武松尋仇故直接以轎子抬
　　　　入府中成親，事先並未依循禮數下茶定禮：「婦人箱籠，早先一日都打發過西
　　　　門慶家去。……到次日，一頂轎子，四個燈籠，王婆送親，玳安跟轎，把婦
　　　　人抬到家中來。」李瓶兒則繼潘金蓮之後，在第十九回中嫁入府中，過程亦
　　　　與潘金蓮相似，西門慶迢遣人以轎子送入府內，甚至不願親自迎李瓶兒過門：
　　　　「西門慶道：『賊賤淫婦，既嫁漢子去罷了，又來纏我怎的？既是如此，我也
　　　　不得閒去。你對他說，甚麼下茶下禮，揀個好日子，抬了那淫婦來罷。』……
　　　　擇了八月二十日，一頂大轎，一疋緞子紅，四對燈籠，派定玳安、平安、畫
　　　　童、來興四個跟轎，約後晌時分，方娶婦人過門。」前參〔明〕蘭陵笑笑生：
　　　　《金瓶梅詞話》第九回，頁 115。後詳〔明〕蘭陵笑笑生：《金瓶梅詞話》第
　　　　十九回，頁 264～265。

知風雅定案也。」〔註85〕由此可見，孟玉樓為西門府甚至《金瓶梅》的品行表率，以其潔身自愛的性格豎立於西門府妻妾中的重要性。

即使孟玉樓擁有高潔的形象，最終依舊追隨李嬌兒、潘金蓮、孫雪娥離去，不僅象徵西門慶識人無方的缺失及無福消受的命運，更是西門慶姦淫婦女的最後報應。小說第九十一回描寫孟玉樓出嫁之際，作者透過好事者的對話，傳達此一訊息：

> 此是西門慶家第三個小老婆，如今嫁人了！當初這廝在日，專一違天害理，貪財好色，奸騙人家妻子。今日死了，老婆帶的東西，嫁人的嫁人，拐帶的拐帶，養漢的養漢，做賊的做賊，都野雞毛兒零撏了。常言三十年遠報，而今眼下就報！（第91回，頁1552）

在孟玉樓改嫁之前，李嬌兒竊盜財物回歸妓院、潘金蓮與陳經濟私通被逐、孫雪娥偕同來旺私奔，皆於西門慶死後陸續發生。作者以「當初這廝在日，專一違天害理貪財好色，奸騙人家妻子」一句，斥責西門府家醜外揚的原因，正是出於西門慶身前姦淫他人婦女所致，實乃天理昭彰大快人心。

更重要的是，孟玉樓本是吳月娘以外，唯一肯為西門慶守寡之妾室，最終依舊為了私欲而改嫁他人。表示西門府家業發展至此際，早已淪落到家破人亡的窘境。因此作者在孟玉樓出嫁後，特意安排吳月娘送親的情節：

> 月娘回家，因見席上花攢錦簇，歸到家中，進入後邊院落，見靜悄悄，無個人接應。想起當初有西門慶在日，姊妹們那樣熱鬧，往人家赴席來家，都來相見說話，一條板凳姊妹們都坐不了。如今并無一個兒了！（第91回，頁1553）

此段文字充分彰顯自西門慶死後，西門府業已不復當年繁華光景，連帶妾室逐一違背其遺願離去。尤其孟玉樓的改嫁，直接傳達人去樓空的悲涼之感，代表西門府已無力挽回家業敗亡的頹勢。

二、西門府兩度墓祭的對比及隱喻

墓祭乃中國祖先信仰的最佳體現，同時作為清明自古以來的核心節俗，百姓透過上墳拜掃的環節，徹底彰顯慎終追遠的精神。在傳統以宗族群體所建構的社會中，墓祭的意義以敬奉祖輩為優先，但是在祭祀的過程中合族人

〔註85〕〔清〕張竹坡評點：〈批評第一奇書《金瓶梅》讀法〉，收入劉輝、吳敢輯校：《《金瓶梅》會評會校》第5冊，頁1675。

口齊聚一堂有助於向心力的凝聚，因此墓祭亦代表宗族興衰的證據。誠如前文論述的結果，宗族現況可由墳墓整修的情形得出；若墳墓長期無人整治，即可推斷墓主身後已經絕嗣，抑或後人家境貧寒無力翻修。足見清明墓祭並非單純的祭祀活動或節俗，而是寄寓宗族發展的重要證明。

　　《金瓶梅》以西門慶身亡為分界，分別在第四十八回及第八十九回描述西門府墓祭的場面。由於西門府在西門慶死後家業迅速凋零，造成前後墓祭在對象、人物、排場等細節處大相逕庭，深刻凸顯西門府興隆和衰敗的對比。筆者在此將西門府兩度掃墓的細節製作成表，以便後續進行深入比較：

表四：《金瓶梅》中西門府兩次上墳之細節比較

祭祀對象		西門內眷		官客		堂客		僕役	
48	89	48	89	48	89	48	89	48	89
西門祖先	西門慶	西門慶	吳月娘	張團練	吳大舅	張團練娘子	吳大妗子	春梅	如意兒
		吳月娘	孟玉樓	喬大戶		張親家母		迎春	玳安
		李嬌兒	西門大姐	吳大舅		喬大戶娘子		玉簫	小玉
		孟玉樓	孝哥	吳二舅		朱臺官娘子		蘭香	
		潘金蓮		花大舅		尚舉人娘子		如意兒	
		李瓶兒		沈姨夫		吳大妗子			
		孫雪娥		應伯爵		吳二妗子			
		西門大姐		謝希大		楊姑娘			
		陳經濟		傅夥計		潘姥姥			
		官哥		韓道國		花大妗子			
				雲離守		吳大姨			
				賁地傳		孟大姨			
						鄭三姐			
						段大姐			

從上表所列的墓祭出席名單清楚得知，參與西門府祭祀的人物身分共可歸納為三大類，分別是西門內眷、親族友人以及僕役。西門內眷由西門慶與其妻妾、子嗣和女婿構成，親友部分可依賓客的性別，而有官客（男性）及堂客（女性）之分，僕役則是西門府中役使的丫鬟和乳母。綜觀西門府兩度的墓祭人數與排場，第一次墓祭在各方面皆勝過第二次墓祭，暴露西門府家道由盛轉衰的現實。

以墓祭人數而論，第一次墓祭出席者共計四十一人，僅西門府內眷和僕役便有十五人，其餘二十六人皆是西門慶之親友及門下伙計。縱使此次祭祀屬於家祭的性質，作者卻不嫌繁瑣的臚列參與者姓名，營造出祭祀場面的浩大而喧囂的排場，並且側面反映西門慶的暴發財力和鼎盛權勢，方能使墓祭有別於一般家祭的規模和常態。第二次墓祭的出席者僅有九人，此時府中內眷僅剩吳月娘偕同孟玉樓與孝哥出席，其餘妻妾已隨西門慶身亡而早已離去。親友亦從原先二十六人的龐大人潮減縮至兩人，僕役則只有如意兒、玳安、小玉繼續在府中當差。此次墓祭回歸一般家祭的規模，祭祀者以府中內眷為主，呈現冷清寂寥的光景。

比較西門府兩度墓祭出席者的身分和意義，可以發現不同的身分各自傳遞重要的寓意。以西門內眷為例，第一次墓祭的時間點乃官哥新生之際，府中老幼安康無憂，故可合族上墳拜掃。第二次墓祭在西門慶身亡之後，妻妾如李嬌兒、孫雪娥、潘金蓮等人各自離府，女婿陳經濟亦因和潘金蓮私通被逐，僅剩吳月娘及孟玉樓兩人守寡，凸顯家破人亡的悲慘結局。親族友人方面，第一次墓祭時有二十六人參加，其中吳大舅、吳二舅、喬大戶、楊姑娘、潘姥姥等人乃西門慶之姻親，應伯爵、謝希大、雲離守為西門慶的結義弟兄，其餘如傅伙計、韓道國則為門下店鋪主管。由於家祭屬於私人祭祀的性質，出席祭祀的人物當不出家主與親眷，但是西門府第一次墓祭卻可見友人、伙計參與，將此次私人家祭提升為公開祭祀的層級，足見作者有意彰顯西門慶的權勢。反觀第二次墓祭的親友出席名單，從原先二十六人的浩大規模銳減為兩人，原先與西門慶稱兄道弟及攀炎附勢之徒，自西門慶死後迅速消失，顯示世間人情冷暖的悲涼感。而在僕役方面，第一次墓祭跟隨家主出席的有春梅、迎春等五人，至第二次墓祭時僅剩小玉、如意兒及玳安，與西門內眷部分所寄寓的意涵相同，旨於傳達西門府家業敗落的蒼涼光景。

由此可見，作者有意藉由兩次墓祭的排場差異，凸顯西門府今非昔比的

敗落結局，並且對於無情世道進行道德批判。尤其在第一次上墳的敘述中，作者不嫌繁瑣的記錄出席者的姓名，便是預先為第二次墓祭留下伏筆。誠如張竹坡所評：

> 此回上墳，寫西門傳中一大總會。看他描寫男客如許如許，又描寫堂客如許如許，又寫姬妾如許如許，特特為清明節寡婦下根種也。〔註86〕

足見第一次墓祭的名單並非隨興增添，而是作者為了渲染祭祀過程喧囂盛大，以及彰顯西門慶的人脈廣闊，藉此反襯第二次墓祭物是人非的冷清場面。

另外從墓祭的程序討論，第一次墓祭的過程隆重而考究，試觀以下敘事：

> 西門慶穿大紅冠帶，擺設豬羊祭品桌席祭奠。官家祭畢，堂客繞祭。
> 響器鑼鼓，一齊打起來。……須臾祭畢，徐先生念了祭文，燒了紙。
> （第48回，頁710）

從此段文字可知，墓祭程序首先擺設豬羊等祭品，並由男性和女性前後祭奠，過程中皆有鑼鼓等樂器伴奏，呈現肅穆而熱鬧的氣氛。祭祀完畢後由陰陽生朗誦祭文，與焚燒紙錢等用品，整體墓祭的流程方告完結。相較之下，第二次墓祭過程簡略而樸素：「玳安向西門慶墳上祭臺上，擺設卓面三牲羹飯祭物，列下紙錢。……玉樓上了香，奶子如意抱著哥兒，也跪下上香，磕了頭。」〔註87〕此次祭祀雖然從擺設三牲祭品開始，後續卻只剩祭祀行禮而已，不僅省略奏樂及朗誦祭文的環節，連帶祭拜時亦未分別男女依序進行，呈現庶民家祭的典型程序。

兩次墓祭的性質雖然不離家祭範疇，第一次墓祭由於西門府有生子加冠的喜訊傳出，〔註88〕因此西門慶在答謝祖先庇蔭之餘，不忘藉機宣揚身分的轉變，並藉由繁複的程序界定與庶民的差距。第二次墓祭時西門慶新亡，不僅內眷重新回歸庶民身分，更兼西門府已無餘力如前次鋪張祭祀排場，故整

〔註86〕〔明〕蘭陵笑笑生著，〔清〕張竹坡評點，劉輝、吳敢輯校：《金瓶梅會評會校》第3冊，頁939。

〔註87〕〔明〕蘭陵笑笑生：《金瓶梅詞話》第八十九回，頁1518～1519。

〔註88〕《金瓶梅》第四十八回提及西門府新修祖墳後，西門慶率領闔族親眷首次上墳的原由：「西門慶因墳上新蓋了山子卷棚房屋，自從生了官哥，並做了千戶，還沒往墳上祭祖。教陰陽徐先生看了，從新立了一座墳門，砌的明堂神路，門首栽的柳，周圍種松柏，兩邊迭的坡峰。」足見此次上墳的目的非同往常，不僅遵循傳統清明祭祖的舊例，更因任官副提刑與生子官哥，故須答謝祖宗恩德。參〔明〕蘭陵笑笑生：《金瓶梅詞話》第四十八回，頁709。

體程序相形簡樸。可見作者有意透過兩次墓祭程序的比較，傳達西門府自西門慶死後，不再列名顯貴的事實和無奈。

　　整體而論，《金瓶梅》作者充分運用清明掃墓的現實意義，透過兩度墓祭的排場和程序差異，帶領讀者領略西門府興衰過程及世情冷暖。從西門府兩度墓祭的概況分析，第一次墓祭正值西門慶仕途得意之際，無論在排場及程序中力求顯耀，在敘事上呈現熱鬧喧囂的氣氛。第二次墓祭由於西門慶暴卒身亡，造成家業迅速崩解，省略大量祭祀的環節，故墓祭的場面冷清簡樸，與前次祭祀形成強烈的冷熱對比。以兩度清明敘事而言，第一次墓祭人潮聚集而喧囂，自然是熱的代表；第二次墓祭人丁凋零而淒涼，相較之下乃冷的象徵。但是張竹坡評論此兩段文字時云：

> 人言此回（第八十九回）乃最冷的文字，不知乃是作者最熱的文字，
> 如寫佳人才子到中狀元時也。何則？上文如許鬧熱，卻是西門鬧熱。
> 夫西門，乃作者最不得意之人也。〔註89〕

清明敘事所運用的冷熱對比技巧，不僅顯示在文字的表面，更貫徹於深層的意義層面。第一次墓祭的場面看似熱鬧無比，卻是小說情節中最為冷清的段落，原因在於此次墓祭的排場和程序，由於西門慶而喧囂。但是西門慶身為小說人物中罪惡的典型，當為作者亟欲斥責並懲戒的對象，故其為墓祭場面所帶來的榮景違逆天道，不過虛假而短暫。因此第二次墓祭的光景雖似寂寥，卻因西門慶身亡而彰顯報應的降臨，實乃世間一大快事。由此可見，清明敘事旨於藉由西門府兩度墓祭的書寫，一方面總結西門府由盛轉衰的歷程，另一方面則暴露西門慶平素逞惡的報應。

　　是知清明由於接納墓祭和踏青兩類性質相異的節俗，具有冷熱對立的矛盾意涵。作者著眼於墓祭與踏青的現實形式及文化意義，分別透過西門內眷墓祭和踏青的情節，呈現西門府興衰的前後對比。尤其在踏青的描述中，作者安排孟玉樓改嫁的事件發生，不僅藉由孟玉樓身分變化與春景的關聯，彰顯西門府的興衰，更欲以孟玉樓的高潔品行反諷西門慶淫人妻女的報應。另外在墓祭的書寫中，作者透過西門府兩度祭祀時排場和程序的差異，運用冷熱對比的技巧傳達相似的概念。足見清明敘事繼春節及元宵之後，其重要性在於總結西門府故事，並寄寓深刻的勸世宗旨。

〔註89〕〔明〕蘭陵笑笑生著，〔清〕張竹坡評點，劉輝、吳敢輯校：《《金瓶梅》會評會校》第 5 冊，頁 1865。

小結

冬季與春季作為一年的終點和起始,在氣候變遷中乃相對相鄰的存在,意即春季的到來便是凜冬的結束,歲時循環便是由兩者交替所構成。由於冬季氣候嚴寒不利萬物生長,造成萬物生命在此時進入休止階段,直待來春暖風蒞臨方告復甦,象徵生命經歷重生而圓滿。中國傳統社會以從事農業生產為主,百姓的生活模式依循氣候而行動,因此在冬季休耕的漫長時間中,百姓可以縱情於精神和肉體的狂歡,徹底進入歲時中最重要的非常時期。足見冬春二季的節日多具有狂歡的性質,並且寄寓多重的意涵如生命的循環、放縱的娛樂、來年的盼望等等。

除夕及春節屬於歲時末尾及初始的節日,兩者具有不同的節日意象和性質,但是有鑑於傳統社會將春節的範圍延伸至小年節,除夕亦被視為春節的一環。春節節俗主要由除夕守歲和元旦拜年所構成,其中除夕雖然以祭祀儀典為主體,實際上更是百姓團聚的重要時刻,對於宗族的發展和團結具有重大的意義。春節除了祭祀天地以外,亦注重拜年活動的進行,在迎接新春的氣氛中,使得時間和空間壟罩於吉慶的意義之中。

在《金瓶梅》的春節敘事中,作者有意藉由春節所象徵的團圓和吉慶意涵,作為西門慶家業覆亡的前兆。因此相關文字雖然充滿西門慶與內眷、親友縱情聲色的敘述,但是在這些情節之中作者置入大量線索,作為西門慶縱慾而死的預兆。這些預兆依據性質可以分為批評和徵兆兩部分,前者乃作者以敘事者干預的形式,使用詩詞或散文明示讀者。後者則為透過特殊事件或事物的產生,直接在敘事文字中影響情節發展和布局。作者將西門慶身亡的時間安排在除夕和春節之後,不僅反諷西門慶死非得時的報應,更是代表西門府由發跡至敗落的完整過程。

元宵源自西漢宮廷祭祀太一的祭典,後續受佛教流播的影響,擴大慶祝的規模,並在六朝時期進入民間而成為民俗節慶,被民間賦予展望未來的功能。由於元宵的時間點與二十四節氣的雨水相近,乃氣候真正回暖而利於農耕的時節,因此百姓將元宵視為春節慶祝活動的延伸及終止,往往在元宵當夕擴大娛樂的規模,成為歲時中狂歡的代表。在元宵眾多的節俗之中,《金瓶梅》雖然只記錄觀賞花燈、施放煙火、走百病三項活動,但是透過作者細膩而生動的文字,依舊能還原明人投入元宵活動的熱情。

元宵是《金瓶梅》最重要的節日,主要原因在於作者四度以元宵為背景,

刻劃西門慶豪奢汰侈的生活方式，藉此作為西門府家道邁向巔峰的證明。作者透過人物塑造與敘事技巧的交互運用，將元宵狂歡和展望的意象導入情節之中。人物塑造部分，作者利用元宵作為李瓶兒的生辰，並使其為西門慶帶來巨額財富和子嗣，彰顯李瓶兒奠基西門府繁榮前景的作用。另外在敘事技巧部分，作者在第四十八回，描繪西門慶分別在西門府與獅子街施放煙火的情景，採用側面書寫的技巧，烘托西門慶的財勢絕非常人可以想見。足見元宵在春節之後，象徵西門府由發跡至興隆的階段。

清明原為二十四節氣之一，在唐宋之際由於和寒食的日期相近，而吸收寒食的節俗躍升為民俗節慶。《金瓶梅》中共可見到清明的三項主要節俗，分別為掃墓、踏青、打鞦韆三者，其中掃墓及踏青屬於全國性的民俗活動，打鞦韆則僅流行於中國北方地區。在三項節俗之中，掃墓和踏青的意義具有對立的性質。掃墓作為祭祀的形式之一，強調慎終追遠的肅穆精神；踏青則為戶外娛樂活動，呈現順應天時的享樂氣氛。由於明人將掃墓及踏青視為相連的活動，造就清明成為兼納冷熱的節日。

《金瓶梅》作者著眼於掃墓和踏青的形式和意義，分別透過西門內眷兩度墓祭與踏青的光景，展現西門府興盛及衰敗的對比。在踏青的書寫中，作者透過孟玉樓改嫁的事件發生，藉此彰顯西門慶姦淫他人妻女的報應。另外於墓祭的場面中，作者使用冷熱對比的敘事技巧，凸顯兩次墓祭的排場和程序的差異，傳達西門府家破人亡的結局。是知清明在元宵的繁華過後，反映西門府由盛轉衰的種種歷程，因此具有總結西門府故事的意義。

由此可見，冬季與春季在《金瓶梅》的時空架構中，象徵西門府的興起和衰敗，緊扣兩者在歲時中結尾和起始的意義。雖然小說的節日順序並未依照時序進行，出現次數亦有所差異，造成《金瓶梅》的整體時空架構看似混亂。但是藉由特定節日如春節、元宵、清明反覆出現，可以看出作者旨於凸顯三者在西門府故事的地位和重要性，即西門府歷經元宵的繁華後歸於春節敗落，並由清明為西門府故事進行回顧和總結，呈現圓滿而循環的歲時歷程。

第三章 《金瓶梅》夏季節令探究
——以端午為例

  夏季承繼春季而起，是時氣候回暖利於萬物生長。中國百姓於上古時期，觀察天候與自然的運行，早已提出夏季時護育萬物的觀念，即如《禮記·月令》所云：「是月（孟夏）也，繼長增高，毋有壞墮，毋起土功，毋發大眾，毋伐大樹。」[註1]先秦百姓認為夏季促使萬物蓬勃發展，禁止在此時節進行大型建設、砍伐，以免造成自然環境遭受破壞。

  然而在先秦百姓透過自然觀察，證知夏季對於萬物的重要性時，亦同時將陰陽觀念導入天象觀測。《漢書·律曆志》即曰：「南，任也，陽氣任養物，於時為夏。」[註2]足證夏季化育萬物的關鍵，在於陽氣滋長。但是此處的陰陽，並非抽象的哲學或宗教概念，而是代表太陽能量照射地球的強弱程度，因此陽氣象徵太陽能量強盛，陰氣則表示太陽能量衰退。

  當夏季發展至仲夏時節，隨著太陽照射地球的角度變化，影響古人對於夏季的陰陽觀念產生不同的解讀。《禮記·月令》即言：「是月也，日長至，陰陽爭，死生分。」[註3]明確指出由於仲夏時節白晝開始縮短，陰氣得以趁勢而起與衰微的陽氣爭鋒，不利萬物生長。在陰陽失調的影響下，古人便將仲夏五月視為惡月，認為是時邪祟與瘟疫蔓延滋長，充滿諸多禁忌。例如《荊

[註1]〔漢〕鄭玄注，〔唐〕孔穎達疏：〈月令〉，《禮記正義》，收入〔清〕阮元校輯：《十三經注疏》第5冊（臺北：大化書局，1989年），卷15，頁19下。
[註2]〔漢〕班固：〈律曆志〉，《漢書》第2冊（臺北：鼎文書局，1983年），卷21，頁971。
[註3]〔漢〕鄭玄注，〔唐〕孔穎達疏：〈月令〉，《禮記正義》，卷16，頁6上。

楚歲時記》記載：「五月，俗稱惡月多禁，忌曝床薦席，及忌蓋屋。」〔註4〕
可見南北朝時期，百姓忌諱在五月時曝曬床席與建造屋頂。實際上位在仲夏
的節令，皆具有明顯的惡日特質，端午即為最好的例證之一，乃因上古時期
端午與夏至被視為同一節日，陽氣至此日後由盛轉衰，故被視為歲時中最險
惡的日子。

　　《金瓶梅》的夏季節令以端午為主，內容描述製作絨線符牌、解毒艾虎
兒、飲雄黃酒與解粽等多項習俗。更重要的是，作者將端午節俗所擁有的避
邪意象導入情節之中，進而使端午敘事具備多重意義。更在平淡的生活瑣事
中，穿插災禍降臨的事件，製造情節起伏與高潮，營造出強烈的冷熱對比。
本章即分析《金瓶梅》中，端午節慶之民俗描寫與藝術特色，並探討小說中
夏季節令與情節推展的關聯。

第一節　端午節俗的避邪功效流變

　　端午的起源至今眾說紛紜，最為人所知的說法乃戰國時屈原（343B.C.～
278B.C.）投汨羅江而亡，楚人遂以竹筒貯米投江祭祀。然而實際考證歷代相
關文獻，便能發現端午的起源沒有具體文獻作為憑證，僅能回歸上古曆法制
定的原則稽考。黃石在《端午禮俗史》中採用比較法的分析結果，表示上古
時期的世界各文明中，皆存在太陽崇拜的信仰，尤其英國學者弗萊則（James
Frazer）在《金枝》指出，各民族視夏至為太陽神面臨的重大危機，此日須祭
祀以防禍患降臨世間。〔註5〕中國古代亦是如此，古人重視太陽運行所造成的
氣候變化，因此按照上古曆法的推算方式，午月午日正是太陽能量由盛轉衰
的時候，方將端午置於該日作為凶險時刻的標誌。

　　由於先秦曆法的制訂尚未完備，無法準確測量太陽運行的軌跡，造成端
午的日期歷年不一。古人遂採用北斗指極的方位釐清月次，並輔以干支劃分
週年月建，藉此補足太陰曆的不足之處。秦漢以降採行夏曆而以孟春為歲首，
因此仲夏從北斗指寅月份（孟春）開始推算正當午月；兼逢夏至約於午月最
初的午日屆臨，促使端午與夏至合而為一。直至六朝時期，干支紀日的方式

〔註4〕〔南朝梁〕宗懍：《荊楚歲時記》，收入《叢書集成初編》（北京：中華書局，
　　　1991年），頁10。
〔註5〕黃石：《端午禮俗史》（臺北：鼎文書局，1979年），頁213～214。

逐漸被數字替代，端午遂因午、五二字通假之便，被強制定於五月五日，並沿用至今。〔註6〕

是知端午起源自人類對於惡日的敬畏，故期間所進行的慶典、儀式多具有驅邪避凶的功效，諸如懸掛蒲艾、沐浴蘭湯皆是。因此欲推究端午源自何時，當視民間是否專於此日進行避邪儀式為憑據。現今可見記錄端午禮俗最早的文獻，為《大戴禮記‧夏小正》，其文曰：「此日（五月五日）蓄採眾藥，以蠲除毒氣。」〔註7〕早自周代，百姓即在端午時採集各式藥草，以調製祛除毒氣的藥方。另外《小戴禮記‧月令》亦云：「是月（仲夏）也，毋用火南方。可以居高明，可以遠眺望，可以升山陵，可以處臺榭。」〔註8〕周人在仲夏時有登高遠眺的習俗，當可推論是受到惡日觀念的影響，百姓畏懼瘟疫或瘴癘侵襲遂前往高處避難。由此可見，端午最遲當於周代形成，並發展出與避邪或逐疫相應的儀式節俗。

端午在明代為重要的節慶之一，無論宮中或民間皆繼承前代所累積的節俗，並發展出更多樣化的詮釋方式。綜觀《金瓶梅》所涉及的端午節俗，共有製作絨線符牌及各色紗小粽子和解毒艾虎兒、飲雄黃酒與解粽三項風俗，分述如次：

一、端午飾品

《金瓶梅》第五十一回中，提及李瓶兒為官哥所製作的端午飾品：

> 李瓶兒正在屋裡，與孩子做那端午戴的那絨線符牌兒，及各色紗小
>
> 粽子兒，並解毒艾虎兒。〔註9〕

此處提起的端午飾品共有絨線符牌、各色紗小粽子與艾虎兒三項，雖然各飾品的用途與樣式不盡相同，卻皆具備避邪逐疫的功效，因此歸於此處統一論述：

〔註6〕黃石：《端午禮俗史》，頁7～8。

〔註7〕〔漢〕戴德著，〔清〕王樹枏注：〈夏小正〉，《校正孔氏大戴禮記補注》，收入《續修四庫全書‧經部》第108冊（上海：上海古籍出版社，2002年），卷2，頁17下。

〔註8〕〔漢〕鄭玄注，〔唐〕孔穎達疏：〈月令〉，《禮記正義》，收入〔清〕阮元校輯：《十三經注疏》第5冊，卷16，頁17下。

〔註9〕〔明〕蘭陵笑笑生：《金瓶梅詞話》第五十一回，見梅節校訂：《夢梅館校本金瓶梅詞話》（臺北：里仁書局，2007年），頁754。以下引用本書，為免冗蕪之累，均採隨文引注方式。

（一）絨線符牌

絨線符牌乃以五色絲縷，將道教符籙串聯而成的飾品，人們配戴此物具有避邪的功效。據《事物紀原》的考據結果，絨線符牌源自漢代在端午時，以朱索串聯桃印，並懸掛於門前的風俗：

> 《續漢書》曰：「夏至陰氣萌作，恐物不成，以朱索連以桃印文施門戶。」故漢五月五日以朱索五色印為門戶飾，以禁止惡氣。今有百索，即朱索之遺事也。蓋始於漢，本以飾門戶，而今人以約臂，相承之誤也。〔註10〕

漢人繼承先秦的歲時觀念，認為夏至陰氣萌生不利於萬物生長，遂使用朱紅絲線編成的繩索串聯五色桃印，懸掛於門戶之前以阻擋惡氣。

然而詳細解讀《事物紀原》及《後漢書》的描述，可以發現由於桃印的重量與體積過大，方須以朱索綑綁後懸掛在門戶之上。〔註11〕直至後世百姓將厚重的桃印和朱索，替換為道教符籙及五色絲線後，遂從朱索五色印變換為絨線符牌。《歲時廣記》中〈桃印符〉條明確指出，朱索五色印即絨線符牌的前身：「劉昭曰：『桃印本漢制。』今世端午以五綵繒篆符以相問遺，亦以置戶牖帳屏之間，蓋本於漢桃印之制。」〔註12〕此處清楚指出，宋人於端午時以絨線符牌相互贈送，並且作為飾品配戴在身上，或置於窗牖屏風。

明代製作絨線符牌的方式與《歲時廣記》的內容相同，皆以五色絨線串聯道教符籙，並於端午時配戴在身上，達到避邪的功能。《客座贅語》即云：「今人家五月五日，庭懸道士朱符，人戴佩五色絨線符牌，……蓋用漢五月五日之遺法也。」〔註13〕由此可見，明人於端午時製作絨線符牌的風俗源自漢代，用品的形式與用法不盡相同，但是始終不離驅邪的意涵。

〔註10〕〔宋〕高承：《事物紀原》，收入〔清〕永瑢等編：《景印文淵閣四庫全書・子部》第920冊（臺北：臺灣商務印書館股份有限公司，1986年），卷8，頁36上。

〔註11〕《後漢書・禮儀志》中清楚解釋桃印的製作方式：「以桃印長六寸，方三寸，五色書文如法。」可見桃印的尺寸為長三寸、方六寸的桃木板，並以五色文字書寫其上。參〔南朝宋〕范曄：〈禮儀志〉，《後漢書》第5冊（臺北：鼎文書局，1987年），頁3122。

〔註12〕〔宋〕陳元靚：《歲時廣記》下冊（臺北：新興書局有限公司，1977年），卷21，頁13下。

〔註13〕〔明〕顧起元：《客座贅語》，收入《叢書集成初編》（北京：中華書局，1991年），卷4，頁93。

（二）各色紗小粽子與艾虎兒

各色紗小粽子為各色綾羅所製成的粽形飾品，據筆者使用中國基本古籍庫檢索明代文獻的結果，無法發現明人記錄紗小粽子的形式與用途。然而在清代的《燕京歲時記》中卻進行了詳細描述：「每至端陽，閨閣中之巧者，用綾羅製成小虎及粽子、壺盧、櫻桃、桑椹之類，以彩線穿之，懸於釵頭，或系於小兒之背。」〔註14〕顯示紗小粽子為婦女在端午時，製作的節令飾品，可利用彩線懸掛在釵頭上做為裝飾，亦能繫於幼童背上。《金瓶梅》既為明代小說，則此項節俗至明代應已出現，何以當時多數風土雜著不見記載？或因此物在明代並未廣為流行所致，筆者僅於此處提出假設，尚俟日後詳加考察。

艾虎兒則為以艾草編製或剪裁為虎形的飾品，相關紀載最早見於《荊楚歲時記》：「今人以艾為虎形，或剪綵為小虎，粘艾葉以戴。」〔註15〕可見六朝時，民間已有將艾葉製成虎形驅邪的風俗，並且可依據成品大小決定用途。大者置於廳堂鎮煞，小者隨身配掛避邪。須注意的是，艾虎兒的驅邪功能是由艾草所賦予，然而先秦時期端午的避邪用品尚以朱索五色印為主，艾草尚未具有驅邪鎮煞的功用。直至六朝時期，艾草已替代朱索五色印的用途，並且運用於端午飾品之中，例如《荊楚歲時記》所云：「採艾以為人，懸門戶上以禳毒氣。」〔註16〕此段文獻證明，六朝時朱索五色印已不復存在，反而由艾人替代此一功能，顯示艾草此刻已成為端午避邪鎮煞的重要物品。

然而直至宋代，時人方將艾草剪裁為虎形。例如《歲時廣記》記載：「端五以艾為虎形，至有如黑豆大者，或剪綵爲小虎，粘艾葉以戴之。」〔註17〕宋人製做艾虎兒固然用以端午遣邪，但是從樣式的精巧程度而言，百姓更偏重裝飾性的世俗用途。因此宋代不僅民間盛行製作艾虎兒的節俗，朝廷亦將艾虎兒作為節禮分賞百官，《夢粱錄》即曰：「（五日重午節）內更以百索彩線、細巧鏤金花朵，及銀樣鼓兒、糖蜜韻果、巧粽、五色珠兒結成經筒符袋、御書

〔註14〕〔清〕富察敦崇：《燕京歲時紀勝》，收入《筆記小說大觀》第 35 冊（臺北：新興書局股份有限公司，1985 年），頁 65。
〔註15〕〔南朝梁〕宗懍：《荊楚歲時記》，頁 11。
〔註16〕〔南朝梁〕宗懍：《荊楚歲時記》，頁 11。
〔註17〕〔宋〕陳元靚：《歲時廣記》下冊，卷 21，頁 22 下。

葵榴畫扇、艾虎、紗匹段，分賜諸閣分、宰執、親王。」〔註18〕足見端午時編製艾虎兒的風俗，在宋代時已相當興盛。

明代於端午節製做艾虎兒的風行程度不減宋人，無論宮中或民間皆可看見時人製作或贈送艾虎兒。宮中部分如《大明會典》記載，嘉靖七年（1528）明世宗（1507～1567）詔諭禮部，凡端午節須賞賜百官宮扇與長命縷等節禮。但是重臣與負責日講經筵諸臣各依品秩，額外賞與牙邊扇及艾虎兒等禮品不等，凸顯艾虎兒在端午用品中的重要性：「凡端午節，文武百官俱賜扇并五綵壽絲縷，大臣及日講經筵官或別賜牙邊扇，并綵縧艾虎等物，各以品級為等。」〔註19〕《酌中志》另云，宮中每逢五月一日至十三日期間，宮眷與內臣須順應節日穿著綴飾艾虎兒和五毒的蟒衣，可視為宮中於端午時所獨有的特殊服飾：「五月初一日起至十三日止，宮眷內臣穿五毒艾虎補子蟒衣。」〔註20〕

民間部分如《五雜組》指出，庶民的歲時信仰發展至明代，已形成諸多節日，但是其中仍以端午所累積的節俗數量最多，編製艾虎兒即為其一：「古人歲時之事行於今者，獨端午為多。競渡也、作粽也、系五色絲也、飲菖蒲也、懸艾也、作艾虎也。」〔註21〕《遵生八箋》則云，民間每逢端午，便爭相製做艾虎兒為樂，而且方法不僅限於剪裁艾草，尚能以絲線編織為虎形，並黏貼在艾草做為裝飾：「五日以艾為小虎，或剪綵為小虎，貼以艾葉內，人爭相戴之。」〔註22〕可見隨著時間發展，製作艾虎兒的方式愈趨精巧。

值得注意的是，綜觀以上所列舉宋代至明代記述艾虎兒的文獻，可以發現艾虎兒始終保有端午避邪的原始意義。但是從宮中與民間的製作方式日趨精巧的現象而言，艾虎兒的避邪功效在明代逐漸淡出，轉而由裝飾用的世俗意義所取代。

〔註18〕〔宋〕吳自牧：《夢梁錄》，收入《全宋筆記》第8編第5冊（鄭州：大象出版社，2017年），卷3，頁114。

〔註19〕〔明〕李東陽等：《大明會典》第3冊（臺北：新文豐出版股份有限公司，1976年），卷110，頁10上。

〔註20〕〔明〕劉若愚：《酌中志》，收入《明清筆記史料》第98冊（北京：中國書店，2000年），卷20，頁5下。

〔註21〕〔明〕謝肇淛：〈天部二〉，《五雜組》（上海：上海書店出版社，2001年），卷2，頁24。

〔註22〕〔明〕高濂：《遵生八箋》第2冊（臺北：臺灣商務印書館，1979年），卷4，頁52上。

二、飲雄黃酒

《金瓶梅》於第九十七回中，描述春梅於守備府中，宴請孫二娘與陳經濟歡度端午，提到席間有飲雄黃酒的節俗：

> 一日，守備領人馬出巡，正值五月端午佳節，春梅在西書院花亭上置了一卓酒席，和孫二娘、陳經濟吃雄黃酒，解粽歡娛。（第 97 回，頁 1642）

雄黃酒為端午獨有的酒品，製作方法以雄黃輾為細末並混入酒中，然而古人亦常將雄黃與菖蒲合用入酒，稱為菖蒲雄黃酒。例如《帝京歲時紀勝》記載：「午前細切蒲根，伴以雄黃，曝而浸酒。」〔註23〕據黃石針對傳統社會使用雄黃或菖蒲入酒的做法進行比較的結果，實際上雄黃與菖蒲難以截然二分，多數將兩者混用。若有側重則以該原料命名，如雄黃酒與菖蒲酒，並重者則稱菖蒲雄黃酒。〔註24〕

由於雄黃酒並非經由釀製而成，因此其所寄寓的特殊意義乃由雄黃而來。《本草綱目》記載，雄黃作為藥物具有諸多功用，主要醫治寒熱之疾，並且可以阻擋惡氣與蟲害近身：「主治寒熱、鼠瘻、惡瘡、疽痔、死肌，殺精物、惡鬼、邪氣、百蟲。」〔註25〕端午不僅為邪祟滋長的節日，更因處於仲夏炎熱之際而蟲害四起。可見古人於端午飲用雄黃酒除了避邪以外，更重視驅趕蟲患的現實功能。

現今民間風行端午飲用雄黃酒的節俗，然而此風究竟始於何時難以考據。最早在東晉的藥書《肘後備急方》中有以雄黃入酒之方，〔註26〕但是從內容中無法得出與端午節的關聯，僅能視為一般治病藥方。宋代的風土見聞如《歲

〔註23〕〔清〕潘榮陛：《帝京歲時紀勝》，收入《續修四庫全書·史部》第 885 冊（上海：上海古籍出版社，2002 年），頁 21 下。
〔註24〕黃石：《端午禮俗史》，頁 45。
〔註25〕〔明〕李時珍：《本草綱目》（新北市：國立中國醫藥研究所，1988 年），卷9，頁 13。
〔註26〕東晉人葛洪（283～343）著有《肘後備急方》一書，其中記載諸多藥方須以雄黃入酒浸泡。如裴氏五毒神膏療中惡暴百病方，其作法云：「雄黃、朱砂、當歸、椒各二兩，烏頭一升，以苦酒漬一宿。」又如蒼梧道士陳元膏療百病方，其作法亦須以雄黃與諸藥物入酒：「搗雄黃、朱砂為末，餘㕮咀以釅苦酒三升。」然而從這些藥方的製作方法或療效敘述中，皆未提起與端午節的關聯，僅能推斷以雄黃入酒的藥方，自古即為配藥時常見的組合。參〔晉〕葛洪：《肘後備急方》，收入《中國古代醫方真本秘本全集》第 7 冊（北京：新華書店，2004 年），卷 8，頁 549～550。

時廣記》已將使用雄黃歸入端午節俗之中：「預研朱砂、雄黃細末，五月五日水調用槐帋五斤如小錢，大寫天、地、日、月、星五字，撚作五圓桃柳湯吞下，大治瘧疾。」〔註27〕此處記載將雄黃與朱砂輾為細末，並在端午時與水調和的瘧疾藥方，依舊未見雄黃入酒的紀錄。

　　直到明代方能在文人筆記或風俗著述中，發現雄黃酒或雄黃菖蒲酒的蹤影，例如《遵生八箋》云，時人在端午午時飲菖蒲雄黃酒，期望可避免百病與蟲害侵襲：「五日午時，飲菖蒲雄黃酒，辟除百疾而禁百蟲。」〔註28〕《五雜組》更進一步提到雄黃酒的諸多用法：「又以雄黃入酒飲之，並噴屋壁床帳，嬰兒塗其耳鼻。」〔註29〕雄黃酒直接飲用是常見的作法，但是亦可噴灑在屋中牆壁及床帳。至於嬰兒無法飲酒則塗抹在耳鼻上，皆可達到驅邪避病的功用。現今雖然無法確切指出雄黃酒源自何時，然而從明代的文獻推論，端午飲雄黃酒的風俗約至明代方蔚為風潮。

三、解粽

　　《金瓶梅》中人物慶賀端午時，最常提到的節俗即為解粽，試觀以下內容：

> 一日，五月蕤賓佳節，……李瓶兒治了一席酒，請過西門慶來。一者解粽，二者商議過門之日。（第16回，頁221。）

> 一日，守備領人馬出巡，正值五月端午佳節，春梅在西書院花亭上置了一卓酒席，和孫二娘、陳經濟吃雄黃酒，解粽歡娛。（第97回，頁1642）

解粽之意若單以表面字義進行解釋，即將粽子外圍包裹的絲線與葉片解開，因此解粽的節俗與粽子的起源密不可分。

　　粽子在中國傳統社會的名稱不一，又可稱為角黍、糉子不等，民間盛傳端午祭祀與食用粽子的節俗與屈原有關，故將粽子的起源上推至戰國時期。例如《續齊諧記》云：「屈原午日投汨羅死，楚人哀之，每於此日以竹筒貯米，投水祭之。……今作粽帶五色絲及楝葉，皆汨羅之遺風。」〔註30〕此說興於

〔註27〕〔宋〕陳元靚：《歲時廣記》下冊，卷21，頁21下～22上。

〔註28〕〔明〕高濂：《遵生八箋》第2冊，卷4，頁28上。

〔註29〕〔明〕謝肇淛：〈天部二〉，《五雜組》卷2，頁24。

〔註30〕〔南朝梁〕吳均：《續齊諧記》，收入〔清〕永瑢等編：《景印文淵閣四庫全書·子部》第1042冊（臺北：臺灣商務印書館，1986年），頁8上。

南北朝並影響後世甚深，以至於唐代張守節（？～？）著《史記正義》時，在〈屈原列傳〉正文後附上此段文字備考。〔註31〕然而詳細考證《史記》對於屈原生平的紀錄，實際上隻字未提屈原死於端午，更無楚人投竹筒米食入江祭祀的內容。〔註32〕足以驗證《續齊諧記》的紀載存在疑點，無法作為確切的史料來源。

現今可見最早記錄端午食粽的文獻，為晉人周處（236～297）所著之《風土記》，試觀以下內容：

> 俗先以二節一日，用菰葉裹黍米，以淳濃灰汁煮之，令爛熟，於五月五日、夏至啖之。黏黍一名「糉」，一曰「角黍」，蓋取陰陽尚相裹未分散之時象也。〔註33〕

此段文獻傳達出三項重點：第一，由於《風土記》為晉代風土著述，故可推論端午食粽的風俗最遲於晉代即已形成。第二，晉人無論端午與夏至，皆有食粽的節俗。第三，晉代粽子的作法，是以菰葉包裹黍米後，以灰汁澆淋煮至爛熟，象徵陰內陽外之意，順應仲夏之際陽氣正盛而陰氣初萌的現象。

然而端午食粽的節俗並非就此停滯不變，隨著時間推進與物質生活水平提升，粽子的樣式發展至宋代品項繁多。例如《夢粱錄》記載，昔時市集不分四季製作各式葷素點心，其中即包含各式粽子：

> 市食點心，四時皆有，任便索喚，不誤主顧。……又有粉食店，專賣山藥元子、真珠元子、金橘水團、澄粉水團、乳糖槌、拍花糕、糖蜜糕、裹蒸粽子、栗粽、金鋌裹蒸茭粽、糖蜜韻果巧粽、豆團、麻團、糍團及四時糖食點心。〔註34〕

〔註31〕〔漢〕司馬遷著，〔南朝宋〕裴駰集解，〔唐〕司馬貞索隱，〔唐〕張守節正義，〔日〕瀧川龜太郎考證：〈屈原賈生列傳〉，《史記會注考證》（高雄：復文圖書出版社，1997年），卷84，頁18～19。

〔註32〕《史記·屈原列傳》云：「屈原至於江濱，被髮行吟澤畔。顏色憔悴，形容枯槁。……於是懷石遂自投汨羅以死。」此段文獻清楚顯示，屈原自投汨羅江之說於史有據，但是司馬遷（145B.C.～86B.C.）並未提及楚人投筒米祭祀的事蹟，足見《續齊諧記》之說不確。參〔漢〕司馬遷著，〔南朝宋〕裴駰集解，〔唐〕司馬貞索隱，〔唐〕張守節正義，〔日〕瀧川龜太郎考證：〈屈原賈生列傳〉，《史記會注考證》，卷84，頁12～18。

〔註33〕〔晉〕周處：《風土記》，輯入〔北魏〕賈思勰：《齊民要術》，收入《景印摛藻堂四庫全書薈要·子部》第258冊（臺北：世界書局，1988年），卷9，頁15下。

〔註34〕〔宋〕吳自牧：《夢粱錄》，收入《全宋筆記》第8編第5冊，卷3，頁16。

此處所臚列的粽子並不限於傳統的黍米粽，而是在外型或內餡中，進行改良創新的新穎的各式粽子，諸如裹蒸粽子、栗粽、金鋌裹蒸菱粽、糖蜜韻果巧粽皆是如此。顯示宋人製粽的技藝高明，呈現追求多元化與精緻化的趨勢。

明人食粽的節俗不僅在民間廣為流行，甚至遍及宮中並成為端午賜予文武百官的節禮之一。民間部分如田汝成（1503～1557）在《西湖遊覽志餘·熙朝樂事》中提及，明代的粽子回歸最早以黍米為餡料的製作方法，並在外部使用五色絲線包裹：「端午為天中節，人家包黍秫以為粽，束以五色綵絲。」〔註35〕《帝京景物略》另云，順天府（今北京市）民於端午時，有製作粽子的節俗，但是由於地處北域，未受南方投粽入江的風俗影響：「五日之午……無江城繫絲投角黍俗，而亦為角黍。」〔註36〕宮中部分，《菽園雜記》記載朝廷每逢端午，便賜宴文武百官粽子等節令食品於午門外：「朝廷每端午節，賜朝官喫糕糭於午門外。」〔註37〕《酌中志》則曰，宮中食粽必於端午午時，並且與硃砂雄黃菖蒲酒、茄蒜過水麵等節食共同食用：「初五日午時，飲硃砂雄黃菖蒲酒，吃糭子，吃加蒜過水麵。」〔註38〕

雖然端午食粽的節俗發展至明代流傳不輟，但是與宋代追求樣式奇巧多元的趨勢比較，明人似乎未有更為新穎的製粽方法，反而回歸早期以黍米為餡料的簡樸樣式。然而從《帝京景物略》與《酌中志》的內容分析，可以發現明人製作或食用粽子必在午時進行，暗合傳統社會將午日或午時，視為凶險時刻的概念，即強調任何節俗皆須順應天時。

端午食粽的起源與發展即如前文所言，然而回歸解粽的意義與形式，據筆者蒐羅相關文獻的結果，解粽的真實含意並非單純如表面字義釋為解開粽葉，而是具有不同的內涵。解粽的風俗最早可追溯至宋代，京城人又稱端午為解粽節。《歲時廣記》即云：「京師人以端五日為解粽節，又解粽為獻，以葉長者勝，葉短者輸，或賭博、或賭酒。」〔註39〕可見解粽須在食用粽子的當

〔註35〕〔明〕田汝成：〈熙朝樂事〉，《西湖遊覽志餘》（臺北：木鐸出版社，1982年），卷20，頁360。

〔註36〕〔明〕劉侗、于奕正：《帝京景物略》，收入張智主編：《風土志叢刊》第15冊（揚州：廣陵書社，2003年），卷2，頁5上。

〔註37〕〔明〕陸容：《菽園雜記》，收入《明清筆記史料》第64冊（北京：中國書店，2000年），卷1，頁3。

〔註38〕〔明〕劉若愚：《酌中志》，收入《明清筆記史料》第98冊（北京：中國書店，2000年），卷20，頁5下。

〔註39〕〔宋〕陳元靚：《歲時廣記》下冊，卷21，頁7上。

下進行，即以比較粽葉長短的賭博遊戲，藉此增添節慶的樂趣。宋人張鎡（1153～1221）另撰〈賞心樂事〉，其中便將解粽列為人於五月時必行的樂事之一。〔註40〕由此可見，粽子的起源早於宋代多時，但是宋人藉由抽粽葉聚賭飲酒的方式，賦予食粽世俗的娛樂意義。

　　明代亦有端午解粽的風俗，但是與宋人以粽葉長短賭勝的活動有別，明人解粽，是指粽子與雄黃或菖蒲酒共同食用，如嘉靖年間《江陰縣志》記載：「端午以菰葉裹黏米，煮為角黍。飲酒浮以雄黃、昌陽，謂之解粽。」〔註41〕《隆慶志》亦曰：「端陽邀親朋食角黍、飲蒲酒，謂之解粽。」〔註42〕因此回顧《金瓶梅》提起解粽風俗的內容，諸如第十六回有「李瓶兒治了一席酒，請過西門慶來。一者解粽，二者商議過門之日」的內容，〔註43〕或第九十七回提及「春梅在西書院花亭上置了一卓酒席，和孫二娘、陳經濟吃雄黃酒，解粽歡娛」等句，〔註44〕皆言及置辦酒席一事，實際上亦反映明人食粽，必與雄黃酒一併飲用的風俗。

　　整體而論，《金瓶梅》中的端午節俗共出現三項，即製作絨線符牌及各色紗小粽子並解毒艾虎兒、飲雄黃酒與解粽。前者屬於節令飾品，即使絨線符牌、各色紗小粽子與艾虎兒的起源不盡相同，卻皆具有避邪鎮煞的功用。飲雄黃酒與解粽同屬於節令食品，在明代以前各自經歷不同的發展過程；粽子自古即為端午必備的節食之一，但是雄黃酒直到明代方漸受百姓重視。然而因為明人將粽子與雄黃酒一同食用，遂使兩者成為端午節最重要的節令食品，並且影響後世甚深。

第二節　端午敘事的外患事變與針砭寓意

　　端午自古被視為重要節日，源自古人崇拜太陽與強調順應天時的概念，因此端午在上古曆法中處於午月午日，被視為歲時中最為凶險的時刻。在中

〔註40〕〔宋〕張鎡：〈賞心樂事〉，收入《續修四庫全書・史部》第885冊（上海：上海古籍出版社，2002年），頁3上。

〔註41〕〔明〕趙錦修、〔明〕張袞纂：《江陰縣志》，收入《天一閣藏明代方志選刊》第5冊（臺北：新文豐出版股份有限公司，1985年），卷4，頁4下。

〔註42〕〔明〕謝庭桂、〔明〕蘇乾：《隆慶志》，收入《天一閣藏明代方志選刊》第3冊（臺北：新文豐出版股份有限公司，1985年），卷7，頁13下。

〔註43〕〔明〕蘭陵笑笑生：《金瓶梅詞話》第十六回，頁221。

〔註44〕〔明〕蘭陵笑笑生：《金瓶梅詞話》第九十七回，頁1642。

國傳統的歲時觀念中，此日陽氣由盛轉衰造成陰陽失調的現象，不利於萬物生長，因此各時代的百姓所進行的慶典，多具有驅邪避凶的意義。

　　然而古人對於惡日的敬畏心理非僅存在於信仰，而是依憑信仰作為生活作息的最高原則。例如《史記‧孟嘗君列傳》記載，孟嘗君（？～279B.C.）因生於五月五日，被其父田嬰（？～？）視為不祥而決定棄殺，幸賴母親瞞藏方得以成人：

> 其（田嬰）賤妾有子名文，文以五月五日生。嬰告其母曰：「勿舉也。」其母竊舉生之。及長，其母因兄弟而見其子文於田嬰。田嬰怒其母曰：「吾令若去此子，而敢生之，何也？」文頓首，因曰：「君所以不舉五月子者，何故？」嬰曰：「五月子者，長與戶齊，將不利其父母。」文曰：「人生受命於天乎？將受命於戶邪？」嬰默然。〔註45〕

早自戰國時期，百姓已視五月五日為不祥，認為該日所生之嬰孩長成後，將與門戶齊高，恐怕日後不利父母。因此百姓若於此日得子，多採取棄殺的方式以防不測。足見端午的惡日象徵，深刻影響百姓的日常作息，致使與此日有關聯的人事物，皆染上不祥的色彩與意義。

　　《金瓶梅》於第六回、第十六回、第五十一回與第九十七回中，四度以端午為時空背景，雖然內容平淡瑣碎，單純陳述西門府或守備府慶賀端午的過程。然而若深入檢視端午敘事的特點，可以發現端午敘事具有雙重作用，皆與端午的避邪意象緊密相連。第一，若將此四回發生的事件作為基點往後延伸，便能發現其中的細節與後續的事變相關，具有預示災禍的作用。更重要的是，在端午期間所發生的若干事變，多數是由府邸外部帶來的橫禍，在西門府的家道運勢中，象徵如日中天的家勢遭受多次衝擊。第二，如同李瓶兒生於元宵一般，端午乃小說另一人物韓愛姐的生辰，因此端午的意象與其人物性格、舉止密不可分。可見作者有意透過韓愛姐的生平與作為，傳達重要的訊息。本文在此將《金瓶梅》的端午敘事分為兩部分探討，先行論述端午敘事的敘事功能，進而探討端午敘事如何影響西門府家道發展。並分析韓愛姐與端午意象的關聯，以及作者寄寓在其人生平的重要信息。分述如次：

〔註45〕〔漢〕司馬遷著，〔南朝宋〕裴駰集解，〔唐〕司馬貞索隱，〔唐〕張守節正義，〔日〕瀧川龜太郎考證：〈孟嘗君列傳〉，《史記會注考證》，卷75，頁4～5。

一、端午敘事的情節架構和隱喻

《金瓶梅》呈現西門府由盛轉衰的過程，並由西門慶的命運，作為決定家道興衰的關鍵。但是西門慶平步青雲的方式，並非經由傳統科舉仕途，而是透過賄賂當朝太師方任官副提刑，從此顯揚於地方乃至朝廷。因此小說在人物背景設定上，省略交代主角追求功名富貴的繁瑣歷程，直接敘述西門慶如何透過官商勢力追求女色、財富、名望等物慾，並將敘事重點聚焦在西門慶的家庭生活。

值得注意的是，類似《金瓶梅》以家庭生活為敘事主軸的小說，情節多數以一主角為中心，擴展至自身與親人、朋友的日常互動，故作者可以使用的題材種類五花八門，舉凡日常中所見所聞皆能刻劃。然而亦因小說充滿讀者日常可見的事物，造成作者精心安排的情節，被迫掩藏在平淡的內容之下，必須透過全書結構的經營，或充滿暗示性的文字方能得到補償。《金瓶梅》即為典型的例證之一，雖然西門慶的家庭生活具有不平凡的寓意存在，卻往往被大量的交際與性愛場面埋沒。因此作者在全書的情節布局上，營造出顯層與潛隱兩種結構，並透過雙重結構的交會，賦予情節發展獨特的意義。誠如楊義在《中國敘事學》中所云：

> 在顯層結構上，《金瓶梅》創造了把日常家庭生活綿密穿插的多線索交織並進的類型，它把傳奇性的大線索結構加以平凡化和模糊化了。……情節線索的力度的削弱，必須在生活的厚度和意蘊的深度中獲得補償，因而結構的雙重性就顯得更為必要了。〔註46〕

《金瓶梅》在中國小說史上的貢獻之一，是創造日常家庭生活穿插多重線索交匯的小說類型，並將此顯層結構以繁瑣的日常作息加以淡化，造成全書情節隱而不發。作者為了彌補此項缺陷，便在表層的文字敘述下，營造出一潛隱結構，藉此傳達哲理化甚至宗教性的寓意。

關於潛隱結構與顯層結構的具體意義，《金瓶梅》中最典型的例證即為玉皇廟及永福寺，兩者不僅分屬道教與佛教的領域，更是象徵生與死、熱與冷的重要標誌。透過兩處建築的相互呼應，使許多線索從此出現並產生宗教性與命運感。〔註47〕因此潛隱結構是指小說中兩點或多點的獨立事物，透過情

〔註46〕楊義：《中國敘事學》，《楊義文存》第1冊（北京：人民出版社，1997年），頁49。
〔註47〕關於《金瓶梅》作者如何在玉皇廟與永福寺間，形成潛隱結構的詳細辯證過程，詳參楊義：《中國敘事學》，頁48～49。

節線索交織，而產生張力的非典型結構，可以引導全書情節朝特定方向發展，並賦予情節發展哲理化的意義。

如果潛隱結構代表情節意義的賦予，相對的顯層結構則代表情節運作的技巧，意即利用某一地點或事物的反覆書寫，造成前後情節的反差或衝突。例如楊義指出，獅子街為《金瓶梅》中出現頻率最高的街坊，作者藉由此處所發生的喜劇與悲劇事件，堆疊出西門府荒唐與危機、暴發與暴亡的人事反差。〔註48〕因此顯層結構的適當運作，有助於情節產生轉折與起伏。但是此處須說明，固然《金瓶梅》的潛隱結構，僅存在於玉皇廟與永福寺之間，方能透過兩處所蘊含的意象，傳達小說所強調的冷熱對比。然而顯層結構卻不限於獅子街一線，只要某一地點或事物能在情節中製造循環意象，並引發衝突或對比，皆可做為該結構的一部份。

從以上理論推斷，《金瓶梅》的端午敘事亦為小說的顯層結構之一。雖然端午所在的回目之中，內容充斥大量宴樂、縱慾的場面，不過是西門府或守備府的日常生活片段。但是端午自古被視為大凶之日，此日發生的任何事件連帶沾染不吉的意義，能與日後的事變、禍患產生因果關聯。因此作者將端午惡日的意象帶入情節，不僅深化整體情節的意涵，更是小說人物大禍臨頭的預言。筆者在此將小說中端午期間所發生的事件整理成表，並附錄日後所發生的事變、禍患於側，以供參酌。試觀下表所示：

表一：端午敘事情節因果一覽

端午敘事概要	後續災變概要	關　鍵	端午出處	災變出處
西門慶與潘金蓮謀害武大後初次過節享樂，潘金蓮未與武大帶孝，亦未祭祀其人靈位。	武松返家得知武大被西門慶與潘金蓮所害，在投訴官府不果後欲殺西門慶，卻因西門慶偶然逃生而誤殺李外傳。	武大	第6回頁79	第9回頁123～124
李瓶兒謀害花子虛而守寡得遲，西門慶遂於府中增建房舍，準備迎娶李瓶兒。	東京楊提督因邊疆戰事失利被劾，西門慶親家陳洪論罪應充軍邊疆。	姻親	第16回頁221	第17回頁230～232
李瓶兒為官哥縫製端午飾品。	無	無	第51回頁754	無

<hr>

〔註48〕楊義：《中國敘事學》，頁48。

春梅尋得陳經濟下落，謊稱二人為姑表姊弟以同居府中，並藉周守備征戰於外時私通再三。	周守備升任山東統制，命張勝先行返家告知春梅。不意張勝撞見陳經濟與春梅私通，並欲藉事謀害，故憤而殺陳經濟洩恨。	張勝	第 97 回頁 1637～1642	第 99 回頁 1671～1673

　　上表臚列的事項，乃小說中端午期間所發生的事件。除去第五十一回僅提及李瓶兒縫製飾品一事之外，其餘回目皆與事變及禍患相關。須注意的是，作者利用端午敘事作為災害降臨的徵兆，並非強行將兩者進行無意義的連結，而是透過關鍵的人、事、物，將看似毫不相干的事件巧妙結合。意即端午敘事是由不同的情節線索所組成，方能形成完整的顯層結構。

　　第六回為《金瓶梅》首次端午，是西門慶與潘金蓮謀害武大後首次過節。雖然當日兩人同在武大宅中飲酒作樂，充滿歡愉熱鬧的吉慶氣氛，作者卻在描繪宴飲的室內擺設中，突然提及武大靈位，造成房中瞬間充滿武大陰魂不散的沉悶及駭然。試觀以下敘事：

> 原來婦人自從武大死後，怎肯帶孝？樓上把武大靈牌丟在一邊，用
> 一張白紙蒙著，羹飯也不瞅睬。每日只是濃妝艷抹，穿顏色衣服，
> 打扮嬌樣，陪伴西門慶做一處，作歡頑耍。（第 6 回，頁 79）

從此事件發生的時間點而論，潘金蓮此時身分仍為武大寡妻，須遵照禮制供奉亡夫靈位並身穿縞素，以示哀戚之情。但是潘金蓮一心欲嫁西門慶為妾，故以白布蒙上靈位與穿著彩衣，公然宣示身分轉變與對武大的鄙薄。以空間的角度進行探討，武大靈位擺設在屋宇之中，象徵本人尚未離開陽世，亦未脫離小說的情節。因此西門慶與潘金蓮在該空間的所有行為，實際上皆入武大的眼界之中，顯示兩人尚且籠罩在謀害武大的陰影之下。

　　武大雖然亡於砒霜中毒，不代表無法報復西門慶與潘金蓮。在第九回中，作者旋即安排武松復仇的情節，導致西門慶面臨嚴重的生命威脅，試觀以下敘事：

> 話說西門慶與潘金蓮燒了武大靈，換了一身艷色衣服，晚夕安排了
> 一席酒，請王婆來作辭，就把迎兒交付與王婆養活。……那日見知
> 縣回出武松狀子，討得這個消息，說來回報西門慶知道：武二告狀
> 不行。一面西門慶讓他在酒樓上飲酒，把五兩銀子送他。正吃酒在
> 熱鬧處，忽然把眼向樓窗下看，只見武松凶神般從橋下直奔酒樓前

來。已知此人來意不善，推更衣從樓後窗只一跳，順著房山跳下人
家後院內去了。（第9回，頁115～124）

武松返鄉見武大已死，本欲透過投訴官府的正式程序，為其兄雪清冤情。但
是在獲悉知縣已收下西門慶的賄賂之後，方對西門慶心生殺意，逕赴酒樓欲
殺西門慶報仇。不料西門慶偶然看見武松，遂以更衣為由逃離現場，導致武
松誤殺和西門慶共飲的李外傳。此段敘述的關鍵在於「忽然」二字，生動呈
現西門慶命懸一線的危機感。若非西門慶命不該絕於武松之手，則理當命喪
酒樓。由此可見，西門慶的首次危機乃出於謀害武大，方導致此次事變發生，
與第六回時歡慶佳節的意象呈現明顯對比。

第十六回為小說中第二次端午，場景從武大宅轉變至獅子街，主角亦由
潘金蓮改為李瓶兒，形成與前次敘事截然不同的事變與意義。在此之前，李
瓶兒因花子虛亡故而孀居獅子街，並將花家積攢的財富交付西門慶，希望能
夠順利嫁入西門府。直至端午當日，李瓶兒特邀西門慶赴自宅解粽，議定五
月十五日焚燒花子虛靈位，另擇吉日迎娶李瓶兒過門。因此無論西門慶身赴
何處，皆充滿濃厚的喜慶氣氛，試觀以下敘事：

祝日念道：「比時明日與哥慶喜，不如咱如今替哥把一杯兒酒，先慶
了喜罷。」於是叫伯爵把酒，謝希大執壺，祝日念捧菜，其餘都陪
跪。把兩個小優兒也叫來跪著，彈唱一套〔三十腔〕「喜遇吉日」，
一連把西門慶灌了三四鍾酒。

到了獅子街。李瓶兒摘去孝髻，換了一身艷服。堂中燈燭熒煌，
預備下一桌齊整酒肴。上面獨獨安一張交椅，讓西門慶上坐。方打
開一罈酒篩來，丫鬟執壺，李瓶兒滿斟一杯遞上去，插燭也似磕了
四個頭，說道：「今日拙夫靈已燒了，蒙大官人不棄，奴家得奉巾櫛
之歡，以遂于飛之願。」（第6回，頁224）

首段文字描述應伯爵等人，賀喜西門慶預備迎娶李瓶兒，故在原先單純為應
伯爵賀壽的平淡氣氛中，立即轉為歌舞喧囂的熱鬧場面。後段文字則為西門
慶赴獅子街為李瓶兒除服，因此堂中燈火通明，一掃原先為花子虛守喪的抑
鬱陳設與感覺。無論場景如何轉換，此時端午敘事充滿喜結良緣的吉利意象。

李瓶兒嫁西門慶乃西門府運勢的重大發展，象徵為西門府帶來鉅額財富，
奠定西門府家道飛黃騰達的基礎。但是在西門慶的前途一帆風順之際，作者
立即在第十七回使事變降臨西門府，幾乎使西門慶身家不保。試觀以下從邸

報所節錄的內容：

> 續該三法司會問過，並黨惡人犯王黼、楊戩本兵不職，縱虜深入，
> 茶毒生民，損兵折將，失陷內地，律應處斬。手下壞事家人，書辦
> 官掾親黨，董升、盧虎、楊盛、龐宣、韓宗仁、陳洪、黃玉、賈廉、
> 劉盛、趙弘道等，查出有名人犯，俱問擬枷號一個月，滿日發邊衛
> 充軍。（第 17 回，頁 232）

從此份邸報的內容而論，京師楊提督因延誤軍機，導致金人入侵宋朝邊境，
論罪當處以斬刑。手下官吏親黨因辦事不力，須一併嚴懲處置，判處枷號並
一個月後發配邊疆充軍。在這份懲處名單中，除了楊提督乃西門慶橫行地方
的支柱以外，其親家陳洪亦列名罪因。

　　值得注意的是，此次事變係因朝中官吏延誤軍機而引起，即便西門慶與
楊、陳二人交情匪淺，似乎與身為布衣的西門慶毫無瓜葛。然而從西門慶接
獲邸報的反應來看，此次事變不僅後果嚴重，更有可能使西門慶與親族身陷
危難。作者於第十七回至第十八回中，詳細描述西門慶的作為及應變方式：

> 到次日早，分付來昭、賁四，把花園工程止住，各項匠人都且回去，
> 不做了。每日將大門緊閉，家下人無事亦不敢往外去。……（吳月
> 娘）便說道：「他陳親家那邊為事，各人冤有頭債有主，你平白焦愁
> 些甚麼？」西門慶道：「你婦人知道些甚麼！陳親家是我的親家，女
> 兒、女婿兩個業障搬來咱家住著，這是一件事。平昔街坊鄰舍，惱
> 咱的極多。常言：機兒不快，梭兒快；打著羊駒驢戰。倘有小人指
> 戳，拔樹尋根，你我身家不保。」（第 17 回，頁 232～233）

> 來保等見了，慌的只顧磕頭，告道：「小人就是西門慶家人，望老爺
> 開天地之心，超生性命則個！」高安又替他跪稟一次。邦彥見五百
> 兩金銀只買一個名字，如何不做分上？即令左右抬書案過來，取筆
> 將文卷上西門慶名字改作「賈慶」。（第 18 回，頁 240）

此次事變看似與西門慶無關，但是西門慶慮及自身橫行鄉里多時，廣受街坊
鄰居憎恨已久。故西門慶雖然接納大姐和陳經濟返府避難，卻深恐鄰里得知
其與朝廷欽犯的親戚關係，出面揭發與楊提督的關係而受牽連。因此西門慶
旋遣家人來保及吳主管上京，向審理此案的右相李邦彥賄賂求情，方能從此
次事變中順利脫身。

　　與第十六回的端午敘事相較，兩者呈現的氣氛與情節截然不同，似乎無

法加以聯想關係何在，實際上關鍵在於婚姻。第十六回敘述西門慶即將和李瓶兒成親，場面熱鬧而喧嘩，宣示西門慶運勢亦將平步青雲。第十七回西門慶則因與陳洪的姻親關係而險遭牽連，若非動用金錢與人脈關係，西門慶極有可能遠配邊疆。是知作者利用西門慶兩段不同的姻緣，再次營造西門府大禍臨頭的情節，不僅成功連接兩段看似無關的情節，更使情節意涵反映出端午的惡日意象而得到深化。

第九十七回為《金瓶梅》第三度端午，場景再次由獅子街移至守備府，主角亦由李瓶兒轉變為龐春梅。在此之前，陳經濟本因不善營生而在外流落，所幸春梅施以援手接入守備府中，謊稱二人為姑表姐弟。雖然彼此在西門府中早有情意，只是畏懼守備得知此事，僅能私下調情勾引。至端午當日，周守備率領人馬出巡，春梅便設宴與孫二娘、陳經濟歡度佳節，並趁四下無人之際尋歡交合。試觀以下敘事：

> 一日，守備領人馬出巡，正值五月端午佳節，春梅在西書院花亭上
> 置了一卓酒席，和孫二娘、陳經濟吃雄黃酒，解粽歡娛。……春梅
> 又使月桂、海棠後邊取茶去。兩個在花亭上，解佩露相如之玉，朱
> 唇點漢署之香。（第 97 回，頁 1642～1644）

回顧以往作者描述慶賀端午的情景，皆是西門慶隻身前往各處尋歡作樂，因此充滿鼓樂昇平的氣象。此次春梅與陳經濟在端午時的作為，無論是飲酒解粽、交合尋歡無非昔年景象，未有任何差異或變化。然而重點在於，陳經濟能與春梅歡度端午，有賴張勝多方尋覓方能入府；但是陳經濟乃繼西門慶之後又一惡人，不但不知知恩圖報，更欲尋覓事由除去張勝，因此埋下殺身之禍。

陳經濟與張勝的恩怨糾葛，並非陳經濟入府後方積累而成，而是早在第九十四回時便已形成。當時陳經濟出家為道士，偶在臨清謝家酒樓與前妻馮金寶相遇，兩人舊情復燃而私下往來再三。然而馮金寶乃娼門出身，委身於張勝小舅劉二所經營之娼家，一日被劉二討要房錢不成，遂與陳經濟同遭劉二毆打，復仗張勝威勢解赴守備府問刑。至此之後，陳經濟便對劉二及張勝懷恨在心，欲藉由春梅在守備府的地位，置兩人於死地。試觀以下敘事：

> 也是合當禍起。不想下邊販絲綿何官人來了。王六兒陪他在樓下吃
> 酒。……約日西時分，只見酒家店坐地虎劉二，吃的酩酊大醉，袒
> 開衣衫，露著一身紫肉，提着拳頭，走來酒樓下，大叫「捽出何蠻

子來」，要打。……到次日，心心念念要告春梅說。展轉尋思：「且
住，等我慢慢尋張勝那廝幾件破綻，一發教我姐姐對老爺說了，斷
送了他性命。叵耐這廝幾次在我身上欺心，敢說我是他尋得來，知
我根本出身，量視我禁不得他！」（第 99 回，頁 1667～1669）

此段文字描述陳經濟於臨清經營酒店，偶遇韓道國攜妻女從東京出奔回鄉，
因與韓愛姐兩相有意而在酒店住下。卻因王六兒當時作為私娼被何官人包占，
不料何官人被劉二討要房錢與歇錢不果，一併遭受劉二毆打。事後被陳經濟
知曉此事，決意將新仇舊恨一次了結，欲告知春梅轉央守備處置。

　　陳經濟趁守備由濟南返府邸之際，將張勝與劉二之事告訴春梅，不想被
張勝暗中知悉，遂令陳經濟身亡於其刀下。試觀以下敘事：

卻說陳經濟見張勝押車輛來家，守備陞了山東統制，不久將到，正
欲把心腹中事，要告訴春梅，等守備來家，要發露張勝之事。……
不防張勝搖著鈴巡風過來。……那張勝提著刀子徑奔到書房內，不
見春梅，只見經濟睡在被窩內。見他進來，叫道：「阿呀，你來做甚
麼？」張勝怒道：「我來殺你！你如何對淫婦說，倒要害我？我尋得
你來不是了，反恩將仇報？常言黑頭蟲兒不可救，救之就要吃人肉。
休走！，我一刀子，明年今日，是你死忌！」（第 99 回，頁 1671～
1672）

張勝手刃陳經濟的情節，固然可視為兩人恩怨的總結，但是從第九十四回至
九十九回的情節分析，陳經濟欲害劉二是因曾遭兩度欺凌，故藉機復仇乃情
理之中。然而陳經濟憎恨張勝的緣由，竟是因為劉二乃張勝小舅，並且曾知
曉其不堪回首的過往，故妄圖殺人滅口。因此陳經濟的死因無法單純以仇殺
鬥毆解釋，而是死於自身不肯改過，方招致禍患降臨。誠如張竹坡所評：「其
取禍被殺，總是不肯改過。」〔註49〕對比陳經濟進入守備府後一帆風順的景
況，復視其身首異處的慘狀，可見作者有意藉由端午的惡日意象作為媒介，
傳達世人知過能改的重要性。

　　因此從端午敘事的敘事結構而論，雖然端午在歲時中乃大凶之日，作者
能以尋歡作樂的情景沖淡此層意義，形成冷中帶熱的表面文字。然而在西門
府或守備府歡慶佳節的場面之下，作者另以端午惡日的意象導入情節之中，

〔註49〕〔明〕蘭陵笑笑生著，劉輝、吳敢輯校：《《金瓶梅》會評會校》第 5 冊（香
　　　港：天地圖書有限公司，2010 年），頁 2053。

並將造成後續事變的線索埋藏在端午敘事之下，進一步產生熱中有冷的情節內涵。由此可見，《金瓶梅》的端午敘事，乃由多條冷中帶熱、熱中有冷的情節所連結，進而合一為充滿起伏、衝突的多線敘事結構。作者透過此一顯層結構，賦予西門慶家庭生活更深層的意義，以彌補內容流於平淡的不足。

更重要的是，雖然《金瓶梅》三次端午事變的形成原因和人物不一，但是從發生的地點及時機卻能發現相同之處。固然讀者綜觀三次端午敘事的脈絡之後，即明端午期間所發生的蛛絲馬跡，皆是日後事變發生的前兆。因此諸如武松和張勝行兇殺人，乃西門慶與陳經濟作惡之報應，當在情理之中。然而若改由小說人物的視角解讀事變的成因，事變總是在遠處突然發生，例如京師、酒樓、守備府外，皆非西門慶與陳經濟可以目睹且防備在先。因此端午所產生的事變，當可稱為小說人物的「外患」，象徵事變發生的不可預知性。尤其對於西門慶而言，他兩度身處端午事變之中，皆是殃及自身性命和身家的大難。儘管西門慶總能透過金錢及人脈安然克服，卻對西門府的運勢發展產生不小的影響。是知端午繼元宵而起，在西門府的家道階段中乃外患的代表，象徵西門府雖然處於榮華之際，遭受禍患侵襲和衝擊。雖然西門府的根基因西門慶安然無恙而未曾動搖，卻逐漸顯露衰敗的跡象。

二、韓愛姐生平的勸世作用分析

在《金瓶梅》所刻劃的婦女百態，韓愛姐有別於小說主角如潘金蓮、李瓶兒與龐春梅，乃一獨特且稀有的存在。觀其生平經歷，第三十七回即有簡略描述：

> 十分人材，屬馬兒的，交新年十五歲，若不是老婆子昨日打他門首過，他娘在門首請進我吃茶，我不得看見他哩。纔吊起頭兒沒多幾日，戴著雲髻兒。好不筆管兒般直縷的身子兒，纏得兩隻腳兒一些些，搽的濃濃的臉兒，又一點小小嘴兒，鬼精靈兒是的！他娘說他是五月端午養的，小名叫做愛姐。（第37回，頁539）

韓愛姐是西門慶門下夥計韓道國之女，因東京蔡太師管家翟謙膝下無子，故委託西門慶代為尋覓年輕女子權充妾室。西門慶為了答謝翟謙素日救助之恩，並且鞏固自身與太師府的權勢連結，遂經由媒人馮媽媽多方探訪下，終於覓得韓愛姐為合適人選，至此之後便遠嫁東京。直到第九十八回時，蔡太師受國子生彈劾失勢，韓愛姐旋與父母逃離東京歸鄉，並在途中賣身為娼。後至

臨清酒店巧遇陳經濟，彼此心生好感而私結良緣，甚至在陳經濟死後與其妻葛翠屏立誓守貞。最後為避金人南侵而逃奔湖州尋父，為了躲避富貴子弟求親，選擇削髮毀目出家為尼，立誓不嫁而終。然而此段文字的重點，並非關於韓愛姐的家世背景，或其樣貌如何如馮媽媽所言般標緻出眾。而是韓愛姐之生辰乃五月五日，正如李瓶兒之於元宵一般，命運當與端午密不可分。

關於端午與韓愛姐連結的意涵，張竹坡釋云：

> 言如敬濟（詞話本作陳經濟）經歷雪霜，備嘗甘苦，已當知改過，乃依然照舊行徑，貪財好色，故愛姐來而金道復來看敬濟，言其飲酒宿娼，絕不改過也。雖有數年之艾在前，其如不肯灸何！故愛姐者，艾也，生以五月五日可知也。〔註50〕

由此可見，作者特意置韓愛姐之生辰於端午，欲化用其名中「愛」字為「艾」，〔註51〕象徵將以此人作為醫治陳經濟惡行的艾藥。前節論及艾虎兒作為端午節俗的意義時已云，艾草自六朝以降，逐漸代替朱索五色符的功效，成為端午避邪的必備用品。然而在艾草被納入端午節俗之前，便已被用於炙燒時的主要藥物，具備良好的醫療作用。《歲時廣記》中〈製艾葉〉條即云：「本草艾葉，能炙百病。」〔註52〕《仇池筆記》亦曰：「端午日日未出時，以意求艾似人者，採之以炙，殊效。」〔註53〕不僅說明艾炙的醫療效果卓越，更與端午的關係密不可分。

回顧陳經濟的生平，乃繼西門慶之後又一惡人典型。陳經濟本為京師楊提督親信陳洪之子，亦為西門慶之女大姐的夫婿，因楊提督失誤軍機之事而偕妻逃奔西門府。入府初期為人勤懇有禮，受到西門慶及吳月娘的信任和寵溺，卻私下與潘金蓮私下調情再三，是偽君子的代表。《金瓶梅》作者即於第十八回評論陳經濟的作為：「自幼乖滑伶俐，風流博浪牢成。愛穿鴨綠出爐銀，

〔註50〕〔明〕蘭陵笑笑生著，劉輝、吳敢輯校：《《金瓶梅》會評會校》第5冊，頁2035。

〔註51〕韓愛姐之愛字是否能與艾草之艾字通同，當從此二字在明代聲韻呈現的狀態考究。依據明代韻書《洪武正韻牋》記載，愛字與艾字皆隸屬於六泰韻，故在音韻相同的情況下能夠以讀音通同，間接證實張竹坡的論點可行。參：〔明〕楊時偉：《洪武正韻牋》，《韻典網》，2011年4月10日，網址：https://ytenx.org/（2020年6月28日上網）。

〔註52〕〔宋〕陳元靚：《歲時廣記》下冊，卷19，頁16上。

〔註53〕〔宋〕蘇軾：《仇池筆記》，收入〔清〕永瑢等編：《景印文淵閣四庫全書·子部》第863冊（臺北：臺灣商務印書館，1986年），卷下，頁7下。

雙陸象棋幫襯。琵琶笙箏簫管,彈丸走馬圓情。只有一件不堪聞,見了佳人
是命。」〔註54〕此闋詞以寥寥數句,便清楚的勾勒出陳經濟風流成性、不事
生產、坐享榮華、貪財好色的性格。

然而陳經濟的惡行並非僅在府中和潘金蓮私相來往,自從他與潘金蓮私
通被揭發而逐出西門府後,不僅無法自力更生,更數次過度追求財色而危及
性命。作者在第九十三回中,以詞曲創作的形式,簡略說明陳經濟生平所犯
下的種種惡行。試觀以下敘事:

> 〔七煞〕我也曾在西門家做女婿,調風月把丈母淫⋯⋯毆打妻兒病
> 死了,死了時他家告狀。使了許多錢,方得頭輕。」

> 〔八煞〕「賣大房買小房,贖小房又倒騰。不思久遠含餘剩。饑寒苦
> 惱妾成病,死在房簷不許停。所有都乾淨。嘴頭纏不離酒肉,沒攬
> 計拆賣墳塋!」

> 〔九煞〕「掇不的輕負不的重;做不得傭務不得農。未曾幹事兒先愁
> 動。閒中無事思量嘴,睡起須教日頭紅。狗性子生鐵般硬。惡盡了
> 十親九眷,凍餓死有那個憐憫!」(第93回,頁1580)

自陳經濟被驅離出西門府後,陸續犯下姦淫丈母、毆打妻子、賣盡家產、遊
手好閒等惡行。儘管陳經濟身歷險境數次,卻從未思量改頭換面,直至亡於
仇家張勝刀下,亦未懺悔自身罪孽。

固然陳經濟的結局彰顯天理報應,《金瓶梅》作者更強調知過能改的重要
性,方在陳經濟死後安排韓愛姐為其守節的情節。誠如張竹坡所評:

> 其取禍被殺,總是不肯改過,故用以艾炙之,則愛姐乃所以守節
> 也。且欲一部內之各色人等皆改過,故又以愛姐結於此,且下及於
> 一百回。總之作者著此一書,以為好色貪財之病,下一大大火艾
> 也。〔註55〕

陳經濟在《金瓶梅》中集諸般罪惡於一身,即如重病之人難以痊癒,須以特
別而強力的藥方進行醫治。韓愛姐身為端午艾藥的象徵,雖然一度淪落風
塵,卻仍為陳經濟恪守貞節,最後得以獲得善終。作者視韓愛姐為醫治陳經
濟的藥方,不僅諷刺陳經濟冥頑不靈的悲涼結局,更點醒世人知過能改的

〔註54〕〔明〕蘭陵笑笑生:《金瓶梅詞話》第十八回,頁247。
〔註55〕〔清〕張竹坡:〈批評第一奇書《金瓶梅》讀法〉,收入〔明〕蘭陵笑笑生著,
　　　　劉輝、吳敢輯校:《金瓶梅》會評會校》第5冊,頁2053。

重要性。

　　然而韓愛姐並非單純為醫治陳經濟惡行的艾藥，更可成為《金瓶梅》中未能守節婦女的典範。張竹坡曾精闢指出韓愛姐與眾婦人的不同之處：

> 內中有最沒正經、沒要緊的一人，卻是最有結果的人，如韓愛姐是也。一部中，諸婦人何可勝數，乃獨以愛姐守志結何哉？……此所以將愛姐作結，以愧諸婦；且言愛姐以娼女回頭，還堪守節，奈之何身居金屋而不改過悔非，一竟喪廉寡恥，於死路而不返哉？〔註56〕

韓愛姐在《金瓶梅》的人物地位看似無關緊要，但是作為書中少數的貞節女子，其生平作為足以警戒與突顯一眾婦女的劣行，導致在人物設定上被賦予獨特的意義。

　　韓愛姐在《金瓶梅》的人物形象設定中，乃全書婦女內罕見的貞節女子，與為西門慶守寡終老的吳月娘具有同等地價值。但是在嚴格意義上，韓愛姐非如吳月娘般從一而終，而是經歷混亂的婚姻及情慾關係後，方決意為陳經濟守節。誠如小說第九十八回所述：

> 愛姐把些風月話兒挑勾經濟。經濟自幼幹慣的道兒，怎不省得？一徑起身出去。這韓愛姐從東京來，一路兒和他娘也做些道路；在蔡府中答應，與翟管家做妾，詩詞歌賦，諸子百家皆通，甚麼事兒不久慣？（第98回，頁1658）

由此可見，韓愛姐自京師太師府中逃歸途中，為求溫飽而與其母王六兒賣身為私娼維生。因此韓愛姐在勾引陳經濟的當下，實際上是以私娼的身分進行交媾，即已喪失作為節婦的資格。

　　綜觀《金瓶梅》中一眾婦女的生平，無論身分是家主抑是奴僕，多數經歷數次改嫁或私奔的過程，諸如孟玉樓、李嬌兒、孫雪娥、李瓶兒等人皆是如此，因此韓愛姐所為實際上並未超出小說所營造的「常態」。可見在《金瓶梅》作者理想的貞節觀中，婦女是否實質上從一而終並不重要，重點在於知過能改。誠如張竹坡所云：「且言愛姐以娼女回頭，還堪守節，奈之何身居金屋而不改過悔非，一竟喪廉寡恥，於死路而不返哉？」〔註57〕足見韓愛姐以

〔註56〕　〔清〕張竹坡：〈批評第一奇書《金瓶梅》讀法〉，收入〔明〕蘭陵笑笑生著，劉輝、吳敢輯校：《《金瓶梅》會評會校》第5冊，頁2112～2113。

〔註57〕　〔清〕張竹坡：〈批評第一奇書《金瓶梅》讀法〉，收入〔明〕蘭陵笑笑生著，劉輝、吳敢輯校：《《金瓶梅》會評會校》第5冊，頁2112～2113。

他人姜室的身分，一度失身為私娼，雖已注定無緣列名傳統的節婦行列。然而其未能正式嫁給陳經濟為妻，卻依舊能為陳經濟守節不嫁，堪為小說所有婦女的典範。

以韓愛姐守節不嫁的精神，反觀《金瓶梅》三位主角的生平種種，即能看出作者何以特別青睞韓愛姐。潘金蓮本為武大之妻，因嫌棄夫婿樣貌猥瑣而受西門慶勾引，甚至陰謀毒殺親夫。待嫁入西門府後，仍欲求不滿而和小廝琴童、女婿陳經濟勾搭成姦。並在逐出西門府後，又貪圖勾引王婆之子王潮和武松等人，最終死於仇家武松刀下。從客觀的角度剖析潘金蓮的行為，誠如任訪秋所云：

> 潘金蓮的性格，是當時黑暗社會環境給她造成的。當時的社會，要把她作為男子的玩物，或忠順的奴才。但她不甘心，企圖追求自己的幸福，不妨讓許多人痛苦，把自己的幸福，建築在別人痛苦的基礎上，因而她就照樣學。……潘金蓮如此，舊時代的女子，像她這樣被舊的社會制度歪曲了的形象並不是少數，所不同的，只不過是程度上的差別罷了。〔註58〕

潘金蓮被《金瓶梅》作者塑造為淫婦的典型人物，欲透過潘金蓮起伏曲折的人生，控訴傳統社會制度施加於女子身上的暴行及不公。的確潘金蓮乃傳統社會下的犧牲品，然而與其受淫欲主宰所犯下的數項惡行相較，韓愛姐雖曾一度步入潘金蓮的後塵，卻能在人生後期幡然悔悟，再次顯示知過能改的重要性。

李瓶兒和龐春梅雖然不似潘金蓮作惡多端，但是細觀李瓶兒的人生，亦曾因追求淫欲而氣死花子虛。雖然李瓶兒在官哥臨終之際，曾向花子虛的陰魂懺悔自身的罪孽，卻無法挽回官哥與自身性命，結局死於崩漏惡疾。〔註59〕龐春梅在三人之中，雖未因淫欲而傷及一人，但是其於周守備亡故後不願恪

〔註58〕任訪秋：〈略論《金瓶梅》中的人物形象及其藝術成就〉，收入胡文彬、張慶善編：《論《金瓶梅》》（北京：文化藝術出版社，1984 年），頁 226。

〔註59〕第五十九回敘述官哥臨死的情景，即曰：「當下李瓶兒臥在床上，似睡不睡，夢見花子虛從前門外來，身穿白衣，恰活時一般。見了李瓶兒，厲聲罵道：『潑賊淫婦，你如何抵盜我財物與西門慶？如今我告你去也！』被李瓶兒一手扯住他衣袖，央及道：『好哥哥，你饒恕我則個！』花子虛一頓，撒手驚覺，卻是南柯一夢。」參〔明〕蘭陵笑笑生：《金瓶梅詞話》第五十九回，頁 926 ～927。

守貞節，反而與下人周義日夜縱慾無度，最後竟死於骨癆之症。〔註60〕由此可見，作者特意安排韓愛姐守節而得善終的人生，與潘、李、龐三人困於情慾而不得好死的下場比較，確實向世人傳達色慾傷身的勸世訊息，起到借鑑與警惕的作用。

小結

夏季繼承春季而起，象徵自冬季以來興盛的陰氣從此衰落，由陽氣全面取而代之，促使氣候迅速回暖，利於萬物生長。然而當歲時步入仲夏時節，伴隨太陽直射地球角度的變化，古人相信由於白晝時間開始縮減，當為陰氣重新萌生的時刻來臨，造成陰陽二氣衝突爭鋒。因此仲夏在歲時中乃一凶險的時節，在陰陽失調的衝突之下，萬物無不籠罩於死亡的陰影之中。受仲夏的惡月性質影響，處於此月份之節日無不具有明顯的惡日意象。而在《金瓶梅》的夏季節令之中，端午即為最具典型的節令。

端午的起源至今眾說紛紜，雖然最為人所知的說法乃後人紀念楚人屈原投江而起。但是依據黃石以比較法的方式得出，中國自古即盛行太陽崇拜，並視光明盛行即為邪祟退避的時刻。故當太陽能量在夏至衰退時，古人即以祭祀預防邪祟和瘟疫盛行。按照中國上古曆法的推算方式，午月午日正是太陽能量由盛轉衰的時刻，古人方置端午於該日，進而與夏至逐漸合一。直至六朝時期，由於午字和五字通假，百姓為了方便記數之故，而將端午強行置於五月五日。

可見端午起源自古代對於惡日的畏懼，百姓須在當日進行避邪祛病有關的儀式，希望能祈求平安。回顧《金瓶梅》所提及的端午節俗，共有製做絨線符牌、各色紗小粽子、解毒艾虎兒，與飲雄黃酒及解粽三項重要風俗。其中絨線符牌等三樣物品乃端午節的重要飾品，皆具備避邪之用。雄黃酒與粽子則為端午節的主要食品，雄黃自古即為藥物之一，但是真正入酒並成為端午主要節俗的起始，尚須待至明代。食用粽子的風俗與雄黃酒截然相反，當可

〔註60〕第一百回敘述春梅死因，有云：「這春梅在內頤養之餘，淫情愈盛。常留周義在香閣中，鎮日不出。朝來暮往，淫慾無度，生出骨蒸癆病症。……一日，過了他生辰，到六月伏暑天氣，早辰晏起。不料他摟著周義在床上，一泄之後，鼻口皆出涼氣，淫津流下一窪窪，就嗚呼哀哉，死在周義身上。」參〔明〕蘭陵笑笑生：《金瓶梅詞話》第一百回，頁1685。

向上追溯至晉代。然而對於明人而言，解粽並非單純在端午當日食用粽子，而是需要和雄黃酒一併食用，有別於前人對於解粽的意義。但是無論此三項端午節俗的意義如何轉變，皆不脫離其避邪袪病的功能。

由於端午在歲時中乃最重要的惡日，《金瓶梅》作者特意將端午的惡日意象導入情節，藉此營造重要的敘事功能，並且傳遞重要意涵。在《金瓶梅》三度端午期間，作者以看似平凡且瑣碎的情節作為導引，並從敘事文字的蛛絲馬跡中作為前兆，以此預示後續事變或禍患的發生。諸如西門慶險遭武松殺害、被楊提督延誤軍機牽連，和陳經濟死於張勝刀下皆是此例。雖然從讀者的全知角度解讀，西門慶與陳經濟之所以身陷事變之中，乃因兩人作惡在先，方招致如此災禍。但是以人物的感受而論，這些因端午引起的災禍顯為無妄之災，更加凸顯端午惡日的意象。尤其對於西門慶而言，其所遭逢的兩次事變，皆危急自身性命及身家，雖然以雄厚的金錢與人脈關係下化險為夷，亦對西門府家道產生不小的影響。特別是端午乃繼元宵以後，又一重大節日，在象徵家道興隆的元宵之際，端午的出現無疑為西門府家道發展，添加諸多不確定的因素，顯露出些許衰敗的跡象。

除此之外，作者特意將韓愛姐的生辰置於端午，凸顯與其他人物不同且獨特之處。在端午的諸多節俗之中，艾草雖然遲至六朝時期，方被視為避邪的主要用品，卻在更早以前即已成為醫療的必備藥物。尤其在端午當日實施艾炙能得到良好功效，足見艾草與端午不可分割的關聯。韓愛姐在《金瓶梅》中本為太師管家翟謙之妾，後因躲避禍患而賣身為娼，卻在與陳經濟相識後立誓為其守節。作者即以韓愛姐作為醫治小說一眾惡人，如陳經濟、潘金蓮之艾藥，藉由其人知過能改而得以善終的人生，凸顯陳、潘等人死狀悲慘的結局，奉勸世人切莫耽溺於財色之中。

由此可見，夏季的節慶在《金瓶梅》的情節意義中，代表西門府在鼎盛的運勢中遭受外患侵襲，充滿對於未來的不確定性。值得注意的是，端午的形成確實出自古人對於惡日的畏懼，但是亦發展出驅邪袪病的各式儀式與節俗，造成端午具有噩耗和喜慶的雙重意涵。作者善於利用端午意象與節俗的矛盾性，一方面營造出西門府禍患降臨的悲劇，另一方面卻透過韓愛姐曉諭世人知過能改的勸世宗旨。不僅增加小說情節必要的起伏波動，更賦予端午敘事哲理化的意義。

第四章 《金瓶梅》秋季節令探究
——以中秋、重陽為例

　　秋季作為歲時第三個季節，在自然運行與人文意義具備多重意涵。從自然運行而論，秋季承接夏季而起，陽氣至此時逐漸被陰氣取代，造成氣候由溽暑轉趨陰涼。因此在二十四節氣的命名過程中，白露、寒露與霜降，屬於秋季的自然特徵，可以作為此時的節氣名稱。誠如元人吳澄（1249～1333）在《月令七十二候集解》所云：

> 白露，八月節。秋屬金，金色白，陰氣漸重，露凝而白也。
>
> 寒露，九月節。露氣寒冷，將凝結也。
>
> 霜降，九月中。氣肅而凝露結為霜矣。〔註1〕

白露、寒露與霜降雖然分屬不同月份，從三者的命名原由可以明確看出，無論露水或冰霜的形成，皆有賴於氣候由熱至冷的轉變。足見二十四節氣的命名過程，充分凸顯秋季乃氣候變遷的重要關鍵。

　　中國自古強調順應天時的概念，故自然運行即是百姓生活的準則。尤其中國傳統社會以農耕為主，秋季象徵稼穡經歷播種與耕耘之後，正式進入收割的階段。《禮記·月令》指出，孟秋七月正值作物成熟，天子須將首批收割的穀物祭祀宗廟，並令有司開始收取租稅：「是月（孟秋）也，農乃登穀。天子嘗新，先薦寢廟。命百官，始收斂。」〔註2〕此處所列出的行事準則僅限於

〔註1〕〔元〕吳澄：《月令七十二候集解》，收入《歲時習俗研究資料彙編》第 8 冊（臺北：藝文印書館，1970 年），頁 10 上～11 上。

〔註2〕〔漢〕鄭玄注，〔唐〕孔穎達疏：〈月令〉，《禮記正義》，收入〔清〕阮元校輯：

孟秋，然而在作物收割完畢後，礙於氣候愈趨嚴寒，百姓須停止一切生產勞動。此即〈月令〉所云：「是月（季秋），霜始降，則百工休。」〔註3〕在休養生息的當下，百姓並非飽食終日而無所作為，而是藉由空閒時間籌備歲末的收穫祭典，宣告自然萬物進入生命的休止狀態。〔註4〕由此可見，秋季在自然運行方面，不僅象徵氣候的過渡階段，更因百姓於此時收割作物和進行休養，同時具有五穀豐登的喜慶意義。

在人文意義方面，秋季具有與自然運行截然不同的意涵。由於秋季陰氣興盛而陽氣衰敗，宣告萬物生命終將告結，而使大地充塞肅殺之氣，古人便視此時為戰爭殺伐的時機。《禮記·月令》記載，立秋時天子須親率三公九卿等至西郊迎秋，行禮完畢則返朝遴選將帥征討不義：

> 立秋之日，天子親帥三公、九卿、諸侯、大夫，以迎秋於西郊。還反，賞軍帥武人於朝。天子乃命將帥，選士厲兵，簡練桀俊，專任有功，以征不義。〔註5〕

戰爭不僅為牽涉百姓生死的大事，更是攸關國家存亡的關鍵，《左傳·成公十三年》即云：「國之大事，在祀與戎。」〔註6〕充分顯示戰爭對於國家的重要性。所以古人選擇在秋季時征伐四方，絕非單純服膺順應天時的概念，實際上更因此時作物收成完畢後，國家在徵調民力與物力時不致荒廢農事。

除了戰爭以外，刑獄訴訟亦須在秋季進行。〈月令〉明確指出，孟秋七月時，君王命刑官修訂法令與修繕刑具，禁止刁滑奸險之徒觸犯律令。凡有刑獄訴訟懸而未決者，皆須在秋季時審理定讞，務使罪囚伏法以明正典刑：

> 是月（孟秋）也，命有司修法制，繕囹圄，具桎梏，禁止奸，慎罪邪，務搏執。命理瞻傷，察創，視折，審斷。決獄訟，必端平。戮

《十三經注疏》第5冊（臺北：大化書局，1989年），卷16，頁19上。

〔註3〕〔漢〕鄭玄注，〔唐〕孔穎達疏：〈月令〉，《禮記正義》，卷17，頁2下。

〔註4〕李豐楙以蜡祭為例，指出祭典的存在是為了在日常緊湊的節奏中，使百姓能夠得到暫時休閒的時刻，形成天人相應的生命循環。因此蜡祭處於歲末時分，即是象徵自然界回復到生命的初始狀態，百姓得以通過儀式性的行為，讓土地與自身一併休養生息。參氏著：〈由常入非常——中國節日慶典中的狂文化〉，《中外文學》第3期（1993年8月），頁124。

〔註5〕〔漢〕鄭玄注，〔唐〕孔穎達疏：〈月令〉，《禮記正義》，卷16，頁18下。

〔註6〕〔周〕左丘明傳，〔晉〕杜預注，〔唐〕孔穎達疏：〈成公十三年〉，《春秋左傳正義》，收入〔清〕阮元校輯：《十三經注疏》第6冊（臺北：大化書局，1989年），卷27，頁10下。

有罪，嚴斷刑。〔註7〕

若檢視周代官制的命名原由，尚可發現秋季與刑獄更加密切的關聯。周代統稱職司刑獄的官吏為秋官，置大司寇一人統攝全國刑官與法令，《周禮·秋官·司寇》記載：「乃立秋官司寇，使帥其屬而掌邦禁，以佐王刑邦國。」〔註8〕何以周人必將刑官和秋季結合？《周禮訂義》解釋：「鄭鍔曰：『秋者，天地嚴凝之氣，肅殺萬物之時。刑者，人君所以肅天下之不肅，故掌刑之官屬乎秋。言刑之用如秋氣之肅殺。』」〔註9〕秋季時寒氣摧殘萬物，致使天地間充斥肅殺之氣，而刑名賞罰正是國君整肅天下的手段。是知周代將刑官歸於秋官，是將秋氣的肅殺連結至刑罰的嚴酷，務使百姓心懷畏懼而遠離禍患。

統合秋季的自然運行與人文意義兩方面，顯示秋季的意象充滿多重與矛盾。從自然運行而論，秋季農事完畢而有餘裕籌備歲末慶典，明顯屬於闔家團聚的喜慶時節。但是以人文意義而言，秋季肅殺的氣息瀰漫造成萬物萎靡，適合進行殺伐處刑等事宜，同時寄寓艱險兇惡的特徵。凡此種種盡數投映於秋季節令，諸如中秋與重陽即是如此。

今人視中秋和重陽為團聚的時刻，無論中秋賞月或重陽登高，皆是百姓團聚的契機，尤其中秋以月圓人團圓的形象著稱古今，更是成為歲時團聚的首選。但是以重陽為例，此日雖然具備團圓的寓意，但是登高宴飲與飲菊花酒的來源，實與百姓躲避邪祟與瘟疫有關，是秋季矛盾意象的最佳代表。雖然中秋或重陽發展至明代，因為經濟水平提升，提供物質享樂的基礎，造成百姓逐漸忘卻節日原先具有的涵義。但是此種現象並不妨礙《金瓶梅》將節日的意象導入情節架構，藉此鋪陳事件發生與凸顯人物生平，促使相關情節符合與秋季相同的矛盾感，甚至產生與節日意象背道而馳的衝突感，營造出強烈的冷熱對比。本章分析《金瓶梅》中秋與重陽的民俗描寫與藝術特色，深入探討秋季節慶與情節推展的關聯。

〔註7〕〔漢〕鄭玄注，〔唐〕孔穎達疏：〈月令〉，《禮記正義》，卷16，頁18下～19上。

〔註8〕〔漢〕鄭元注，〔唐〕賈公彥疏：〈秋官〉，《周禮注疏》，收入〔清〕阮元校輯：《十三經注疏》第3冊（臺北：大化書局，1989年），卷34，頁1上。

〔註9〕〔宋〕王與之：〈秋官〉，《周禮訂義》，收入〔清〕永瑢等編：《景印文淵閣四庫全書·經部》第94冊（臺北：臺灣商務印書館，1986年），卷58，頁1上。

第一節　中秋節俗的團圓寓意形成

　　中秋在《金瓶梅》是相當特殊的節日，因為小說雖然多次出現慶賀中秋的文字，多數僅以賞月一事草草帶過，沒有提到更多的節俗。固然賞月的確是中秋的重要節俗，但是諸如春節、元宵、端午，無論出現在全書的次數多寡，作者皆會提及三至四項節俗不等，故中秋的重要性貌似大幅削減。因此本文無法藉由《金瓶梅》的中秋敘事，針對明人風俗進行深入探討，然而若能釐清中秋的起源與演變，亦有助於論述作者如何利用人文意象影響情節發展。

　　今欲探討中秋的起源，首先必須了解其命名淵源。中秋正值陰曆八月十五日，古人見此日為孟、仲、季三秋的中心點，遂稱此日為中秋。誠如宋人吳自牧（？～？）釋名：「八月十五日中秋節，此日三秋恰半，故謂之『中秋』。此夜月色倍明於常時，又謂之『月夕』。」〔註10〕雖然此處清楚點出，中秋的命名緣由，卻未說明中秋處於三秋之半的重要性。明人徐炬（？～？）於《事物原始》中有更加詳盡的解釋：

> 八月十五為中秋，何也。歐陽詹〈翫月序〉云：「秋之於時，後夏先冬。八月於秋，季始孟終，十五於夜，又月之中。稽之天道則寒暑均，取諸月數則蟾魄圓，故曰中秋。言此日為三秋之中也，又謂之月夕。」〔註11〕

中秋在歲時的意義並不限於三秋之半，可以同時作為四季、寒暑甚至陰陽的交會點，具有承先啟後的重要意義。秋季本即溽暑轉趨陰寒的過渡階段，中秋既立於秋季中心，其重要意義即為陽氣至此日，正式為陰氣所取代，促使百姓作息亦須順應天時而更動，顯示中秋作為歲時標誌的功能。

　　然而詳細考察《夢粱錄》與《事物原始》的說法，即便二書解釋中秋的命名淵源不盡相同，卻同時提及中秋當日因月華皎潔倍於往常，故又稱為月夕，清楚指出中秋與月亮不可分割的關聯。據蕭放考據的結果，中秋直至唐宋時期方成為民俗節日，但是源流當可追溯至先秦時期的月亮崇拜。〔註12〕

〔註10〕〔宋〕吳自牧：《夢粱錄》，收入《全宋筆記》第8編第5冊（鄭州：大象出版社，2017年），卷4，頁120。

〔註11〕〔明〕徐炬：《新鐫古今事物原始全書》，收入《續修四庫全書‧子部》第1237冊（上海：上海古籍出版社，2002年），卷2，頁14上。

〔註12〕蕭放指出中國節慶多數在漢魏時期已然成形，中秋卻遲至唐宋時期方因賞月風俗而出現，然而論其淵源，當可追溯至原始宗教的日月崇拜。參氏著：《歲時——傳統中國民眾的時間生活》（北京：中華書局，2002年），頁192～193。

日月崇拜屬於自然崇拜之一，早自上古時期已遍佈原始社會的宗教信仰，甚至被賦予人格神的性質顯現於神話或祭儀當中。中國在上古時期便已形成日月信仰，成為周代郊祭的重要祭祀對象之一，具有明確的祭祀方式與涵義。《禮記·祭義》即云：

> 郊之祭，大報天而主日，配以月。……祭日於壇，祭月於坎，以別幽明，以制上下。祭日於東，祭月於西，以別外內，以端其位。日出於東，月生於西。陰陽長短，終始相巡，以致天下之和。〔註13〕

周人舉行郊祭的目的在於祭天，因此日月成為天存在的具體形象，得以列名郊祭的祭祀對象。從此段文獻研判，周人的日月信仰以日為尊，因此日可成為主祀對象，月則僅居於從祀地位。但是〈祭義〉既特別點出，以月配祀日的作法，是順應日月相應相對的自然現象。是知周人雖然尊崇日的地位，但是在進行郊祭時，卻透過祭祀日月的方位與地點差異，傳達陰陽調和的觀念，足見月亮的重要性不在日之下。

然而周人並非僅於郊祭時祭拜日月，而是會選擇歲時中合宜的時機進行祭祀，因此若從祭祀的時間，分析周人的日月崇拜，便能發現祭拜月亮與秋季的關聯。《通典·禮·朝日夕月》條記載：

> 凡祭日月，歲有四焉。迎氣之時，祭日於東郊，祭月於西郊，一也；二分祭日月，二也；祭義云「郊之祭，大報天而主日，配以月」，三也；月令十月祭天宗，合祭日月，四也。〔註14〕

周人祭拜日月的時機有四種，分別為四時（立春、立夏、立秋、立冬）迎氣、二分（春分、秋分）、正月郊祭與十月。值得注意的是，周人於春分及秋分祭祀日月時並非同時進行，而是分別在春分早晨與秋分晚夕，祭拜太陽及月亮。〔註15〕

〔註13〕 〔漢〕鄭玄注，〔唐〕孔穎達疏：〈祭義〉，《禮記正義》，卷47，頁11下～13上。

〔註14〕 〔唐〕杜佑：〈禮〉，《通典》第1冊（臺北：新興書局，1995年），卷44，頁254。

〔註15〕 《禮記·禮器》有云：「故作大事，必順天時，為朝夕必放於日月。」古人進行重大祭祀時必順應天時，因此祭拜日月時必須於相應的時辰與地點。孔穎達注疏曰：「為朝夕必放於日月者，亦順天時也。為朝謂天子春分之日，朝日於東門之外。為夕謂天子秋分之夕，祀月於西門之外也。……朝禮有東西之異，是放法於日月之始。」周人選擇在春分當日早晨，於東門祭拜太陽，乃因太陽象徵陽氣來源，並自東方上升。祭拜月亮於秋分晚夕亦是如此，則因

從中國傳統的歲時觀念而論，秋分屬於二十四節氣之一，由於當日晝夜均等，而被視為陰陽相半的象徵。誠如《春秋繁露・陰陽出入上下》所云：

> 秋分者，陰陽相半也，故晝夜均而寒暑平。陽日損而隨陰，陰日益而鴻，故至於季秋而始霜。〔註16〕

日與月分別是陽氣與陰氣的具體表徵，古人為了彰顯順應天時的觀念，祭拜兩者的時機，必為陽氣或陰氣盛行的時刻。秋分時陰氣凌駕於陽氣之上，氣候便由燠熱轉為陰涼，正是祭拜月亮的時刻。即使中秋定於八月十五日是以陰曆計算，由於中秋在陽曆與秋分相近或重疊，故該日晚夕的月亮亦為完整的滿月。

雖然中秋的淵源，可追溯至周人祭拜月亮的儀式，但是至六朝時期祭月儀典尚存於宮闈，〔註17〕民間尚未興起於中秋或秋季祭月、賞月的風潮。直到宋代，中秋方成為正式的民俗節日，無論宮廷民間、老幼貧賤，熱衷於此日賞月遊樂。例如《醉翁談錄》云，北宋京城百姓慶賀中秋的方式，與外地相異，男女若能行動者不分老幼，皆身著成人服飾登樓望月或祝禱。男子祈求早日登科顯達，女子則許願貌若嫦娥：

> 中秋京師賞月之會，異於他郡。傾城人家子女，不以貧富，自能行至十二三，皆以成人之服，服飾之登樓。或於中庭焚香拜月，各有所期。
>
> 男則願早步蟾宮，高攀仙桂。女則淡竚粧飾，則願貌似常娥。〔註18〕

《東京夢華錄》亦記載，中秋當晚百姓通宵作樂，顯貴在高臺廷閣聚飲，平民則爭占酒樓為歡。甚至居住在宮廷附近的百姓，尚能聽見內廷絲弦之聲不輟：

> 中秋夜貴家結飾臺榭，民間爭占酒樓翫月。絲簧鼎沸，近內庭居民夜深遙聞笙竽之聲，宛若雲外。閭里兒童，連宵嬉戲。夜市駢闐，

月亮代表陰氣並出於西方。是知周人重視祭祀日月時的方位與地點，係欲仿擬日月升降與循環的自然現象，藉以傳達順應天時的觀念。參〔漢〕鄭玄注，〔唐〕孔穎達疏：〈禮器〉，《禮記正義》，卷24，頁6上～6下。

〔註16〕〔漢〕董仲舒：〈陰陽出入上下〉，《春秋繁露》（上海：上海古籍出版社，1989年），卷12，頁71。

〔註17〕例如《通典・禮・朝日夕月》條記載，祭拜日月之儀自周代以降，歷經多次討論與變革。諸如漢武帝（157B.C.～87B.C.）朝、魏文帝（187～226）朝、魏明帝（206～239）朝、晉武帝（266～290）朝等其間，皆曾為祭祀之時間、方位、形式引發議論。詳參〔唐〕杜佑：〈禮〉，《通典》第1冊，卷44，頁254～255。

〔註18〕〔宋〕金盈之：《新編醉翁談錄》，收入朱易安等編：《全宋筆記》第10編（鄭州：大象出版社，2003年），卷4，頁29。

至於通曉。〔註19〕

此段文獻雖以記述民間風物為主，卻已指出宋代無論宮廷或民間，皆有慶賀中秋的習俗。雖然中秋至宋代方見於世，但是在前人建立的月亮崇拜，與當時富足的經濟基礎之上，宋代的中秋已形成以賞月為核心的重要節日。

明代繼承前人所發展的中秋儀典與節俗，將慶賀中秋的規模加以擴增與多元化，促使中秋成為民俗大節。雖然《金瓶梅》對於中秋節俗的描述，僅見於第二十回與第八十三回，且皆以「中秋賞月飲酒」等語草草帶過。〔註20〕但是透過明人所著之風土見聞，後人亦可一窺明代慶賀中秋的方式。

明代繼承宋代慶祝中秋的狂歡模式，無論宮中或民間皆有紀錄傳世。宮中部分可參酌《酌中志》：

> 至十五日，家家供月餅瓜果，候月上焚香後，即大肆飲啖，多竟夜始散席者。如有剩月餅，仍整收於乾燥風涼之處，至歲暮合家分用之，曰「團圓餅」也。〔註21〕

明代宮中於中秋晚夕時以月餅、瓜果祭祀月亮，待祭祀焚香後徹夜宴飲作樂。若有剩餘月餅尚未食用完畢，便置於乾燥通風處收藏，待歲末時取出與闔家分食，故又稱為團圓餅。可見明代宮中慶賀中秋的形式與前代略同，保留了徹夜飲樂的風俗。

民間部分與宮中相似，盛行在中秋晚夕祭月及食用月餅的節俗。例如〈熙朝樂事〉記載，民間家戶以月餅相互贈送，藉此傳達親友團圓的吉祥寓意。並且在晚夕時出遊郊外賞玩月華，規模浩大無異於白晝：「民間以月餅相遺，取團圓之義。是夕人家有賞月之燕，或攜榼湖船沿游徹曉。」〔註22〕《帝京景物略》對於民間慶賀中秋的方式則有更加詳細的記述：

> 八月十五日祭月，其祭果餅必圓，分瓜必牙錯瓣刻之，如蓮華。紙肆

〔註19〕〔宋〕孟元老著，鄧之誠注：《東京孟華錄錄注》（臺北：世界書局，1999年），卷8，頁326。

〔註20〕前參〔明〕蘭陵笑笑生：《金瓶梅詞話》第二十回，見梅節校訂：《夢梅館校本金瓶梅詞話》（臺北：里仁書局，2007年），頁284。後詳〔明〕蘭陵笑笑生：《金瓶梅詞話》第八十三回，頁1438。以下引用本書，為免冗蕪之累，均採隨文引注方式。

〔註21〕〔明〕劉若愚：《酌中志》，收入《明清筆記史料》第98冊（北京：中國書店，2000年），卷20，頁6下～7上。

〔註22〕〔明〕田汝成：〈熙朝樂事〉，《西湖遊覽志餘》上冊（臺北：木鐸出版社，1982年），卷20，頁361。

市月光紙,繪滿月像,趺坐蓮華者,月光遍照菩薩也。華下月輪桂殿,
有兔杵而人立,搗藥臼中。紙小者三寸,大者丈,致工者金碧繽紛。
家設月光位,於月所出方,向月供而拜,則焚月光紙,撤所供,散家
之人必遍。月餅月果,咸屬饋相報,餅有徑二尺者。〔註23〕

此段文獻除了提到百姓贈送月餅的風俗之外,更記錄明人祭月的細節。例如
家戶祭月時設立神位於月出方向之外,祭祀所用的果餅必以圓形為主,象徵
月亮的形象或取自團圓的意義。祭祀完畢則焚月光紙,上面印有月光遍照菩
薩與玉兔搗藥的圖像,並在撤去祭品後平均分配給親族眾人。雖然民間祭月
儀式無法和宮廷一般規模浩大,但是從嚴謹的程序、供品的形狀,與祭品的
分配中,卻能看出百姓祈求家族團圓的殷切心理。

　　總結明代的風土著述可以發現,中秋發展至明代,無論宮廷或民間所盛
行的節俗主要有兩項,即祭祀月亮與食用月餅。祭祀月亮絕非明代獨有的風
俗,而是由先秦時期的月亮崇拜逐步演化而成。但是明人將中秋夜祭視為歲
時重要祭典之一,並且藉由焚燒月光紙,可見當時經濟與物質享樂的水平提
升,致使祭祀亦染上世俗逸樂的色彩。食用月餅實際上亦非明代特有的中秋
節俗,早自宋代便有販售月餅的見聞傳世,〔註24〕但是從當時的風物著述中
甚少提及月餅的存在。直到明代月餅方成為重要的中秋節食,無論宮廷或民
間皆以此物互相饋贈與祭祀。雖然從《帝京景物略》的內容,不難發現月餅
亦成為物質享樂的環節之一,然而明人從中所強調的團圓意象始終如一,不
曾因此有所淡化。是知雖然中秋源自古代的月亮崇拜,但是經由宋人的詮釋
與更易發展之後,明人重視此節日的團圓寓意,並投映在各式節俗之中。

第二節　中秋敘事中家庭衝突和內憂萌生

　　《金瓶梅》的中秋敘事如依中秋二字在小說中進行搜索,僅第八十三回

〔註23〕〔明〕劉侗、于奕正:《帝京景物略》,收入張智主編:《風土志叢刊》第 15
　　　　冊(揚州:廣陵書社,2003 年),卷 2,頁 5 上。27 上～27 下。

〔註24〕宋人製作與販售月餅的紀錄可參《夢梁錄》與《武林舊事》二書。《夢梁錄》
　　　　中〈葷素從食店〉條臚列宋代市集所販售的食品類目,其中即提到月餅:「荷
　　　　葉餅、芙蓉餅、菊花餅、月餅、梅花餅、開爐餅……。」另外《武林舊事》
　　　　的〈蒸作從食〉條列有宋代從食的名稱,月餅亦是品項之一:「鵝頭籃兒、鶯
　　　　彈、月餅、鋡子……。」足證月餅早自宋代便已出現。前參〔宋〕吳自牧:
　　　　《夢梁錄》,卷 254,頁 120。後詳〔宋〕周密:《武林舊事》,卷 6,頁 86。

清楚寫明：「一日八月中秋時分，金蓮夜間暗約經濟賞月飲酒，和春梅同下鱉棋兒。」〔註25〕初步研判，作者看似忽略中秋的重要性，導致全書只在該回僅以草草數字帶過。然而詳細檢視小說的情節布局，可以發現如同端午作為韓愛姐生辰一般，中秋是西門慶正室吳月娘的生辰。小說凡述及吳月娘上壽場面皆是中秋敘事的一部份。因此重新檢閱《金瓶梅》的中秋敘事，便能發現相關場景，同時存在於第十九回、第三十三回、第五十九回中與第九十五回。足見作者並未忽略中秋對於現實社會的影響，而是藉由吳月娘和中秋寓意連結，指引讀者了解隱藏在情節的信息。

一、吳月娘性格塑造與意義

《金瓶梅》所塑造的各式婦女中，廣受矚目的角色當屬潘金蓮、李瓶兒與龐春梅三人。不僅源於小說各以三人名中一字命名，亦因三者身為小說的主要人物，作者以深厚的筆力創造性格的矛盾感與眾多層次，凸顯潘、李、龐出眾之處，遠比其餘人物更容易吸引讀者目光。然而詳細考察《金瓶梅》的人物形塑方法，可以發現不僅潘、李、龐三人呈現複雜的人格特質，實際上小說中的任何人物無論重要與否，皆具備此種特色，甚至成為《金瓶梅》人物塑造的重要技巧。

張亞敏取徑哲學家康德（Immanuel Kant）提出的二律背反學說，將《金瓶梅》人物性格的複雜甚至矛盾化的特點，稱為「性格的二律背反」：

> 所謂性格的「二律背反」，是指在同一人物性格中兩個互相排斥、但同樣是可以解釋論證的矛盾因素存在。《金瓶梅》作者寫實求「真」的追求，著意於描寫人物性格的豐富，以及各個層次、方面間的矛盾統一的關係，揭示性格世界的複雜和多色彩。〔註26〕

《金瓶梅》旨於暴露明代社會物慾橫流，所造成的紛亂世態，因此作者在人物的型塑方面力求擬真，方能真實呈現人性的矛盾與黑暗面。尤其在現實社會中，人的性格相當複雜且多元，在成長的同時會受到外在因素影響而不斷變化，故在描述人性的當下，無法以善惡、真偽等單一或二元詞彙一概而論。所以《金瓶梅》的人物絕非扁平式人物，而是性格複雜甚至矛盾的立體個體，成為與現實人物相似的存在。

〔註25〕〔明〕蘭陵笑笑生：《金瓶梅詞話》第八十三回，頁1438。
〔註26〕張亞敏：《金瓶梅的藝術美》（北京：教育科學出版社，1992年），頁89。

　　《金瓶梅》的世界中，最能凸顯性格的二律背反現象者，莫過於李瓶兒。李瓶兒性格的轉變，能以嫁入西門府作為分水嶺，在此之前，李瓶兒為了嫁給西門慶，不僅將花家的鉅額財富私下轉交西門慶，並在花子虛病危之際拒絕延醫探視，造成花子虛負氣身亡。更甚者，在西門慶以花大是地痞為由，猶豫是否迎娶李瓶兒時，其以「他若但放出個屁來，我教那賊花子坐著死，不敢睡著死。大官人你放心，他不敢惹我」為回覆，〔註27〕充分展現陰狠毒辣的性格。但自從嫁入西門府後，李瓶兒的性格卻趨於溫順，甚至在潘金蓮的再三逼迫下處處忍讓，一掃原先的狠戾性格。顯示李瓶兒是毒辣與忍讓、果決與溫順等矛盾性格之總，讓她的形象可從多樣方面進行解讀，並與現實人物貼近。

　　西門慶亦是此種現象的代表人物，他對婦女的態度毫無情愛可言，只是把婦女視為發洩性慾的物件。《金瓶梅》以「打老婆的班頭，降婦女的領袖」數字形容他，〔註28〕足以總括西門慶施加於婦女的諸般惡行。但是在第六十二回李瓶兒斷氣之後，西門慶竟然不忌諱穢惡，擁吻屍身並大哭不止。雖然玳安事後評論：「為甚俺爹心裡疼？不是疼人，是疼錢。」〔註29〕似乎嘲諷西門慶貪圖錢財的醜態。但是慮及西門慶平素毆打與姦淫婦女的劣行，他能在李瓶兒死後感念再三，即可證明西門慶對於李瓶兒確有一絲情愛。足見西門慶的情愛觀念無法以洩慾、獸行等負面詞彙概括，而是在惡行之下仍可見到些許情愫。

　　諸如李瓶兒或西門慶般，具有性格的二律背反現象者不勝枚舉，舉凡潘金蓮、龐春梅等人皆是如此。〔註30〕但是在西門慶的妻妾之中，亦有一人之性格廣受後人討論與批判，此即西門慶之正室吳月娘。吳月娘為清河縣千戶之女，因出生於中秋當日故名月娘，其形象與性格據第九回形容乃「舉止溫柔，持重寡言」。〔註31〕勾勒出傳統社會中賢德女子的典範：溫柔、沉穩、木訥。作者確實有意將吳月娘形塑為明代賢婦的象徵，故在小說中時常藉由吳月娘勸戒夫婿或對天祝禱的場面，讚揚她賢明達理的性格。試觀以

〔註27〕〔明〕蘭陵笑笑生：《金瓶梅詞話》第十六回，頁221。
〔註28〕〔明〕蘭陵笑笑生：《金瓶梅詞話》第十七回，頁236。
〔註29〕〔明〕蘭陵笑笑生：《金瓶梅詞話》第六十四回，頁1021～1022。
〔註30〕張亞敏提出《金瓶梅》中人物性格的二律背反現象時，即以西門慶、李瓶兒、宋蕙蓮、龐春梅等人為例。詳參氏著：《金瓶梅的藝術美》，頁92～102。
〔註31〕〔明〕蘭陵笑笑生：《金瓶梅詞話》第九回，頁117。

下敘事：

> 只見那吳月娘，畢竟是個正經的人，不慌不忙，不思不想，說下幾
> 句話兒，到是西門慶頂門上針。正是：「妻賢每致雞鳴警，款與常聞
> 藥石言。」畢竟那說話怎麼講？月娘說道：「……哥，你日後那沒來
> 回，沒正經，養婆兒，沒搭煞，貪財好色的事體，少幹幾椿兒也好。
> 攢下些陰功與那小的子也好。」（第 57 回，頁 881～882）

> 原來吳月娘自從西門慶與他反目，不說話以來，每月吃齋三次，逢七
> 拜斗焚香，夜香祝禱穹蒼，保佑夫主早早回心，齊理家事；早生一子，
> 以為終身之計。……「妾身吳氏，作配西門。奈因夫主流戀煙花，中
> 年無子。妾等妻妾六人，俱無所出，缺少墳前拜掃之人。……要祈保
> 佑兒夫早早回心，棄都繁華，齊心家事。不拘妾等六人之中，早見嗣
> 息，以為終身之計，乃妾之素願也！」（第 21 回，頁 289～290）

吳月娘的賢能體現在深思熟慮、設想周全的態度上。每逢西門慶行事不正時，
吳月娘必以名譽或前途為出發點苦勸再三，以求西門慶回心轉意而歸正道。
例如在第五十七回中，西門慶偶發善念布施道堅重修永福寺，吳月娘趁機勸
其清心寡慾以積攢陰騭，祈求上蒼庇佑官哥。不僅如此，吳月娘身為西門慶
正室，雖長期苦於遲未產下西門子嗣，卻能發下不拘六房妻妾，早見子嗣的
心願，而絲毫無怨妒之心。足見吳月娘身為西門慶之妻，無處不為西門慶的
家族、前途、名譽著想，確實為賢婦的典範與表率。

　　除此之外，吳月娘亦是《金瓶梅》嚴格意義上唯一的貞節女子，〔註32〕
不僅畢生從未與他人暗行苟且之事，更在西門慶死後守貞而終。相較於西門
慶其餘妾室的行徑：李嬌兒本即娼門出身，在西門慶死後竊取府中錢財轉嫁
張大戶。孟玉樓雖然未與他人有私，但是三嫁其夫的經歷無緣列名節婦。孫
雪娥在西門慶生前與來旺通姦，並在西門慶死後私奔為官府捕獲，遂輾轉淪
落風塵為妓。潘金蓮與李瓶兒更是全書淫婦的代表，在為人妻室時即與西門
慶有染，甚至不惜犯下弒夫的罪行。相較之下，吳月娘以貞潔的身分及端莊

〔註32〕《金瓶梅》的婦女群像中，僅有吳月娘與韓愛姐被視為貞節婦女，晚年守節
　　　　直至終老，乃其餘女子所不及；但是後者在傳統婦女須從一而終的嚴格定義
　　　　裡，卻是無法晉身節婦之列。係因韓愛姐於小說第三十七回，已先行嫁予翟
　　　　謙為妾，待蔡太師敗落之後於出奔途中，以私娼維生，方在臨清與陳經濟相
　　　　遇並為其守節終老。是知在傳統嚴格的定義之下，僅有吳月娘才是全書真正
　　　　的貞節婦女。

的行事，贏得眾人的敬畏之心，例如第七十五回中，潘金蓮欲爭奪正室的權威，卻被吳月娘以自身操守為優勢壓制。試觀以下敘事：

> 吳月娘乞他這兩句觸在心上。便紫漲了雙腮，說道：「這個是我浪了！隨你怎的說，我當初是女兒填房嫁他，不是趁來的老婆！那沒廉恥趁漢精便浪，俺每真材實料不浪。」……那潘金蓮見月娘罵他這等言語，坐在地下，就打滾打臉上自家打幾個嘴巴，頭上鬢髻都撞落一邊。放聲大哭叫起來，說道：「我死了罷，要這命做什麼！你家漢子說條念款說將來，我趁將你家來了？彼時恁的，也不難的勾當。等他來家，與了我休書，我去就是了！你趕人不得趕上！」（第75 回，頁 1272～1273）

潘金蓮在李瓶兒死後，自恃妻妾中再無人可與她爭奪西門慶的寵愛，遂欲奪取吳月娘身為正室的威儀與權力。但是吳月娘以處子身分嫁入府中為由，捍衛自身權勢，反使潘金蓮立即居於下風，僅能以潑灑無賴的方式反擊。足見即使明代社會浸淫於追求物慾的風氣中，導致禮教頹壞，對於婦女的貞潔觀並未有所鬆動。因此吳月娘在《金瓶梅》中乃是特殊的存在，雖然身處人欲橫流的環境，卻依舊保持清高端莊的處事態度，實為小說甚至傳統社會賢慧女子的典型。

然而即便吳月娘在《金瓶梅》中，擁有如此美善的人格設定，後世讀者卻對其抱持不同的見解判，甚至批評吳月娘是西門府家風敗壞的根源。以清人張竹坡（1670～1698）為首，指出吳月娘雖以恭順溫婉為處世之道，實際上僅欲賺取賢妻良母的美譽：

> 《金瓶》寫月娘，人人謂西門氏虧此一人內助。不知作者寫月娘之罪，純以隱筆，而人不知也。何則？良人者，妻之所仰望而終身者也。若其夫千金買妾，為宗嗣計，而月娘百依百順，此誠關雎之雅，千古賢婦人也。若西門慶殺人之夫，劫人之妻，此真盜賊之行也。其夫為盜賊之行，而其妻不涕泣而告之，乃依違其間視為路人，休戚不相關，而且自以好好先生為賢，其為心尚可問哉！[註33]

張竹坡認為婦女若順從丈夫以繁衍後嗣為由納妾，方可稱為賢婦。然而西門

〔註33〕〔清〕張竹坡：〈批評第一奇書《金瓶梅》讀法〉，收入〔明〕蘭陵笑笑生著，劉輝、吳敢輯校：《《金瓶梅》會評會校》第 5 冊（香港：天地圖書有限公司，2010 年），頁 2117～2118。

慶納妾僅欲滿足自身慾望，以至於不惜謀害他人夫婿，吳月娘雖然知悉內情卻從未諫阻，如此行為並非賢婦侍夫之道。今世學者如張亞敏認為，雖然張竹坡的評論並不完全符合書中的實際描寫，但是以吳月娘的作為而論確實非一正面人物。〔註34〕朱星評介《金瓶梅》的主要人物時，更將吳月娘冠以「陰險主婦」的稱號，責其心地陰險狠毒。〔註35〕我們不必全盤接受這些觀點，但是在這些批判中卻傳達同一訊息，即吳月娘的性格並非全然符合溫婉賢明的表象，而是參雜相對甚至矛盾的人格特質。

誠如前文所言，吳月娘作為《金瓶梅》中賢良婦女的代表，體現於自身思慮周全的作風之上，並運用在治理家務與妾室僕役中。作者固然安排吳月娘多次勸阻西門慶惡行的場面，彰顯成全大局、賢明練達的性格，卻同時從吳月娘打理家務的細節中，傳達其人不辨賢愚、見識短淺的一面。諸如第九回中潘金蓮初入府中，見吳月娘身為正室之尊，執掌府中大小事務，遂從細處曲意逢迎以求信任。吳月娘並未識破潘金蓮心計而錯認她為善類，竟逐日冷落其餘妾室，與潘金蓮親熱異常，造成李嬌兒、孫雪娥等人的不滿，埋下日後妻妾衝突與家庭失和的禍根。因此作者評論吳月娘的見識曰：「前車倒了千千輛，後車倒了亦如然；分明指與平川路，錯把忠言當惡言。」〔註36〕指出吳月娘善惡不分，實有愧於賢婦之稱。

然而吳月娘思慮不周的性格瑕疵非僅於此，她最受後世詬病的治家弊端，乃未謹守府中男女分界，縱容女婿陳經濟任意出入西門慶妻妾的住所，導致潘金蓮與陳經濟勾搭成姦。甚至在西門慶死後，潘金蓮意外懷有陳經濟之子而被迫墮胎，使得西門府家紀敗壞的傳聞流播在外。〔註37〕因此張竹坡評論吳月娘治家無方的弊病時曰：

> 至其於陳敬濟，則作者已大書特書，月娘引賊人室之罪可勝言哉！……所以月娘雖有為善之資，而亦流於不知大禮，即其家常舉

〔註34〕張亞敏：《《金瓶梅》的藝術美》，頁77～78。

〔註35〕朱星評介吳月娘的性格與作為時云：「實在說吳月娘決成不了正面人物。她與西門慶的緊密結合，內外配合，狼狽為奸，至少是助紂為虐。再從她平素的行為看，她實在是一個陰險人物，只是披了一張假正經的畫皮而已。」參氏著：〈《金瓶梅》的故事梗概和主要人物評介〉，收入胡文彬、張慶善編：《論《金瓶梅》》（北京：文化藝術出版社，1984年），頁440。

〔註36〕〔明〕蘭陵笑笑生：《金瓶梅詞話》第九回，頁117。

〔註37〕〔明〕蘭陵笑笑生：《金瓶梅詞話》第八十五回，頁1459。

動，全無舉案之風，而徒多眉眼之處。〔註38〕

綜觀張竹坡對於吳月娘的整體觀點，我們無法否認其中偶有偏激之處，但是在此段評點的見解卻頗為中肯。因為潘金蓮與陳經濟通姦乃不爭的事實，但是若吳月娘能在陳經濟初入府中時便謹守男女分界，尚能杜絕兩人勾搭調情的契機。

由此可見，吳月娘在《金瓶梅》作者的筆下為一性格矛盾的人物，具有明顯的二律背反現象。作為西門慶的正室，吳月娘的所作所為，無一不為西門慶的前途、名譽設想。因此每逢西門慶行事不正時便多方勸阻，甚至能為家族血脈延續，而包容五房姜室共侍一夫，呈現吳月娘高瞻遠矚、顧全大局的一面。但是在掌理家務與姜室僕役時，吳月娘卻成為一不堪的存在。因為她無法辨別府中人物的善惡忠奸，甚至縱容家人胡作非為，以至於府中爆發多次妻妾紛爭與家醜，處處顯示吳月娘目光短淺、思慮不周的一面。在這兩種性格之間，作者更重視吳月娘性格瑕疵的部分，凸顯其人空有賢婦之名，卻因持家無方導致家庭失和，成為西門府敗落的原因之一。

二、家庭失和所造成的變故

中秋與團圓的意象密不可分，在《金瓶梅》中吳月娘因生於此日，而以月為名，象徵她身為正室，有責任團結族中上至妻妾、下至僕役的向心力，成為西門府迎向美好前景的助力與基礎。小說中慶賀中秋的敘述鮮少獨立出現，多數被祝賀吳月娘生辰的場面取代，減低中秋本來具有的節日氣氛。但是作者未因減少慶祝中秋的文字，忽略中秋所強調的團圓意象；相反的，作者藉由吳月娘壽辰時所發生的事件，傳達吳月娘治家無方的訊息，導致西門慶家庭失和與衰敗。

綜觀中秋出現在《金瓶梅》的回目，共分布在第十九回、第三十三回、第五十九回、第八十三回與第九十五回。其中僅第八十三回提及：「一日八月中秋時分，金蓮夜間暗約經濟賞月飲酒。」〔註39〕證明西門府確實有慶賀中秋的習俗，其餘皆以描寫吳月娘壽辰為主。筆者將各次中秋節間，所發生的重大事件整理為表格，並臚列於下表：

〔註38〕〔清〕張竹坡：〈批評第一奇書《金瓶梅》讀法〉，收入〔明〕蘭陵笑笑生著，劉輝、吳敢輯校：《《金瓶梅》會評會校》第5冊頁2118。
〔註39〕〔明〕蘭陵笑笑生：《金瓶梅詞話》第八十三回，頁1438。

表一：中秋期間西門府事變一覽

事　　變	後　　續	事變出處	後續出處
潘金蓮生辰時邀李瓶兒於吳月娘生辰時賀壽，不意期間西門慶與吳月娘兩人因迎娶李瓶兒之事反目，未曾迎接李瓶兒至府中。	吳月娘在花家敗亡時收藏李瓶兒寄放的財富，並試圖占為己有。造成李瓶兒死後，眾人欲爭奪財物而引起衝突。	第 19 回頁 264	第 75 回頁 1272
吳月娘生辰迎接吳大妗子至府中同樂，西門慶不便同宿而赴潘金蓮處歇息。潘金蓮便打發潘姥姥至李瓶兒處，獲得李瓶兒贈與衣物金錢。潘金蓮置酒回禮李瓶兒，期間陳經濟欲從潘金蓮樓中取衣，卻被潘金蓮留住席間飲酒取樂。	陳經濟時常以取衣為由，時常出入潘金蓮房中勾搭調情。並在西門慶死後，公然與潘金蓮行淫。	第 33 回頁 471	第 82 回頁 1426
官哥受獅貓驚嚇，百般醫治無效，吳月娘因此取消祝壽儀節。	官哥出事後吳月娘立刻請劉婆子看視，劉婆子主張以艾炙治療。吳月娘雖然表態反對，卻不阻止李瓶兒私自決定，造成官哥病情加重無法醫治。	第 59 回頁 925	第 59 回頁 924
潘金蓮與陳經濟中秋賞月歡好，秋菊趁二人未起時向吳月娘告密。潘金蓮立刻將陳經濟藏入被鋪，未被月娘撞見此事。但是月娘尚恐潘金蓮與陳經濟私下往來，便命西門大姐與陳經濟遷入儀門內居住，凡是陳經濟入內尋找藥材衣服時，必有小廝跟隨。	吳月娘雖然有意阻隔潘金蓮與陳經濟相處，卻未嚴加監管，導致兩人仍趁機偷情。	第 83 回頁 1439	第 83 回頁 1445
吳月娘生辰當日，玳安與小玉趁無人之際偷情，吳月娘撞見後未加責備，反而令兩人擇日成親。平安見吳月娘如此處置，十分不滿，遂偷盜當鋪中一副金頭面往私娼處嫖妓。	吳巡檢訪得平安竊盜主家財物，卻用刑逼使平安誣指吳月娘與玳安有私。幸薛嫂為吳月娘求情春梅，使周守備接管此案並重責吳巡檢。	第 95 回頁 1608	第 95 回頁 1616

以上事件盡於中秋期間發生，雖僅呈現出西門府中日常瑣事，卻同時將一切事件的根由指向吳月娘，譴責其人治家無方的情狀。

第十九回為《金瓶梅》首次描述西門府慶賀吳月娘的壽辰，但是作者無意詳細描述席間諸般見聞，而是透過玳安之口，明確指出作者亟欲傳達的訊

息。試觀以下敘事：

> 西門慶正在後邊東淨裏出恭，見了玳安，問道：「家中沒事？」玳安
> 道：「家中沒事，……今日獅子街花二娘那裡，使了老馮與大娘送生
> 日禮來，四盤羹菓，兩盤壽桃麵，一疋尺頭，又與大娘做了一雙鞋。
> 大娘與了老馮一錢銀子，說爹不在家了，也沒曾請去。」（第19回，
> 頁264）

此段文字疑點有二：第一，既是吳月娘的生辰，何以西門慶未在府中一同祝賀？第二，李瓶兒在第十四回曾至府中向潘金蓮祝壽，席間受西門妻妾邀請參加吳月娘壽宴，〔註40〕為何當日僅托馮媽媽代獻壽儀？兩項問題雖有先後之分，但是歸結原由實無分別，乃因西門慶原欲迎娶李瓶兒卻受吳月娘阻止，兼逢京中楊提督失勢險遭牽連，導致李瓶兒招贅蔣竹山為夫以求自保。西門慶聽聞此事後大怒，遂在潘金蓮挑撥下與吳月娘反目不言，李瓶兒遂成眾矢之的，無法再次赴西門府祝壽。

由此可見，吳月娘未請李瓶兒赴宴的理由十分明確，然而張竹坡評論此事：「寄物何日還哉？月娘可恨。」〔註41〕指責吳月娘因私藏李瓶兒財物而欲占為己有，刻意阻絕雙方原先熱絡的關係。此種評論雖然近乎臆測，但次從小說的情節而論確實有跡可循。例如在第八十回中，李瓶兒死後西門慶設置靈位按時祭祀，所有衣飾、財物皆收藏在原先箱籠中未曾挪動，僅鑰匙歸吳月娘執掌。然而西門慶新亡未久，吳月娘立即焚毀李瓶兒靈床，並將所有箱籠收歸上房，可見她圖謀李瓶兒財物已久，直待適當時機便據為己有。〔註42〕

依據小說第十四回所述，李瓶兒與西門慶密約將花家財富搬至西門府存放，西門府僅西門慶、吳月娘、潘金蓮與龐春梅四人得知，〔註43〕因此

〔註40〕《金瓶梅》第十四回描述李瓶兒赴西門府為潘金蓮賀壽，席間有云：「（李瓶兒）因問：『大娘貴降在幾時？』月娘道：『賤日早哩！』潘金蓮接過來道：『大娘生日八月十五，二娘好歹來走走。』李瓶兒道：『不消說，一定都來。』」參〔明〕蘭陵笑笑生：《金瓶梅詞話》第十四回，頁194。

〔註41〕〔明〕蘭陵笑笑生著，劉輝、吳敢輯校：《金瓶梅會評會校》第1冊，頁418。

〔註42〕《金瓶梅》第八十回敘述西門慶死後，吳月娘即令下人抬出李瓶兒的靈位、影圖燒毀，並將財物盡數挪至自身房中存放：「到晚夕念經送亡，月娘分付把李瓶兒靈床，連影抬出去，一把火焚之，將箱籠都搬到上房內堆放。」參〔明〕蘭陵笑笑生：《金瓶梅詞話》第八十回，頁1402。

〔註43〕《金瓶梅》第十四回描述花子虛受刑訟牽連入獄，李瓶兒恐自身將來無所寄託，便將花家財富多趁夜裡隔牆移至西門府。此時西門府僅有西門慶、吳月娘、潘金蓮及龐春梅參與此事，旁人皆無從知曉：「然後到晚夕月上的時分，

潘金蓮索取李瓶兒財物當在吳月娘意料之中。然而吳月娘面對潘金蓮提出的疑難，卻依舊妄圖將所有財物獨佔，並未採取更有效的解決方式。導致在第七十五回中，潘金蓮向吳月娘爭奪正室的威儀，而產生正面衝突，便譏諷吳月娘僅計較潘金蓮索取皮襖之事，卻未同時追究西門慶將小衣給予如意兒的行徑：

> 金蓮道：「……皮襖是我問他要來，莫不只為我要皮襖開門來？也拿了幾件衣裳與人，那個你怎的就不說來？丫頭便是我慣了他，我也浪了圖漢子喜歡；像這等的，卻是誰浪？」吳月娘乞他這兩句觸在心上。便紫漲了雙腮，說道：「這個是我浪了！隨你怎的說，我當初是女兒填房嫁他，不是趁來的老婆……。」（第 75 回，頁 1272～1273）

在吳月娘及潘金蓮的爭執過程中，潘金蓮自恃西門慶的偏袒與寵愛，公然質疑吳月娘並未指責如意兒索討李瓶兒小衣的行徑，當為向西門慶示好的手段。吳月娘雖以自身謹守貞潔的優勢，震攝潘金蓮的傲氣，但是從兩人的對話內容而論，吳月娘明顯無法反駁潘金蓮的言論，僅能另以貞潔自保，呈現理屈詞窮的窘態，暴露出吳月娘貪婪平庸的真實面目。

　　第三十三回為西門府第二度慶賀吳月娘的壽辰，作者將敘事角度轉向西門府花園，揭露潘金蓮與陳經濟勾搭成姦的過程。事件起因乃吳月娘壽辰當晚，西門慶與潘金蓮同寢，故潘金蓮打發其母潘姥姥往李瓶兒處歇息，獲贈衣飾及金錢等物。潘金蓮聞知此事後，領潘姥姥至李瓶兒房中設宴還禮，席間因陳經濟欲入金蓮房中取衣，潘金蓮便強命陳經濟入席飲酒作樂。試觀以下敘事：

> 娘兒每說話間，只見秋菊來叫春梅，說：「姐夫在那邊尋衣裳，教你去開外邊樓門哩。」金蓮分付：「叫你姐夫尋了衣裳，來這裡呵甌子酒去！」……忽有吳月娘從後邊來，……經濟慌的挈鑰匙往外走不迭。眾人都下來迎接月娘。月娘便問：「陳姐夫在這裡做什麼來？」金蓮道：「李大姐整治些菜請俺娘坐坐。陳姐夫尋衣服，叫他進來吃一杯。姐姐你請坐，好甜酒兒，你吃一杯。」月娘道：「我不吃。後邊他大妗子和楊姑娘要家去。我又記挂著這孩子，徑來看看。……」（第 33 回，頁 473～477）

李瓶兒那邊同兩個丫鬟迎春、綉春，放桌凳，把箱櫃挨到牆上。西門慶這邊，止是月娘、金蓮、春梅用梯子接著。牆頭上鋪苫甸條，一個個打發過來，都送到月娘房中去。」參〔明〕蘭陵笑笑生：《金瓶梅詞話》第十四回，頁 188。

此段內容共有兩項重點：第一，西門慶將店鋪所販售之衣飾綢緞，盡數堆放在潘金蓮屋中閣樓，因此門下夥計與陳經濟若欲支領衣飾，可自行出入潘金蓮的住所。第二，吳月娘眼見陳經濟與潘金蓮、李瓶兒同席飲樂，卻未曾加以禁止或訓斥，似乎不認為此事違背常理。

以第一點而言，西門慶自從迎娶李瓶兒過門後，獲得大量財富，遂開始擴大門下店鋪經營，除了原先的生藥鋪以外更開設當鋪，因此店內所需之各式貨物須另外尋覓空間囤放。西門慶便將生藥與古董、衣飾、書畫等物，分別放置在潘金蓮與李瓶兒住所的閣樓中。但是西門慶將潘金蓮住所闢為貯藏衣飾的空間，無意間賦予陳經濟任意出入潘金蓮房中的理由，增加兩人偷情的機會。雖然此種空間規劃乃由西門慶全權處置，難以究責於吳月娘身上，但是吳月娘有權掌控妾室起居，卻未明白其中的利弊關係。直至第八十五回因秋菊密報，吳月娘得知陳經濟取衣時與潘金蓮在房內偷情，方嚴禁陳經濟私入潘金蓮住所的行徑，此刻府中上下早已知情，僅吳月娘一人如醉方醒，顯示其人缺乏遠慮的弊病。

就第二點而論，陳經濟以女婿身分與作為丈母娘的潘金蓮、李瓶兒聚坐飲樂，不僅踰越男女分際的界線，更漠視親屬尊卑的禮制。若第一點無法將縱容潘、陳偷情的罪責歸咎於吳月娘，則此處必能論定她的罪過。回顧第十八回陳經濟初入府中的舉止，便能發現陳經濟雖然在人物設定上，始終是負面角色，但是尚且不敢違背禮教綱常，呈現出正人君子的良好形象。卻因吳月娘的百般縱容，逐漸顯露奸險乖滑的無賴本性，方能與潘金蓮偷情得逞。試觀以下敘事：

> 陳經濟每日只在花園中管，非呼喚不敢進入中堂。飲食都是小廝內裏拿出來吃。所以西門慶手下這幾房婦女，都不曾見面。……月娘便道：「既是姐夫會看牌，何不進去咱同看一看？」經濟道：「娘和大姐看罷，兒子卻不當。」月娘道：「姐夫至親間，怕怎的？」一面進入房中。……只見潘金蓮掀開簾子走進來，銀絲鬏髻上戴著一頭鮮花兒仙掌，體可玉貌，笑嘻嘻道：「我說是誰，原來是陳姐夫在這裏。」慌的陳經濟扭頸回頭，猛然一見，不覺心蕩目搖，精魂已失。
>
> （第 18 回，頁 247）

陳經濟初時被西門慶委以監管花園工程，不敢隨意出入妻妾住所，確實謹守傳統的禮教規範。吳月娘以犒勞陳經濟辛勤為由，邀他進入正室設宴款待，

固然體現撫恤晚輩的慈愛之情。但是事後吳月娘復請陳經濟入房中，與妾室相見取樂，實際上即以至親相處為理由，默許陳經濟可獨自與妾室相處。而陳經濟亦濫用吳月娘的信任，逐步試探吳月娘容忍他和潘金蓮相處的最低限度。因此在第三十三回中，吳月娘見陳、潘、李三人聚坐飲樂而未曾責備，在潘金蓮與陳經濟眼中，無異於允許兩人進一步相處的訊息。遂在西門慶死後，兩人無所顧忌的潘金蓮屋中行淫，甚至懷有子息而墮胎的醜聞傳出，表明吳月娘識人無明與治家不嚴的罪過。

第五十九回有別於前述兩次慶祝吳月娘壽辰的場景，乃府中唯一未舉行任何慶祝活動的中秋，因為日前官哥受潘金蓮的獅貓驚唬，導致性命垂危而使府中上下，毫無心思籌備吳月娘壽宴。值得注意的是，在官哥出事後，李瓶兒與吳月娘的處理方式與態度。試觀以下敘事：

> 月娘眾人見孩子只顧搐起來，一面熬薑湯灌他。一面使來安兒快叫劉婆去。不一時劉婆子來到，看了脈息，只顧跌腳……：「過得來便罷。如過不來，告過主家奶奶，必須要灸幾蘸才好。」月娘道：「誰敢軏？必須還等他爹來，問了他爹。不然灸了，惹他來家吆喝。」李瓶兒道：「大娘，救他命罷！若等來家，只恐遲了。惹是他爹罵，等我承當就是了。」月娘道：「孩兒是你的孩兒，隨你灸。我不敢張主。」（第59回，頁923～924）

官哥瀕死之際，吳月娘並未派遣小廝延請小兒科太醫，反而一如往常請藥婆劉婆子以偏方醫治。李瓶兒身為官哥親母，明顯看出心慌意亂而毫無主見的樣貌，皆依憑吳月娘與劉婆行事，僅求官哥痊癒。因此當劉婆提出以艾草灸燒的診療方式時，吳月娘尚且不敢苟同，李瓶兒卻立刻要求：「大娘，救他命罷！若等來家，只恐遲了。惹是他爹罵，等我承當就是了。」李瓶兒是否知道嬰孩不能使用艾灸治療不得而知，然而從她不惜後果的決心，可以看出身為人母的焦灼與無助。

相對於李瓶兒慌亂的舉止，吳月娘則與李瓶兒截然相反，顯現出冷靜甚至冷酷的態度。無論延請劉婆一事，是否代表吳月娘缺乏智識，但是從其云「必須還等他爹來，問了他爹。不然灸了，惹他來家吆喝」即知，吳月娘並非不知嬰孩不可以艾灸醫治，但是由於官哥非其子嗣，竟曰：「孩兒是你的孩兒，隨你灸。我不敢張主。」暴露吳月娘忌妒李瓶兒因子而貴的深層心理，足見

吳月娘為一假仁假義之人。因此張竹坡評論此段內容:「月娘可殺。」〔註44〕固然屬於過於偏激的論調,卻深刻顯示吳月娘自私的心態,以致一度斷絕西門氏的血脈。

第八十三回陳述自西門慶死後,陳經濟多次趁入夜之際,奔赴潘金蓮房中宣淫無度,至隔日天曉方回房中或店舖,以掩人耳目。然而中秋當晚,潘金蓮私約陳經濟賞月飲酒,以致貪睡晚起。秋菊平素銜怨潘金蓮已久,便趁此良機向吳月娘告密,不料春梅早起看見吳月娘來到,趕緊通報潘金蓮與陳經濟。吳月娘雖然未親眼看見而不採信,仍令陳經濟夫婦遷入後邊儀門裡就近看管,日後凡陳經濟欲入潘金蓮樓中取衣,必有小廝陪同,從此禁絕潘、陳私相會面的機會。由此處可見,吳月娘一改往昔縱容無度的治家方式,嚴守男女分際與親族尊卑,尚有可稱許之處。

但是張竹坡評此事曰:「月娘總是失計。夫可以搬女兒進來,何不搬金蓮進來?一天之事畢矣。既無敬濟,月娘豈不知向日琴童之事乎?作者罪月娘總是隱筆。」〔註45〕張竹坡將潘、陳偷情的罪過歸咎於潘金蓮身上,認為潘金蓮生性淫浪,以至無論任何男子皆可與其交往,因此吳月娘縱使將陳經濟遷入儀門內就近監管,不如將潘金蓮遷入儀門居住,實質上斷絕潘金蓮與男人接觸的機會。關於潘、陳私通之責任究竟該歸咎何人,張竹坡之論未免過於武斷,因為兩人皆未遵守昔時禮教而生情,故全盤究責於潘金蓮有失公允。然而其云吳月娘應就近管束潘金蓮舉止,卻又不失為一明智之論。因潘、陳兩人在吳月娘禁令之下,仍不時透過春梅傳信於夜間私會。所以吳月娘既知潘、陳私通乃家醜來源,卻無法真正有效的阻絕此事繼續發生,呈現治家無方、見識短淺的一面。

第九十五回為西門府最後一次慶祝吳月娘壽辰,此時西門內眷僅剩吳月娘守寡如初,不復從前人丁興旺的榮景。壽辰當夕吳月娘聽尼姑宣卷,命丫鬟取茶卻無人回應,遂親身赴上房查看,發現小玉及玳安偷情。吳月娘當下並未加以責難,反而採取息事寧人的態度,於數日後令兩人完婚。平安眼見玳安自成婚後獨房居住,更兼衣飾穿戴勝過眾人,遂盜取當鋪中金頭面至私娼處歇息。不料老鴇等人見金頭面的來歷可疑,遂將平安送至巡檢吳典恩跟前盤查。吳典恩雖曾受西門慶提拔而得官,卻恩將仇報而屈打平安,逼其承

〔註44〕〔明〕蘭陵笑笑生著,劉輝、吳敢輯校:《《金瓶梅》會評會校》第 3 冊,頁 1170。
〔註45〕〔明〕蘭陵笑笑生著,劉輝、吳敢輯校:《《金瓶梅》會評會校》第 5 冊,頁 1766。

認吳月娘與玳安有姦。所幸吳月娘得薛嫂兒指點，轉託春梅向周守備告屈，方使此事得以消彌。

不可否認的是，平安偷盜的動機，出於不憤主母對於玳安的偏寵，吳月娘仍須為此事件負責。從《金瓶梅》對於吳月娘姑息小玉及玳安的評論中，即可看出作者抱持反對態度：「溺愛者不明，貪得者無厭。羊酒不均，馴馬奔鎮；處家不正，奴婢抱怨。」〔註46〕此次事件與潘金蓮及陳經濟通姦相似，但是綜觀吳月娘處置潘、陳的過程中尚且有所作為。反觀其處置小玉及玳安偷情的態度，完全採取消極與姑息的方式，期以撮合兩人成婚的方式，避免家醜外揚。因此平安竊取財物，彰顯吳月娘在西門慶死後，僅欲維護西門府的名聲，而在治理家務上益發採取消極的作為，已有愧於賢婦的形象與美譽。

筆者無意以高超的道德標準，檢視吳月娘的人格與作為，亦非迴避西門慶實際上應負起的責任。但是《金瓶梅》作者有意將吳月娘與中秋結合，即透過其人治理家務與妻妾僕役時所發生的弊端，與中秋所具有的團圓意象產生冷熱衝突。意即在中秋如此熱鬧的氣氛下，卻充滿家庭不和的紛爭。是知作者藉由中秋節時所發生的種種瑣事，警戒讀者持家之道莫過於防微杜漸，否則諸般惡因日積月累終成大禍。

整體而論，中秋敘事對於《金瓶梅》的情節架構而言，象徵家庭的紛爭與失和，導致西門府逐漸走向家破人亡的結局。回顧西門府家道的發展歷程，西門慶的運勢發展到元宵已臻巔峰，卻在端午節間所發生的外患侵襲之下，甚至已發生危及性命的嚴重危機。但是在西門慶的雄厚財勢，及廣泛人脈的彌縫下，所謂的外患對於西門府的家道確實掀起波瀾，卻無法完全撼動西門府的根基。中秋繼端午而起，象徵另一波禍患產生，並對西門府的家道造成無法挽回的傷害。因為與端午的事變相較，中秋事變出於家主治家無方的弊病。雖然對於西門慶自身未產生直接影響，然而府中發生的事變如吳月娘漠視官哥染疾、潘金蓮和陳經濟偷情等，不僅使西門氏面臨斷嗣的絕境，更令家醜傳播千里。這些事件所發生的結果，皆無法以任何人為的方式加以彌補，造成西門府家道不可估量的傷害。是知由中秋節所造成的內患，繼端午節外患之後，更進一步將西門府帶往衰敗的危機及命運。

〔註46〕〔明〕蘭陵笑笑生：《金瓶梅詞話》第九十五回，頁1608。

第三節　重陽節俗的祛病療效和娛樂用途

　　重陽是繼中秋之後另一重要節日，亦是《金瓶梅》中秋季最後的節令，具有舉足輕重的地位。若元宵見證西門府的前程如花似錦，重陽則預言西門府的運途必然衰敗，形成以節令意象引導西門府家道的情節結構。據筆者檢索《金瓶梅》中與重陽相關的片段，分布於第十三回與第六十一回，共提及飲菊花酒與賞菊兩項節俗。雖然從篇幅解讀，《金瓶梅》貌似並未完整記載明人慶賀重陽的完整方式，但是重陽的節俗本即以菊花為核心，小說內容亦是切中重陽本意書寫。故本文以此二節俗進行深入論述，一窺重陽的意涵與風俗。

　　重陽本名重九，因此日正於陰曆九月九日而得名，魏文帝（曹丕，187～226）在〈九日與鍾繇書〉中，解釋重陽名稱演變因由：「歲往月來，忽復九月。九日九為陽數，其日與陽並應。」〔註47〕重九轉化為重陽的關鍵，是中國歷代對於九字的重視，認為九是陰陽中陽的代表。因此重九當日乃九九並舉，即為陽數的重疊，又稱此日為重陽。然而此處須指出，重陽以九為陽數的觀念，實出自《周易》的陰陽之說，《子夏易傳》有云：「極其數，萬物畢，遂其成焉，故九也。陽極則剝陰，長而壯消之極也，故其變六也。消而息之，陽復而長，陰之退也。故為少陰，其數八也。」〔註48〕在《周易》的卦數推演中，陰陽是相對而相互消長的概念，意即兩者在發展到極致時便會衰頹，並由對方取而代之，成為永續不斷的循環。而在陰陽消長的規律下，九被稱為老陽，雖然象徵萬物完全的成熟狀態，卻須面對衰頹的必然趨勢。因此重陽居於九月九日，在《周易》中代表陽氣正式被陰氣取代，在歲時節令中具備重要地位。

　　但是重陽之所以被視為陰盛陽衰的關鍵節令，不僅出自傳統《周易》的思想系統，更有具體的氣候變遷現象為基礎，亦是重陽民俗形成的實際根源。據蕭放指出，重陽源自古代祭祀大火的儀式：

　　　　作為古代季節星宿標誌的「大火」（即心宿二），在季秋九月隱退，

〔註47〕〔魏〕曹丕：〈九日與鍾繇書〉，收入〔清〕嚴可均編：《全三國文》，輯入文懷沙主編：《四部文明‧魏晉南北朝文明卷》第18冊（西安：陝西人民出版社，2007年），卷7，頁4上。

〔註48〕〔周〕卜子夏：《子夏易傳》，收入〔清〕永瑢等編《景印文淵閣四庫全書‧經部》第7冊（臺北：臺灣商務印書館，1986年），卷7，頁14下。

《夏小正》稱「九月內火」，大火星的退隱，不僅使一向以大火星為
季節生產與季節生活標識的古人失去了時間的座標，同時使將大火
奉若神明的古人產生莫名的恐懼，火神的休眠意謂著漫漫長冬的到
來，因此，在「內火」時節，一如其出現時要有迎火儀式那樣，人
們要舉行相應的送行儀式。〔註49〕

重陽起源於中國古代對於火的崇拜，自從原始人類知曉用火後，火的功能逐
漸從烹煮的用途進展為光明之兆，形成祭祀火神的自然信仰。〔註50〕因此在
傳統的歲時系統中，火亦是陽氣與溫暖的代表，並透過星象推移主導人類的
生活型態。誠如蕭放所云，心宿二乃大火的象徵，可以作為區別季節寒暑的
標誌。當季秋九月時心宿二消隱於夜空，宣告氣候將轉趨嚴寒，百姓在停止
勞動之後，須以相應的儀式送行火神，此即重陽祭儀的前身。

值得注意的是，無論是從氣候變遷，或《周易》系統探尋重陽的起源，
可以發現重陽處於極端與交互的地位。以氣候而論，重陽代表炎夏與寒冬的
轉換，或是陽氣與陰氣的爭競消長，造成肅殺氣息的盛行。從《周易》而論，
萬物必定服膺物極必反之則，故重九象徵陽數之極，其後必變化為少陰。在
陰陽衝突的趨勢下，不利於萬物生長，即《禮記·月令》所云「陰陽爭，死生
分」的凶險現象產生。〔註51〕重點在於，〈月令〉提起陰陽衝突的月份，並非
在於重陽所處的季秋時節，而是端午存在的仲夏之際。然而所謂的陰陽消長，
並不限於任一季節發生，實際上只要氣候在寒暑轉換之際，便容易造成疾病
或瘴癘流傳。端午之所以身為歲時中首惡之日，係因氣候在此日後由溽暑漸
轉陰涼。同理重陽雖然不具有首惡的地位，但是同樣處在炎夏與寒冬的交接
時刻，此日亦為歲時中凶險時刻。由此可見，重陽與端午的節日意象十分相
近，百姓必須防範邪祟與疾病孳生，故此日的祭儀與節俗，多具有避邪祛病
的作用。

中國慶祝重陽的傳統約始於漢代，《西京雜記》即收錄漢初高祖（劉邦，
256B.C.～195B.C.）曾與寵姬戚夫人（224B.C.～194B.C.），在宮中歡度重陽的

〔註49〕蕭放：《歲時——傳統中國民眾的時間生活》，頁 202～203。

〔註50〕詹鄞鑫指出，中國社會對於火的崇拜，始於舊石器時代發明用火之後，並以
《韓非子·五蠹》的說法，認為上古燧人民名稱的出現，即代表古人對鑽木
技術發明者的崇拜。詳細的論證過程請參氏著：《神靈與祭祀——中國傳統宗
教綜論》（南京：江蘇古籍出版社，1992 年），頁 77。

〔註51〕〔漢〕鄭玄注，〔唐〕孔穎達疏：〈月令〉，《禮記正義》，卷 16，頁 6 上。

軼事：「戚夫人侍兒賈佩蘭，後出為扶風人段儒妻。說在宮內時，見戚夫人侍
高帝，……九月九日，佩茱萸，食蓬餌，飲菊華酒，令人長壽。」〔註52〕可
見在漢代時，宮廷已出現在重九時配戴茱萸、飲用菊花酒等節俗。另外在《風
土記》中，亦記載與《西京雜記》相似的敘述：

> 飲菊花酒：漢俗，九日飲菊花酒，以被除不祥。

> 插茱萸：九月九日，律中無射，而數九。俗尚此日，折茱萸房以插
> 頭，言辟除惡氣而禦初寒。〔註53〕

前文引用《西京雜記》的內容，僅記載漢代宮廷度過重陽的方法，至於民間
是否亦興起相同的慶祝模式不得而知。雖然歲時節令的起源不限於宮廷或者
民間，但是確立的標準須以相關節俗是否在民間散播為主。若流播範圍僅限
於宮闈之中，則該節令不具備普世價值，僅能視為宮中在該日特有的活動而
已。因此《風土記》明言漢代民間在重陽時，有飲用菊花酒與佩帶茱萸的風
俗，即象徵重陽在漢代已成為一民俗節日。

　　儘管重陽節俗發展至今，共可見到登高、賞菊、佩帶茱萸與飲菊花酒等
數種活動，但是在《金瓶梅》的重陽相關敘事中，僅提及西門慶闔家賞菊與
飲酒的場面。同樣屬於重陽的重要節俗，為何登高與佩帶茱萸竟不見載？此
中因由不得而知，〔註54〕筆者茲就此二節俗進行深入探討：

一、飲菊花酒

　　飲菊花酒與登高遠眺、佩帶茱萸三項風俗，自古即為百姓慶祝重陽的主體
活動。但是飲菊花酒的特色，並非在於活動的形式，而是在於菊花本身與重陽
的關聯。季秋九月本即菊花開放的季節，此時百花凋零唯有菊花獨存，被視為
耿介高潔的象徵。由於菊花開時多逢重陽，傳統社會便將菊花綻放視為重陽來
臨的標誌。當然隨著地域氣候有別，菊花盛開的時機便會隨之變化，誠如蘇軾
（1037～1101）作〈江月〉詩五首之序曰：「嶺南氣候不齊。吾嘗云：『菊花開

〔註52〕〔晉〕葛洪：《西京雜記》，收入《筆記小說大觀》第 1 冊（揚州：廣陵書社，
　　　　2007 年），卷 3，頁 2 下。

〔註53〕〔晉〕周處：《風土記》，收入〔清〕陳夢雷等編：《古今圖書集成‧歲功典》
　　　　第 3 冊（臺北：鼎文書局，1977 年），卷 76，頁 771。

〔註54〕白維國提出，《金瓶梅》的故事發生地清河縣，地處華北平原，多僅為高阜之
　　　　地而無高山，因此作者未在內容中提及登高的節俗。白氏之說當可作為參考
　　　　依據之一，故茲錄於此處聊備一說。參氏著：《金瓶梅風俗譚》（北京：商務
　　　　印書館，2016 年），頁 76。

時即重陽，涼天佳月即中秋，不須以日月為斷也。」〔註55〕胡仔（1095～1170）在《苕溪漁隱叢話》即針對蘇軾所言補述：「江浙間，每歲重陽往往菊亦未開，不獨嶺南為然。蓋菊性耿介，須待草木黃落，方於霜中獨秀。」〔註56〕由此可見，長江以南之地或待至九月與十月交界，百姓才能見到菊花綻放，此乃受氣候影響所致。但是此種現象，並不妨礙菊花成為重陽的象徵，因為菊花不僅具有臨霜獨豔的高潔象徵，更是具有若干人文意義與重陽相關。

在菊花所具備的人文意義中，最重要的就是延壽祛病的作用。《夢粱錄》提及：「今世人以菊花、茱萸，浮於酒飲之，蓋茱萸名『辟邪翁』，菊花為『延壽客』，故假此兩物服之，以消陽九之厄。」〔註57〕在南宋時期，菊花及茱萸分別代表長壽及避邪的意義，因此百姓若能在重陽時服用二物，能夠躲避重陽當日產生的邪祟與時疫。可見由於菊花被視為長壽的象徵，古人習以菊花入藥或製成食物，冀望求取長生。

菊花是否真如古人所深信一般，具有延年益壽甚至永保青春的功效，從醫療作用而論確實如此，尤其在重陽時服用更大有益處。《本草綱目》即收錄若干藥方，皆由菊花製成並強調須於重陽服用：

> 九月九日，采白菊花，名曰金精菊花二斤，茯苓一斤，擣羅為末，每服二錢，溫酒調下，日三服，或以煉過松脂和丸，雞子大，每服一丸，主頭眩。久服，令人好顏色，不老。〔註58〕

> 六月六日，采蒼耳葉。九月九日，采野菊花為末，酒服三錢，治一切癰疽丁腫。〔註59〕

菊花入藥擁有良好的療效，隨著種類與配方的不同，能夠醫治頭眩、癰疽等疾病。尤其是以白菊花、茯苓所調製的藥丸，雖然主要醫治頭眩之疾，若人長期服用便可養顏美容，確能達到不老的效益。重點在於，以上列舉的藥方所用之菊花，盡須於重陽採收或製成藥餌方見成效，顯示菊花與重陽不可分割的關聯。

〔註55〕〔宋〕蘇軾著，〔清〕馮應榴輯注：〈江月〉，《蘇軾詩集》下冊（臺北：學海出版社，1985 年），卷 39，頁 2140。

〔註56〕〔宋〕胡仔：《苕溪漁隱叢話》（臺北：長安出版社，1978 年），卷 6，頁 41。

〔註57〕〔宋〕吳自牧：《夢粱錄》，卷 5，頁 124。

〔註58〕〔明〕李時珍：《本草綱目》（新北市：國立中國醫藥研究所，1988 年），卷 15，頁 3。

〔註59〕〔明〕李時珍：《本草綱目》，卷 15，頁 3。

　　菊花酒作為重陽重要的節慶食品，實際上亦是傳統藥方之一，具有延年益壽的功效。其釀造之法，據《西京雜記》記載：「菊華舒時，并採莖葉，雜黍米釀之，至來年九月九日始熟，就飲焉，故謂之菊華酒。」〔註60〕菊花酒以菊花入酒釀製，須待菊花綻放之際，取其花、莖、葉三部分，與黍米一同釀製成酒，並待來年重陽方告熟成。此種方法當為菊花酒最原始的釀造程序，但是隨著時間演變與醫療觀念的進展，後人不斷改良菊花酒的配方與製法，促使菊花酒不僅僅作為延年益壽的補藥，更可作為醫治各式疾病的藥方。例如《千金翼方》云，菊花酒主治男女風虛、冷腰、背痛一干不足之症。〔註61〕《本草綱目》更言，菊花酒若能以甘菊煎汁與麴米一起釀造，則能醫治頭風及耳目諸病。〔註62〕

　　值得一提的是，《金瓶梅》敘述西門慶與諸親友於重陽飲酒時云：

　　　　西門慶旋教開庫房，拿出一罈夏提刑家送的菊花酒來。打開，碧靛清，噴鼻香，未曾篩，先攪一瓶涼水，以去其蓼辣之性。然後貯於布甑內，篩出來，醇厚好吃，又不數葡萄酒。（第61回，頁962）

重點不在於西門慶如何飲用菊花酒，乃是作者描寫此項風俗時，並未強調其中蘊含的長壽或袪病功效。而是特意刻劃菊花酒的香氣襲人、冷冽香醇，似乎淡化重陽飲用菊花酒的傳統意義，轉而強調物質享樂的世俗意義。實際上在明代對於菊花酒製法的記載中，並未忘卻其延年益壽或其他醫療上的作用，但開始講求如何增加菊花酒的口感、香氣。《遵生八箋》便言：「十月採甘菊花，去蒂，只取花二斤。擇淨入醅內攪勻，次早榨則味香清冽。凡一切有香之花，如桂花、蘭花、薔薇，皆可倣此為之。」〔註63〕可見明人對於菊花酒的要求，不再滿足於傳統的民俗意涵，而是必須兼具口腹慾求。故釀造時一反

〔註60〕〔晉〕葛洪：《西京雜記》，卷3，頁2下。

〔註61〕《千金翼方》記載，菊花酒能醫治男女風虛寒冷等疾病：「菊花酒主男女風虛寒冷，腰背痛，食少羸瘦無色，嘘吸少氣去風冷補不足方。」參〔唐〕孫思邈：〈中風〉，《千金翼方》，收入蕭天石：《道藏精華》第13集之7（臺北：自由出版社，1989年），卷16，頁183。

〔註62〕《本草綱目》記載，菊花酒乃以甘菊煎汁，並與麴米一同釀製成酒，可醫治頭風等疾病：「菊花酒：治頭風，明耳目，去痿痹，消百病。用甘菊花煎汁，同麴、米釀酒。或加地黃、當歸、枸杞諸藥亦佳。」參〔明〕李時珍：《本草綱目》，卷25，頁20。

〔註63〕〔明〕高濂：《遵生八箋》第4冊（臺北：臺灣商務印書館，1979年），卷12，頁37上。

傳統以菊花之花、根、莖入酒的配方，僅擇花瓣二斤入酒浸泡，方能使酒香清冽爽口。因此《金瓶梅》的敘事，相當生動的傳達明代重陽飲用菊花酒的世俗化傾向。

由此可見，明代社會在遵循傳統節俗的當下，開始追求世俗化的物質享受，因此強調菊花酒的品質。宮中慶祝重陽時，亦將菊花酒視為重要的食品，如《酌中志》所言：「重陽節駕幸萬歲山，或兔兒山、旋磨山登高。吃迎霜麻辣兔，飲菊花酒。」〔註64〕宮中皇眷在重陽登高宴飲時，主要享用麻辣兔並飲用菊花酒。足見重陽飲菊花酒雖然淵遠流長，但是經過歷代配方的改良與意義的演變，在明代依舊興盛不衰，廣受時人愛好。

二、賞菊

固然菊花以其療醫療方面的用途聞名於世，但是菊花既然身為秋季唯一綻放的花木，自然成為秋季遊賞時，主要關注的景致。尤其自宋代以降，民間已培育出外貌新穎的各式品種，大幅增加百姓玩賞菊花的意願，促使賞菊成為重陽的節俗之一。查考歷代的風土著述，賞菊列入重陽節俗的時間點，最晚不出唐代，在《輦下歲時記》即言：「九日宮掖間，爭挿菊花，民俗尤甚。」〔註65〕顯示唐人無論在宮廷或民間，已盛行重陽時玩賞菊花的活動。但是賞花的風俗發展至兩宋，則因菊花各式品種的培育，而達到新的巔峰。據《東京夢華錄》記載，北宋年間汴京（今河南省開封市）無處不種菊，至重陽時便能見到數類花種，盡依外觀賦予名稱：

> 九月重陽，都下賞菊，有數種：其黃白色蕊若蓮房，曰：「萬齡菊」；粉紅色曰「桃花菊」，白而檀心曰「木香菊」，黃色而圓者曰「金鈴菊」，純白而大者曰「喜容菊」，無處無之。〔註66〕

北宋之際民間培植出數種新穎的菊花種類，並且已能大量栽種，顯示農業水平的提升。至南宋年間，雖然時局動盪不堪，卻不減百姓對於重陽賞菊的興致。

明代繼承宋代遺風，無論是重陽賞菊的風尚，或栽培菊花的技藝，皆不

〔註64〕〔明〕劉若愚：《酌中志》，收入《明清筆記史料》第98冊，卷20，頁6下。

〔註65〕〔唐〕闕名：《輦下歲時記》，輯入〔宋〕史鑄：《百菊集譜》，收入〔清〕永瑢等編：《景印文淵閣四庫全書・子部》第845冊（臺北：臺灣商務印書館，1986年），卷3，頁17上。

〔註66〕〔宋〕孟元老著，鄧之誠注：《東京夢華錄錄注》，卷8，頁327。

減當年盛況。《金瓶梅》第六十一回描述西門府賞菊的情形，僅云：

原來松墻兩邊，擺放二十盆都是七尺高各樣有名的菊花，也有大紅
袍、狀元紅、紫袍金帶、白粉西、黃粉西、滿天星、醉楊妃、玉牡
丹、鵝毛菊、鴛鴦花之類。（第 61 回，頁 959）

此處列出十種樣式各異的名貴菊花，用以表現西門慶財力富庶的證據之一，
然而僅以此數句筆墨，尚不足以表達明人對於培植菊花以及重陽賞菊的愛好。
中國培育菊花的歷程發展至宋代，便有文士陸續將辨識菊花品項的概要彙集
成冊，例如《劉氏菊譜》、《史氏菊譜》等皆是此例。〔註67〕但是內容或受限
於農業水平及菊花品項不繁，多數著述僅著眼於記錄各式菊花的外觀。明人
繼承前人種植菊花的經驗與技術，無論在菊花品項或培育技術皆有所進展。
例如在《遵生八箋》中，高濂（1573～1620）在〈菊花譜〉舉出的菊花名品，
已達一百八十七類，遠出《夢粱錄》所云七八十項之上。並且在培育菊花的
技術方面，更提出分苗法、和土法、澆灌法等九項技術。〔註68〕另外在周履
靖（1549～1640）所著之《菊譜》中，更詳細解釋菊花從根苗種植，到品評的
詳細流程，並臚列菊花品項兩百餘類，〔註69〕無不顯示明人培育菊花的水平
之高。

　　明代種植菊花技術的改良與提升，不僅促進菊花外觀愈趨精緻與多元，
亦造就百姓賞菊的方式與追求有別於前人。賞菊的風俗發展至明代，已成為
重陽的重要節俗，甚至逐漸取代自古即有配戴茱萸的節俗，〔註70〕無論宮廷

〔註67〕例如《劉氏菊譜》臚列出龍腦、新羅、都勝等三十五種菊花品項，皆詳細
　　　　記錄各種菊花的生產地、種植時期、外觀色調等重點。《史氏菊譜》與前者
　　　　相類，係將菊花初以色調如白、黃、紅等分類，方細分大金黃、小金黃等
　　　　種類。前參〔宋〕劉蒙：《劉氏菊譜》，收入〔清〕永瑢等編：《景印文淵閣
　　　　四庫全書・子部》第 845 冊（臺北：臺灣商務印書館，1986 年），頁 5 上
　　　　～17 下。後詳〔宋〕史正志：《史氏菊譜》，收入〔清〕永瑢等編：《景印文
　　　　淵閣四庫全書・子部》第 845 冊（臺北：臺灣商務印書館，1986 年），頁 2
　　　　上～6 上。
〔註68〕〔明〕高濂：《遵生八箋》第 4 冊，卷 16，頁 46 上～48 下。
〔註69〕〔明〕周履靖：〈菊譜〉，《夷門廣牘》，收入王雲五編：《記錄彙編》（臺北：
　　　　臺灣商務印書館，1969 年），卷上，頁 11～19。
〔註70〕蕭放指出古人於重陽配戴茱萸的習俗，自宋元已降逐漸稀少。此種現象的形
　　　　成，或因重陽在早期社會中，強調的是驅邪避凶的功能。但是隨著人民生活
　　　　水平的提升，人們不僅關注眼前生活的現況，更對於未來有所期盼，甚至祈
　　　　求長壽的可能性，造成茱萸避邪的象徵，反不及菊花長壽的意義。參氏著：
　　　　《歲時──傳統中國民眾的時間生活》，頁 207。

或民間皆熱衷此道。宮中部分如《酌中志》記載：「九月御前進安菊花，……內臣自初四，自換穿羅重陽景菊花補子蟒衣。」〔註71〕明代內官從九月開始，每日須安置菊花於御前，並自初四以後改著繡有重陽菊景之蟒衣，象徵順應天時與節令。民間部分則見《陶庵夢憶》所云：

> 兗州縉紳家風氣襲王府，賞菊之日，其桌，其炕、其燈、其爐、其盤、其盒、其盆盎、其餚器、其杯盤大觚、其壺、其幃、其褥、其酒、其麵食、其衣服花樣，無不菊者。夜燒燭照之，蒸蒸烘染，較日色更浮出數層。〔註72〕

《陶庵夢憶》乃張岱（1597～1684）回顧明代時人生活情趣的著述，顯示百姓賞花的重點不再滿足於菊花本身，而是講求整體環境須與時令呼應。因此賞菊時所用之擺飾、器物、飲食、衣著，樣式，皆須與菊花相同或相關，使人如置身菊海之內。值得注意的是，若將《陶庵夢憶》的紀錄與《酌中志》的敘述相較，可以看出此種與環境呼應的賞菊方式，本屬王公貴戚所獨有，但是隨著經濟水平提升帶動物質享樂的條件，導致民間亦群起效尤，突顯重陽節俗世俗化的傾向。

　　是知重陽在歲時節令中的原始意義，乃是繼端午之後另一大兇之日。不僅在氣候方面，重陽身為夏季與冬季交會的時間點，造成時疫侵襲萬物。更因在傳統的陰陽觀念中，數字九同時象徵陽的鼎盛及衰頹，是以重九當日陰陽衝突，世間將瀰漫肅殺之氣。因此重陽的節俗之中，諸如登高野宴、佩帶茱萸、飲菊花酒等，無不寄寓避邪祛病的意涵。在《金瓶梅》描述的重陽場景中，作者特意提及飲菊花酒和賞菊兩項節俗，雖然翻閱歷代的風土紀錄，便能發現兩者淵遠流長，並非明代特有的風俗。然而在明代經濟水平與農業技術提升的趨勢下，促使明人度過重陽時，格外重視節俗的現實意義與官能享受。

第四節　重陽敘事的中衰意象析論

　　回顧明代文士筆下百姓慶賀重陽的方式及追求，無不強調當時社會由於經濟條件的提升，造成百姓逐漸沉浸於物質享樂之中，幾使重陽原先身為惡

〔註71〕〔明〕劉若愚：《酌中志》，卷20，頁6下。
〔註72〕〔明〕張岱：《陶庵夢憶》，收入《明清筆記史料》第45冊（北京：中國書店，2000年），卷6，頁10下～11上。

日的本質蕩然無存。因此在《金瓶梅》第十三回與第六十一回，所呈現的西門府歡度重陽的場面，儘管充斥飲酒作樂的瑣碎記事，以及富麗堂皇的賞菊排場，或經文人慣有的誇飾筆法進行渲染，卻生動且真實的反應明代節儀世俗化的趨勢。

但是此種現象並非代表作者受世風影響，而忽略重陽的傳統意象，或者將重陽視為小說中時空推移的單純標誌。實際上在《金瓶梅》看似瑣碎且平淡的重陽敘事中，作者特意安排李瓶兒於重陽病發不治的事變，不僅增加情節必要的起伏作用，更透過重陽惡日的意象，深化情相關敘事的內涵。由於李瓶兒在《金瓶梅》中是特殊的存在，牽動西門府的興衰榮辱，故其人於重陽病發以致身亡的事件，在小說的整體架構中具有重要的意義，象徵西門府必然中衰的命運。本文在此將《金瓶梅》重陽敘事的特點，分為兩部分論述，先行釐清李瓶兒與重陽的關聯何在，繼而探討重陽敘事如何作為西門府家道由盛轉衰的關鍵。分述如次：

一、李瓶兒病發重陽的隱喻分析

重陽乃繼中秋之後另一重大歲時節日，因此在《金瓶梅》以歲時大節為時空框架的設定下，其重要性應與元宵、端午等節日並肩，足以左右小說情節發展及走向。綜觀《金瓶梅》整體的情節架構，重陽的確具有舉足輕重的地位，但是與其他重大節日相較，重陽須受重視的原因卻不盡相同。原因在於無論元宵、端午或中秋，皆是小說人物如李瓶兒、韓愛姐和吳月娘的生辰，因此當作者塑造人物的性格、舉止、命運時，必將節日的意象注入在人物的生命歷程，影響整體情節發展。然而檢視重陽與人物的關聯性，即能發現作者並未安排任何人物的生辰於此日，導致重陽在小說時空框架的重要性銳減，似乎遠遠不及元宵、端午等歲時大節。

重陽雖然無法成為小說人物的生辰，並不代表重陽無法與人物及情節產生互動。檢視《金瓶梅》的整體內容，便能發現雖然作者在安排西門妻妾與西門慶結識的初始，以及退場或死亡的時機上，多數會在敘事文字中給予確切的日期，卻盡非歲時中的重大節日；〔註73〕僅有李瓶兒在結識西門慶的過

〔註73〕除去李瓶兒與西門慶初識於六月十四日以外，其餘妻妾與西門慶相識的日期皆未特別提出。諸如潘金蓮與西門慶於第二回偶遇簾外，作者僅云：「一日，三月春光明媚時分。」其餘諸人如吳月娘、李嬌兒、孟玉樓、孫雪娥等人，皆未記載確切時日。

程始末，皆發生在重陽當日或前後數日之內，顯示其命運與重陽不可分割的關聯，並且和重陽的意象息息相關。

　　李瓶兒首次出場於《金瓶梅》的第十三回，此時身分尚為西門慶結義弟兄花子虛之正妻。在傳統社會所強調的男女分際之中，西門慶及李瓶兒理當刻意迴避正面接觸，卻在花子虛私下邀請西門慶入府小聚的情況下，竟使兩人無意撞見並且互相萌生好感。節錄該段文字於下文：

> 話說一日，六月十四日，西門慶從前邊來，走到月娘房中。……於是打選衣帽齊整，叫了兩個跟隨，預備下駿馬，先徑到花家。不想花子虛不在家了，他渾家李瓶兒，……手中拿一隻紗綠潞紬鞋扇。那西門慶三不知，正進門，兩個撞了個滿懷。這西門慶留心已久，雖故莊上見了一面，不曾細玩其詳。……不覺魂飛天外，魄散九霄，忙向前深深的作揖。婦人還了萬福，轉身入後邊去了。（第 13 回，頁 171～172）

此段敘述的重點誠如張竹坡所評：「撞見瓶兒，必寫子虛請來，自己引賊入室，見交匪類之報，又見托人之失。」〔註74〕在西門慶與李瓶兒此次會面之後，西門慶果起不軌之心，屢次使計誘花子虛外宿妓院而徹夜不歸，欲覓一適當時機與李瓶兒相處。固然西門慶的行為當應譴責，然而花子虛在結交西門慶之時，已有識人不明之嫌，不應聽信讒言而流連花叢。因此作者安排西門慶與李瓶兒結識之先，必特意點明西門慶乃應花子虛之請而至，不僅強調花子虛耽溺酒色與帷薄不修的過失，亦勸戒世人治家嚴謹與交友謹慎的重要性。

　　值得注意的是，據此段敘事記載，西門慶及李瓶兒首次會面的時間乃六月十四日，並非歲時中的重大節日，無法看出李瓶兒與其餘妻妾的不同之處。然而從此次會面的過程而論，由於李瓶兒在還禮之後便轉身離去，實際上並未有近一步的互動，故六月十四日無法視為兩人正式結識的時刻。直至重陽當日，西門慶方藉由赴花府慶賀佳節的機緣，佯裝酒醉先行離去，李瓶兒旋即打發花子虛與應伯爵等人歇宿妓院。在兩人裡應外合的謀劃之下，成就兩人當夜在花府偷情得手，茲觀第十三回重陽當日花府的情景：

> 又早九月重陽令節。這花子虛假著節下，叫了兩個妓者，具柬請西門慶過來賞菊。……婦人走到西角門首，暗暗使丫鬟綉春，黑影裡

〔註74〕〔明〕蘭陵笑笑生著，劉輝、吳敢輯校：《《金瓶梅》會評會校》第 1 冊，頁 293。

走到西門慶根前低聲說道：「俺娘使我對西門爹說，少吃酒，早早回家。如今便打發我爹往院裡歇去。晚夕娘如此這般，要和西門爹說話哩。」……西門慶聽了，心中甚喜。兩個於是并肩疊股，交杯換盞，飲酒做一處。迎春旁邊斟酒，綉春往來拿菜兒。吃得酒濃時，錦帳中香熏鴛被，設放珊枕。兩個丫鬟抬開酒桌，拽上門去了。兩個上床交歡。（第 13 回，頁 175～178）

西門慶問婦人：「多少青春？」李瓶兒道：「奴屬羊的，今年二十三歲。」因問：「他大娘貴庚？」西門慶道：「房下屬龍的，二十六歲了。」婦人道：「原來長奴三歲。到明日，買份禮物過去看看大娘，一相不敢親近。」西門慶道：「房下自來好性兒，不然，我房裡怎生容得這許多人兒？」（第 13 回，頁 178～179）

從此段敘述可知，重陽方是西門慶與李瓶兒相識的正式日期，不僅源自兩人第一次在肉體與情慾上的結合，更因兩人第一次深入了解彼此的身世、家境，絕非初次會面時草草行禮能夠相比。但是作者以重陽作為兩人正式結識的日期，究竟與李瓶兒及重陽的連結有何相關？張竹坡即云：「記清。知後帶病之宴，為必於重陽都，可想。」〔註75〕若讀者僅讀至此回而止，自然無法體會此次重陽對於李瓶兒的重要性，因為《金瓶梅》作者在小說中，共兩度以重陽為背景，象徵李瓶兒生命的起始與結束。故第十三回以重陽為李瓶兒出場的時機，係因作者欲將重陽時疫蔓延的現象，帶入情節之中，預言李瓶兒必命喪惡疾的結局。

　　第六十一回為《金瓶梅》第二次的重陽，此時李瓶兒早已嫁入西門府，故場景由花府轉至西門府，充滿歡欣繁榮的佳節氣氛。然而李瓶兒自嫁入府中，屢受潘金蓮的妒忌和排斥，並在產下官哥後被獅貓驚唬而夭亡，導致李瓶兒飽受精神與身體的雙重磨難。更兼潘金蓮自官哥死後，逐日嘲諷李瓶兒，令李瓶兒氣惱交加卻不敢言語，遂積累成疾無法根治，最終在重陽家宴間一病不起。節錄李瓶兒帶病赴宴重陽的情景於下：

那李瓶兒在房中身上不方便，請了半日，才請了來，恰似風兒刮倒的一般，強打着精神，陪西門慶坐。眾人讓他酒兒也不大好生吃。……吳月娘道：「李大姐，你好甜酒兒吃上一鍾兒。」那李瓶兒

〔註75〕〔明〕蘭陵笑笑生著，劉輝、吳敢輯校：《《金瓶梅》會評會校》第 1 冊，頁 298。

又不敢違阻了月娘，拿起鍾兒來，咽了一口兒又放下了。強打着精神兒與眾人坐的。坐不多時，下邊一陣熱熱的來，又往屋裡去了。

（第 61 回，頁 957）

且說李瓶兒歸到房中，坐淨桶，下邊似尿也一般只顧流將起來，登時流的眼黑了。……那綉春走到席上，報與月娘眾人：「俺娘在房中暈倒了。」這月娘撇了酒席，與眾姊妹慌忙走來看視。見迎春、奶子兩個摀扶着他，坐在炕上，不省人事。便問：「他好好的進屋裡，端的怎麼來就不好了？」迎春揭開淨桶與月娘瞧，把月娘諕了一跳，說道：「此是他剛纔只怕吃了酒，助趕的他這血旺了，流了這些。」

（第 61 回，頁 964～965）

在重陽之前，李瓶兒的身心狀況早已不如往常，患有經血淋漓不止的惡疾。但是在西門慶及吳月娘的要求下，李瓶兒僅能強打精神赴宴聽曲，卻因飲酒導致經血淋漓的狀況愈加嚴重，繼而昏厥不醒。在李瓶兒臥病不起之後，更遭花子虛的冤魂逐日索命侵擾，西門慶雖然百般延醫診視和求神遣邪，終究回天乏術。

若深入檢視第六十一回的內容，便能發現李瓶兒病發重陽的事件具有多重意涵，更在若干細節中與重陽的意象相互輝映。誠如前節論述的結果，重陽自古即為惡日的代表，造成邪祟與時疫侵襲萬物，因此重陽節俗多具有驅邪祛病的功效。縱使《金瓶梅》受到明代世風影響，透過賞菊、飲菊花酒、聽賞小曲等活動，將重陽烘托為熱鬧吉慶的節日，卻在李瓶兒重病的事件中回歸重陽的惡日意象，與敘事文字呈現明顯的冷熱衝突。

首先在節日氣氛部分，第六十一回逐步由闔家聽曲、親友賞菊、品嘗螃蟹、飲菊花酒等過程，細膩且生動的烘托西門府歡度重陽的景況，整體呈現熱鬧喜慶的佳節氣氛，當為熱的象徵。但是在如此喧囂的場面中，李瓶兒重病昏迷卻令原先的氣氛一掃而空，轉而成為低迷、衰敗的景象，將重陽惡日的本質表露無遺，此乃冷的徵兆。作者在原先熱鬧喜慶的情節中，突然置入陰冷不祥的事件，使讀者閱讀時感受到禍福相依的無常感受。

另外在節俗方面，作者忠於明人度過重陽的風俗，因此在第六十一回中特意數次提起飲菊花酒的節俗。由於菊花酒自古即為延年益壽的良藥，尤其在重陽當日飲用更見成效，是抵禦重陽時疫的主要代表，故為熱的象徵。然

而李瓶兒在席間僅飲用些許菊花酒，〔註76〕反而助長經血淋漓的病症，間接造成年少夭亡的結局，此即冷的表徵。由此可見，重陽節俗在第六十一回中並未發揮應有的功用，竟使祛病的良藥轉為催命的猛藥，成為李瓶兒因病身亡的預兆。

最後以節日的意象而論，重陽作為歲時的大凶之日，造成邪祟叢生而侵擾萬物，因此重陽節俗多數具備驅邪的功用。回顧西門府度過重陽的方式，雖然缺少登高野宴及佩帶茱萸的活動，卻保存飲菊花酒此一傳統節俗。故整體而言西門府應受到重陽節俗的庇佑，任何邪祟與疾病無法侵襲府中諸人，使西門府壟罩在溫暖吉祥的意象中。但是李瓶兒自重陽病發之後，逐日飽受花子虛的冤魂糾纏索命，不僅還原重陽節惡日的本質，更令府中壟罩於死亡的陰影下。是知作者有意將重陽的惡日意象導入情節之中，透過與敘事文字呈現出的氣氛產生冷熱衝突，顯示李瓶兒不治身亡的結局。

值得注意的是，《金瓶梅》作者在第六十一回的情節，所置入的諸般細節及暗示，似乎足以徹底說服讀者李瓶兒與重陽的關聯，以及揭示其人重病身亡的結局。為何作者早在第十三回中，即已安排李瓶兒與西門慶重陽偷情的情節，作為李瓶兒病發重陽的徵兆呢？此種關聯即如周中明所云：

> 《金瓶梅》寫的人物是日常生活中的普通人，故事是以日常家庭生活瑣事為主，而又涉及到上自中央朝廷，下至市井細民，……這麼眾多的人物和紛繁瑣碎的事件，如何在藝術結構上給人以渾然一體的有機感和整體感，這是個極為犯難的問題。採用伏脈千里的結構手法，「必伏線於千里之前，又流波於千里之後」，如「脈絡貫通」，這是它之所以做到「結構鋪張」，而又「針線縝密」，「如萬系迎風而不亂」的一個重要原因。〔註77〕

由於《金瓶梅》敘事以西門慶的家庭生活為主軸，兼及朝廷與民間的各種人物與大小事件，形成一龐大的敘事結構。作者為了維持小說結構的完整性，

〔註76〕雖然在第六十一回的內容中，作者僅言：「那李瓶兒又不敢違阻了月娘，拿起鍾兒來，咽了一口兒又放下了。」從內容上無法分辨李瓶兒所飲之酒，是否即是菊花酒。但是此時當逢重陽令節，菊花酒正為應景食品，是以我們不妨視席上酒品為菊花酒。參〔明〕蘭陵笑笑生：《金瓶梅詞話》第六十一回，頁959。

〔註77〕周中明：《《金瓶梅》藝術論》（臺北：貫雅文化事業有限公司，1990年），頁336。

須使各式零碎的情節產生首尾呼應的有機連結,方能令情節的規劃得到合理的解釋,不致產生斷裂之感。故以李瓶兒與重陽的關聯為例,固然第六十一回的敘事已能完整呈現李瓶兒死於重病的情節,然而若缺少第十三回的線索前置與重陽節的時空背景,則李瓶兒的結局充滿突兀之感,無法合理說服讀者接受此一事件的產生。甚至質疑李瓶兒病發重陽的情節,是否僅出於偶然或隨機。是知李瓶兒與重陽的關聯,不僅與人物命運的設定上息息相關,更促成情節架構的有機整合。

二、西門府由盛轉衰的跡象論述

承繼前文所論述的結果,李瓶兒與重陽的關係密不可分,因為《金瓶梅》作者欲藉由重陽的意象,合理化李瓶兒重病身亡的結局,並使全書情節的發展得以整合。值得注意的是,李瓶兒作為西門慶的六房妻妾,更是小說三位主要人物之一,若除去合理化情節發展的理由之外,作者為何特意將其病發的時機安排在重陽,而非置於任何歲時節令之中?是否重陽敘事對於全書的情節架構而言,另具更深層的意涵存在?由此推論,李瓶兒病發重陽的情節,並非單純作為交代人物的結局之用,當應牽涉到更為廣泛的情節架構問題。

承接筆者在前章論述的成果,《金瓶梅》提及的各大節日中,皆代表西門府運勢發展的階段。由元宵象徵西門慶財勢鼎盛、端午代表外患叢生、中秋視為內憂不止,最終回歸春節而敗亡,並由清明進行總結。但是在中秋至春節之間,若無節日能夠填補此段漫長時空,則無法合理解釋西門府家道如何由鼎盛轉趨衰敗。此即重陽在《金瓶梅》的時間布局,與情節架構的重點所在,作者藉由重陽由陽轉陰的節日意象,暗喻西門府家道自此日後家道中衰。

值得注意的是,固然《金瓶梅》作者有意塑造以節日意象,引導情節發展的敘事架構,卻非強行將節日意象套入情節之中,而是先行投映於西門慶妾室李瓶兒的生命歷程,方透過李瓶兒的行為舉止,影響西門府的興衰,對於敘事結構及讀者觀感大有裨益。就敘事結構而言,《金瓶梅》身為世情小說,內容當以日常庶民的生活為主軸,不宜直接置入長篇大論的深奧哲理。故此種作法可令深層哲理融入平實無華的文字之下,使平乏無奇的家庭生活產生不平凡的寓意。另一方面,作者若直接以四季更替象徵西門府興衰,恐使整體敘事文字過於晦澀難解,將造成讀者閱讀上的困擾。

綜觀李瓶兒的生平,與元宵及重陽兩大節日密不可分。前者乃其生辰之

日,後者則為病重之際,處於人生的起始與結尾。在此情節架構的設定之下,反應在西門府的運途走向,即為家業的興起和中衰。關於李瓶兒與元宵的連結,誠如筆者在本文第貳章中指出,西門府自從李瓶兒入府後帶入鉅額財富和子嗣官哥,立下西門慶平步青雲的堅實基礎。在傳統的歲時意義上,李瓶兒與元宵的此種連結,暗合自古百姓視元宵為展望未來的良好契機。〔註78〕因此元宵在《金瓶梅》的情節架構中,代表西門慶財勢達到鼎盛的階段,故相關敘事中,充滿各式奢靡的物質享受和娛樂活動。至於重陽和李瓶兒的連結,亦如前文論述的成果,即李瓶兒在重陽家宴間經血淋漓而昏迷不醒,在百般尋醫探視後仍舊回天乏術。不僅合乎重陽身為惡日的本質,更彰顯重九之日由陽轉陰的意涵。故重陽對於西門府的運勢,代表西門慶的家業至李瓶兒死後,當由鼎盛轉趨衰頹。足見李瓶兒的生平與西門府的命運密切相關,係為西門慶權勢達到頂峰的關鍵人物。

　　此處尚須澄清,重陽在西門府的命運階段裡代表中衰,而非全然的衰敗或滅亡。從重陽的意象而論,九月九日處於季秋時節,雖已近於歲末卻仍非冬季的節日。更重要的是,重陽在傳統陰陽觀中,乃陽數發展至極致之時,雖然必須面對物極必反的趨勢,卻非直接降轉陰數之極。因此重陽在歲時循環的法則,並不具備繼往開來的重要意義。另外就小說的情節分析,縱然李瓶兒病發重陽以至死亡對於西門府造成衝擊,卻未完全動搖西門府家業的根基。因為西門府基本上乃由西門慶獨力支撐,故西門府家業的全然敗落須待西門慶死後。查閱第六十二回李瓶兒身亡後之回目,西門府的財勢似乎持續增長,尚有餘裕籌辦大規模的活動,如第六十四回舉行李瓶兒的盛大喪禮,以及第六十五回迎接六黃太尉皆是一例。甚至在第七十回中,西門慶在京師蔡太師與管家翟謙的庇護之下,由原先副提刑的官職晉升正提刑,繼而迎來西門慶人生中權力的巔峰。凡此種種跡象,俱是西門府家道興隆的表徵,似乎未因李瓶兒逝世而有所動搖。然則重陽由盛轉衰的意象,是否並未對於西門府的運勢有所影響?

　　實際上《金瓶梅》第六十一回之後的情節走向,雖然看似西門府的財勢持續增長,但是作者已在情節中埋伏若干線索,足以證實西門府必然衰亡的命運。關鍵在於即使重陽僅出現在第六十一回中,其由盛轉衰的意象並未就此消失,反而透過李瓶兒繼續施加對於西門府的影響力。確實李瓶兒已於第

〔註78〕關於李瓶兒與元宵敘事的關聯,詳參本文第貳章第二節之論述。

六十二回因病身亡,但是作為左右西門府運勢的重要人物,對西門府的影響力依舊持續至西門慶身亡為止。因此作者特意於第六十七回及第七十一回中,安排李瓶兒的魂靈兩度託夢與西門慶的情節,象徵西門慶大禍將至的預兆。觀此二回敘事:

> 良久,忽聽有人抓的簾兒響,只見李瓶兒驀地進來,……向床前叫道:「我的哥哥,你在這裡睡哩!奴來見你一面。……昨日蒙你堂上說了人情,減了我三等之罪。那廝再三不肯,發恨還要告了來拿你。我待要不來對你說,誠恐你早晚暗遭他毒手。我今尋安身之處去也,你須防範來!沒事,少要在外吃夜酒。往那去,早早來家。千萬牢記,奴言休要忘了。」(第 67 回,頁 1084)

> 李瓶兒叮嚀囑付西門慶:「我的哥哥,切記休貪夜飲,早早回家。那廝不時伺害於你,千萬忽忘此言,是必記於心者!」言訖,撒手而別,……西門慶急向前拉之,恍然驚覺,乃是南柯一夢。(第 71 回,頁 1164~1165)

此兩段文字所描述的情景,前者乃於西門府籌辦李瓶兒葬禮之際,後者則在西門慶官升正提刑之時,皆處於西門府家道興旺的階段。但是細觀兩段夢境的內容,即便西門慶的運勢如日中天,李瓶兒依舊苦勸西門慶切莫徹夜貪歡不歸,恐花子虛的冤魂伺機索命。

固然吾人能將此兩段夢境視為無稽之談,或者乃尋常妻妾規勸丈夫之箴言,但是誠如張竹坡評此二兩段夢境所云:「此回瓶兒之夢,非結瓶兒,蓋預報西門之死也。至何家託夢,方結瓶兒。」〔註79〕足見李瓶兒之言,正是西門慶將死的預兆。從小說第七十九回的內容可知,西門慶係受潘金蓮餵食過量胡僧密藥,導致脫陽而死;〔註80〕然而在其當夜回府途中,曾在石橋下為一不明黑影所驚唬:

> 打馬正過之次,剛走到西首那石橋兒根前,忽然見一個黑影子,從橋底下鑽出來,向西門慶一拾,那馬見了只一驚躲,西門慶在馬上

〔註79〕〔明〕蘭陵笑笑生著,劉輝、吳敢輯校:《《金瓶梅》會評會校》第 4 冊,頁 1340。

〔註80〕第七十九回敘述西門慶由韓道國處返家,至潘金蓮房中就寢時潘金蓮欲貪圖淫樂,而餵食胡僧藥三丸入西門慶口中,導致西門慶精盡體衰。並在百般醫治無效之際,潘金蓮又趁夜與其交合,更令其昏迷數次。參〔明〕蘭陵笑笑生:《金瓶梅詞話》第七十九回,頁 1377~1385。

> 打了著個冷戰，醉中把馬加了一鞭，……西門慶下馬，腿軟了，被
> 左右扶進，徑在前邊潘金蓮房中來。（第 79 回，頁 1376）

雖然作者並未深入描述黑影的本質為何，但是若吾人回顧李瓶兒在夢境所云，便能聯想到此一黑影當為花子虛的冤魂，趁西門慶徹夜貪歡之際欲置其於死地。由此可見，李瓶兒託夢西門慶的意義，或許顯示報應分明不爽，但更重要的是其於西門府家道興隆時，出此不祥之言，正是重陽由盛轉衰意象的投映及詮釋。證明重陽敘事在《金瓶梅》的情節架構中，確實象徵西門府家道中衰的階段，並未因敘事長短而有所影響。

因此在《金瓶梅》的時間佈局與情節架構中，重陽同時具有李瓶兒病重及西門府中衰兩層意義。但是二者之間並非毫無關聯，因為作者為了使重陽由陽轉陰的意象，具體呈現在西門府的家道之中，必以李瓶兒的生平為媒介，方能透過其行為舉止實際影響西門府的運勢。故李瓶兒病發重陽的事件產生，即為西門府由盛轉衰的重要關鍵。雖然在李瓶兒身亡之後，西門慶個人財勢達到鼎盛，似乎並未因李瓶兒身亡而有所影響。但是作者在此期間，特意安排李瓶兒兩度託夢的情節，並與西門慶身亡前受鬼祟驚嚇的場景進行連結。足證重陽的意象在李瓶兒身上得以彰顯，預言西門府家道自重陽之後邁入中衰。

小結

秋季處於夏冬之交，乃歲時中第三個季節，在自然運行的規律上乃陽氣衰敗、陰氣勃興的時機。在陰陽衝突與冷熱失調的影響下，肅殺氣息伴隨時疫瀰漫世間，導致萬物的生命歷程迎向終止。在自然循環主導生活日常的中國傳統社會中，秋季代表作物收成的季節，百姓在收成之後進入閒暇階段，便有餘裕進行大規模的收穫祭典或娛樂活動。但是在如此祥和的氣氛中，統治者為了遵循時氣變化與因應百姓作息，故多在此時殺伐爭鬥以及決斷生死，致使秋季人文意涵趨於矛盾。因此位於秋季的重大節日如中秋、重陽，雖然表面上乃親友團聚的吉慶節日，然而例如重陽位於重九之日，卻緣起於古代躲避邪祟的儀式，亦具有明顯的矛盾性質。

中秋源於古代秋分拜月的儀式，最早自周代開始，百姓便視日月為天的具體形象，故須擇定適當的時日予以祭祀。在傳統的二十四節氣之中，秋分由於太陽直射赤道，造成晝夜呈現均等的現象，並且氣候亦逐漸由熱轉冷，

故被視為祭祀月亮的最佳時機。中秋雖然位處陰曆八月十五日，但是若配合陽曆的曆法計算，正好與秋分的日期相近，逐漸取代秋分的拜月儀式與意義。然而直至兩宋時期，中秋方正式成為民俗節慶，並且不分貴賤老幼皆熱衷於此日賞月遊行，呈現歌舞昇平的富麗氣象。明代不僅繼承前朝中秋賞月的風俗，更藉由製作精巧新穎的各式月餅，以強調中秋團圓的意義。

在《金瓶梅》的時間佈局中，中秋亦是重要的節日之一。雖然作者並未多加描述西門府慶賀中秋的場景，但是由於八月十五日乃吳月娘的生辰，因而被賦予特殊的情節意義。吳月娘身為西門慶的正室，被視為傳統賢妻良母的典型人物，亦是掌理西門府內務、姜室與僕役的重要人物，對於西門慶的事業發展功不可沒。尤其作者安排中秋為吳月娘的生辰，當欲藉由其形象與作為，傳達家庭圓融和樂的美好意象。然而深入檢閱吳月娘的性格與作為，處處充滿與賢妻良母形象相反的瑕疵，反而呈現冷酷無情、治家無方的破綻。諸如侵占李瓶兒的財物、默許艾炙官哥的錯誤療法、縱容潘金蓮與陳經濟等等，無不凸顯吳月娘治家無方的罪過。是知在《金瓶梅》的情節架構中，作者有意透過吳月娘與中秋的關聯，產生衝突且矛盾的意象，不僅符合秋季的意涵，更處處彰顯西門府中亂象叢生的情景。因此繼端午的外患寓意之後，中秋代表西門府運勢中內憂產生的階段，將西門府導入衰敗的趨勢。

重陽始於古代祭祀火神的儀式，在原始社會中火不僅是生活必備的物質，更是光明與暖熱的來源和象徵。因此每當象徵大火的心宿二於季秋隱退，寒氣全面籠罩世間，百姓須舉行儀式酬謝及恭送火神離去。另外在傳統的陰陽觀念中，重陽所在的九月九日乃陽數之極，陽氣自此日後將面臨由盛轉衰的處境。故此日被視為邪祟與時疫蔓延的時刻，是繼端午之後另一險惡之日，須進行相應的儀式與活動躲避邪祟。《金瓶梅》對於重陽節俗的記載不多，以飲菊花酒與賞菊為主，皆與菊花的關聯密切。菊花自古具有多重的意義，其中對於重陽而言，百姓最青睞延年益壽的醫療效益，透過將菊花釀製成酒，希望獲取長生不老。然而飲菊花酒的風俗流傳至明代，百姓逐漸重視物質享樂的水平，開始強調菊花酒的口感與風味。在此種風氣的助長下，明人亦注重從唐代開始的賞菊風氣，並且藉由農業技術改良菊花品種，大大刺激百姓賞菊的意願。甚至產生庶民與貴族相同，講求在賞菊時所處的環境必與菊花有關，無不呈現重陽世俗化的傾向。

重陽於《金瓶梅》為繼中秋之後另一主要節日，雖然此日並非小說人物

的生辰，卻與李瓶兒的生平息息相關，象徵西門府的中衰。作者有意將重陽由盛轉衰的意象，融入平常的敘事之中，必須先行將此意象投射在小說人物身上，藉此合理化與深化情節發展及意義。李瓶兒即為左右西門府家道的關鍵人物，因為在她的生平之中，元宵與重陽分別出現於起始和終點，在歲時的人文意象中正是興榮與中衰的表徵。故李瓶兒病發重陽的事件，不僅代表其將死於重病的折磨，更象徵西門府的運勢將出現重大轉折。作者為了從情節凸顯重陽的意象，遂透過李瓶兒在西門府家道鼎盛時託夢的方式，透漏西門慶死亡的預兆。因此在端午與中秋所呈現的外患內憂之後，西門府家道發展至重陽之際進入中衰的階段。即便重陽之後西門慶運勢如日中天，卻依舊無法挽回衰亡的命運。

由此可見，秋季節令在《金瓶梅》的情節框架中，代表西門府日趨衰頹的運勢。無論中秋或者重陽，兩者在敘事情節中傳達的意象，皆與敘事文字所呈現的喜慶氣氛截然相反，符合秋季陰陽衝突、寒暑失調的矛盾現象。足見作者有意藉由富麗堂皇的場面敘述，烘托悲涼慘澹的情節意義，營造出明顯的冷熱對比。並透過吳月娘的性格瑕疵，和李瓶兒的生命悲劇，勸戒世人持家嚴謹的重要性，以及禍福相依的無常感。

第五章 《金瓶梅》歲時節令書寫之影響析論

　　時間是小說組成的重要元素，亦是情節能夠順利推動的關鍵所在。尤其對於中國古典小說而言，時序不只是單純的時間標準，而是融合特定的人文表徵與思想，宣揚作者的創作理念和思維。縱使在人類的現實生活內，時間屬於可以經驗的事物，而非抽象的哲理化概念。但是當人類意識到時間實質存在的剎那，便寄予不同於以往的意義，甚至成為小說連結現實和虛擬的橋樑。

　　楊義在《中國敘事學》闡述時間意識對於人類的重要性，以及如何影響小說創作的技巧：

　　　　時間意識的產生，意味著人們對天地萬象生生不息、變動不居的認
　　　　識和把握，開始脫離了混沌迷茫的狀態，逐漸進行秩序性的整理；
　　　　同時也開始了對於人自身的生老病死、長幼延續的生命過程的焦灼
　　　　的經驗。時間意識一頭連結著宇宙意識，另一頭連著生命意識。時
　　　　間由此成為一種具有排山倒海之勢的，極為動人心弦的東西，成為
　　　　敘事作品不可迴避的，反而津津樂道的東西。〔註1〕

在人類初始的感官經驗中，時間是抽象卻真實的存在，無法用具體的形式加以理解。幸而透過天象與物候的觀察，人類逐漸掌握時間的規律和本質，進

〔註1〕楊義：《中國敘事學》，《楊義文存》第一卷（北京：人民出版社，1997年），
　　　　頁120。

行秩序性的歸納整合，而產生基本的時間意識。與此同時，人類開始體悟時間與生命的關聯，了解生老病死屬於時間流逝必經的過程，凝聚成更複雜深刻的時間意識。可見時間是串聯宇宙時空和生命歷程的中樞，尤其在小說創作的技巧上更是無法忽略的議題，因為時序推進多數寄寓作者的生命感觸，成為既客觀又主觀的存在。

在《金瓶梅》的時間布局中，歲時節令是貫串西門府日常生活的重要元素，除去自然時間循環的基本因素之外，作者有意將人物的命運、性格和節令的文化意象連結，用來指引西門府的興衰歷程。特別在若干重要節令如元宵、端午、中秋都是人物的生日，展現天象、環境、人物、文化多重的結合，成為《金瓶梅》重要的敘事結構。尤其《金瓶梅》身為明清家庭小說的典範著作，不論人物描寫、情節規劃、語言藝術都是後人效仿的對象，則小說中歲時節令書寫的技巧是否一併被後世繼承，也是值得探討的議題。筆者在此章彙整本文第貳章至第肆章的研究成果，將《金瓶梅》歲時節令書寫的敘事技巧分類釐清，進一步探討此書對於後世長篇家庭小說的影響。

第一節　節令鋪排的敘事結構

《金瓶梅》以西門府的家道興衰為主軸，透過西門慶由暴富至猝死的過程，深入描繪明代庶民社會的世情百態。根據魏子雲為小說編年紀事的結果，西門慶的故事始自政和三年（1113）而終於重和元年（1118），前後經歷共計六年。〔註2〕此段歷程看似短暫，但是作者一方面須完整陳述地方豪強發跡的過程，另一方面則置入大量日常的瑣碎紀事以求寫實，即便《金瓶梅》的體裁屬於長篇小說也非易事，有賴於作者營造敘事結構的技巧。

面對如此繁複的情節線索，《金瓶梅》透過虛擬時間的布局，合理化西門府家道興衰的歷程，同時賦予深刻的哲理意義。查閱《金瓶梅》歲時節令的種類，計有十五種節令單獨或反覆作為背景。筆者將各節令出現次數與分布回目整理成下表：

〔註2〕魏子雲：《《金瓶梅》編年紀事》（臺北：巨流圖書公司，1981年），頁1～42。

表一：《金瓶梅》歲時節令分布回目一覽

季　節	節　令	出現回目	節俗活動	出現次數
春	春節	78	祭祀天地祖先、拜年、投遞門簿	1
	初九	14	玉皇廟打醮	3
		39	玉皇廟打醮	
		78	無	
	元宵	15	賞燈、彈唱燈詞	4
		24	賞燈、放花炮、走百病	
		43～44	賞燈、放花炮、彈唱燈詞、走百病	
		79	無	
	清明	25	打鞦韆	3
		48	墓祭	
		89	墓祭、踏青	
夏	芒種	52	無	1
	端午	6	無	4
		16	插艾葉、挂靈符、解粽	
		51	製作絨線符牌兒、各色紗小粽子、解毒艾虎兒	
		97	吃雄黃酒、解粽	
	三伏	8	無	3
		27	避暑	
		30	避暑	
秋	中元	35	中元醮	3
		83	盂蘭會	
	白露	29	無	1
	中秋	19	無	5
		33	無	
		59	無	
		83	賞月	
		95	無	
	重陽	13	賞菊	2
		61	賞菊、飲菊花酒	
冬	立冬	64	天子祭太廟	1
	冬至	71	天子祭南郊	1
	臘八	22	吃粥	1
	除夕	78	爆竹、春勝、桃符、團聚	1

　　上表臚列各節令出現的回目、次數以及節俗，可以看出《金瓶梅》在時間布局上呈現的概要。

　　面對《金瓶梅》的十五種節令，如何建立標準篩選與西門府家道緊密連結的節令，實際上難以保持全然客觀的態度。因為節令是百姓生活中重要的休止階段，〔註3〕尤其節令的形成因素不同，對於百姓而言各有獨特的意義，諸如春節乃歲時之首、清明為追思之際、中秋即團聚之時，無法以對百姓重要與否作為篩選條件。根據筆者淺見，由於節令是傳說、信仰、風俗的載體，小說作者為了強調節令對於情節的重要性，須以完整而細緻的筆法，陳述度過節令的過程，包含節俗的進行、飲食的風尚等。無論作者描述節令的篇幅長短，只要作者能夠完整陳述節令期間所發生的事件起伏，必能透過節令意象的催化，產生與情節發展的緊密關聯。

　　在此種標準檢驗之下，《金瓶梅》中和西門府家道相關的節令僅剩七種，分別是春節、元宵、清明、端午、中秋、重陽與除夕。〔註4〕這些節令分佈在四季之中，分別象徵西門府家道的發展階段，透過時間的流動形成不可逆轉的運勢，共同交織出西門府必然衰敗的命運。其餘節令如中元、冬至、臘八在歲時中亦是重要的時刻，但是礙於敘事不足之故，僅能作為《金瓶梅》純粹的時間標誌。例如冬至僅在第七十回中短暫提及：

> 不期到初十日晚夕，東本東衛經歷司，差人行照會到：「曉諭各省提刑
> 官員知悉，火速赴京，趕冬至令節見朝引奏謝恩，毋得違誤，取罪不便。」
>
> 西門慶道：「請問親家，你曉的，我還等冬至郊天畢回來見朝如何？」
> 翟謙道：「親家你等不的。冬至聖上郊天回來，那日天下官員上表朝賀
> 畢，還要排慶成宴，你們怎等的？不如你今日先鴻臚寺報了名，明日
> 早朝謝了恩，直到那日堂上官引奏畢，領箚付起身就是了。」〔註5〕

〔註3〕李豐楙以古代蜡祭為例，指出人類在從事勞動的平常時間中，需要在特定的時間點上從事休閒娛樂，作為再度勞動的動力來源。節令的存在便是以神聖、神秘的方式，合理化這種非常的休止狀態。參氏著：〈由常入非常——中國節日慶典中的狂文化〉，頁134。

〔註4〕由於《金瓶梅》的冬季節令僅見除夕，以及礙於相關敘事不足，難以透過獨立篇章進行研究。筆者有鑑於自古除夕與春節的關聯密切，故將除夕併入春節處一併探討。

〔註5〕〔明〕蘭陵笑笑生：《金瓶梅詞話》第七十回，見梅節校訂：《夢梅館校本金瓶梅詞話》（臺北：里仁書局，2007年），頁1142～1144。以下引用本書，為免冗蕪之累，均採隨文引注方式。

冬至只表示新晉官吏赴京謝恩的日期，與西門府的家道發展毫無關聯。另如中元雖然在第三十五回和第八十三回中兩度出現，卻無法發現和西門府家道更為密切的關聯：

> 那白來搶還不去，走到廳上又坐下了，對西門慶說：「……昨日七月內，玉皇廟打中元醮，連我只三四個人兒到，沒個人拿出錢來，都打撒手兒。難為吳道官，晚夕謝將，又叫了個說書的，甚是破費他。……不久還要請哥上會去。」（《金瓶梅》，第 35 回，頁 509）

> 次日卻是七月十五日，吳月娘坐轎子出門，往地藏庵薛姑子那裡，替西門慶燒蘭盆會箱庫去。……獨金蓮落後。走到前廳儀門首，撞遇經濟，正在李瓶兒那邊樓上尋了解當庫衣物抱出來。金蓮叫住，便向他說：「昨日我說了你幾句，你如何使性兒今早就跳撲出來了，莫不真個和我罷了？」（《金瓶梅》，第 83 回，頁 1435）

第三十五回是白來創往西門府蹭飯，遂和西門慶閒談之餘，論起十弟兄中元醮祀無人領頭的窘境。第八十三回描述吳月娘赴地藏庵，替西門慶燒庫銀，潘金蓮便趁四下無人時和陳經濟調情。從這兩則與中元相關的情節分析，中元的書寫雖然出現中元醮和燒庫銀兩樣節俗，但是對於情節推動的助益不高，甚至可以使用任一節令與中元替換，若強行推論其中關聯則流於臆測。因此《金瓶梅》作者區別重要和一般節令的方式，並非著眼於篇幅的長短或次數，而是完整呈現節令活動，以便隱藏西門府發展的跡象。

然而為何作者必須利用節令，作為《金瓶梅》的敘事結構？誠如楊義所云：

> 一篇敘事作品的結構，由於它以複雜的型態組合著多種敘事部分或敘事單位，因而它往往是這篇作品的最大的隱義之所在。他超越了具體的文字，而在文字所表述的敘事單元間或敘事單元之外，蘊藏著作者對於世界、人生以及藝術的理解。……以敘事結構呼應著「天人之道」，乃是中國古典小說慣用的敘事謀略，是它們具有玄奧的哲理意味的秘密所在。〔註6〕

在中國敘事文學的建構過程中，作者往往將體悟、品味等思維投映在結構，傳達出超越文字所能表述的訊息。對於小說作者而言，透過天道或天象呼應人道或人情的運作，乃是展現個人思維的慣用手法。

〔註6〕楊義：《中國敘事學》，頁 39。

　　為了釐清《醒世姻緣傳》、《林蘭香》、《紅樓夢》的情節是否有賴於節令推動，筆者即以《金瓶梅》的敘事結構為依據，將各小說中春節至除夕期間的事件經歷臚列如次：

一、《醒世姻緣傳》──宣揚果報的勸世宗旨

　　《醒世姻緣傳》描述晁家與狄家，共同經歷兩世姻緣的愛恨糾葛，透過晁源射殺狐精為故事源頭，陳述他因生前冷落正妻計氏，而寵愛小妾珍哥，死後轉世為一懼內男子狄希陳，飽受狐精與計氏投胎的妻妾凌虐。東嶺學道人（？～？）評此書的創作主旨云：

> 原書本名《惡姻緣》，蓋謂人前世既已造業，所世必有果報；既生噁心，便成惡境，生生世世，業報相因，無非從一念中流出。若無解釋，將何底止，其實可悲可憫。能於一念之惡禁之於其初，便是聖賢作用，英雄手段，此正要人豁然醒悟。〔註7〕

《醒世姻緣傳》以兩段不圓滿的姻緣為題材，意在宣揚因果循環的勸世觀念，警惕世人莫起惡念。書中確實刻劃晁家及狄家的日常生活，卻未如《金瓶梅》以家庭的興衰起伏為主軸，多數呈現人物遭受果報懲戒的悲苦情狀。因此《醒世姻緣傳》的情節是否有賴歲時節令推動，有待深入探討，試觀下表所列：

表二：《醒世姻緣傳》節令與事件一覽

回 目	節 令	事 件	後 續
3	除夕	晁源祖父託夢驅邪，並懲戒珍哥。	晁源自此逐漸康復，不曾遭狐精報復。
	元宵	計氏和珍哥為送禮事不合。	晁太公再次託夢，叮囑晁源攜《金剛經》投奔父母處。卻連續發生火燒雍山莊，以及珍哥小產。
7	春節	晁源赴京入監就學。	無
	元宵	回通州與珍哥過節。	聖駕欲親征邊關，晁知縣慌求致仕。
29	端午	許真君赴狄府化齋。	護佑薛府眾人不遭水難。
36	春節	沈裁縫貪利而減縮縣官圓領尺寸。	沈裁縫無法賠償縣官圓領，僅能賣女入晁府為婢。

〔註7〕〔清〕東嶺學道人：〈凡例〉，收入〔清〕西周生：《醒世姻緣傳》（臺北：聯經出版事業公司，1991年），卷前。以下引用本書，為免冗蕪之累，均採隨文引注方式。

49	春節	晁梁行冠禮。	無
54	重陽	狄員外置酒宴請童家。	尤聰欺主凌人而遭雷擊，狄周因凡事替其遮掩亦遭波及。
67	春節	常功欺詐艾回子皮襖，四處拜節誇耀。	狄員外命常功歸還皮襖，反遭艾回子藉此事勒索財物。

　　《醒世姻緣傳》提及春節、元宵、端午、重陽、除夕，缺乏清明、中秋兩項節令。其中春節四度出現於情節之中，貫串小說的情節始末，其餘除夕、元宵、端午僅出現一至二次不等，整體而言出現頻率並不均等。

　　相較於《金瓶梅》節令的多樣性和重複性，《醒世姻緣傳》未將節令循環視為具體的敘事結構。不僅節令的意象無法連結晁家或狄家的家道，相同節令所發生的事件性質也不一致，呈現破碎而單調的敘事職能。以春節為例，雖然作者四度提及春節，卻沒有詳述期間發生的事件或人物，只以寥寥數語簡略帶過。例如第七回和第四十九回曰：

> 晁大舍到了次年正月初二日，要進京去，趕初三日開印，與監裡老師、蘇錦衣、劉錦衣拜節。那時梁生、胡旦也都做了前程，在各部裡當差，俱與晁大舍似通家兄弟般相處，也要先去拜。他隨撥了夫馬，起身進了京城，仍到舊宅內住下。（《醒世姻緣傳》，第7回，頁93）

> 晁夫人擇了正月初一日子時，請了他岳父姜副使與他行冠禮；擇二月初二日行聘禮，四月十五日子時與他畢姻。這些煩文瑣事都也不必細說。（《醒世姻緣傳》，第49回，頁620）

春節象徵團圓、驅邪等吉慶意象，諸如晁源入監、晁梁行冠禮，皆是人生的一大喜事，似可與春節意象產生連結。但是作者沒有深入描述事件的經過，甚至以「這些煩文瑣事都也不必細說」作結，足以看出作者以春節為敘事背景非欲有所寄託，而是做為家庭生活的日常瑣事，顯示時間流動的跡象。

　　然而在第三十六回及第六十七回之中，作者卻一改簡略帶過的方式，詳細陳述春節間晁、狄二府發生的事件：

> 次日元旦，縣官拜過了牌，脫了朝服，要換了紅圓領各廟行香，門子抖將開來與官穿在身上，底下的道袍長得拖出來了半截，兩隻手往外一伸，露出半截臂來，看看袖子剛得一尺九寸，兩個擺裂開了半尺，道袍全全的露出外邊。……差人漸漸的催促緊將上來，無可奈何，只得把自己一個十一歲的女兒喜姐賣了完官。……晁夫人甚

是沉重。春鶯和小和尚萬分著忙，請人調理。到了七日，發表不出
汗來，只是極躁。小和尚想道：「我聽的人說：『父母有病，醫藥治
不好的，兒女們把手臂上的肉割下來熬了湯灌了下去就好。』這叫
是『割股救親』」……小和尚又取出帖子來看，止剩下一張空紙，並
沒有一些字跡。晁夫人說：「你等黑了燈下看，一定有字。」果然真
真的字在上面，眾人看了，甚是希奇。可見：孝順既有天知，忤逆
豈無神鑒？惡人急急回頭，莫待災來悔懺！（《醒世姻緣傳》，第36
回，頁468～475）

狄員外叫狄周到府裡買紗燈，叫把這皮襖捎還艾回子……艾回子道：
「我正待穿著往外去，他不由分說，奪了就跑，袖子裡還有汗巾包著
三四兩銀子。這一向蒙軍門老爺取在標下聽用，一日兩遍家進衙去，
有病看病，不看病合軍門老爺說會話兒，通沒一點空兒去要。這兩日
正等合軍門老爺講了，差家丁問你家裡去哩。」……這可見小人情狀，
只宜惡人行起粗來，他便懼怕；若是有好到他，他便越起波瀾。這艾
回子就是個式樣。（《醒世姻緣傳》，第67回，頁835～839）

第三十六回交代春鶯守寡的故事，其父沈裁縫因貪圖小利，而縮減縣官圓領
尺寸，縣官發覺後令沈裁縫重製圓領替代。豈知沈裁縫運勢不佳，無法購得
紅緞，只能將女兒賣給晁夫人為婢。後春鶯被晁思孝收用，而生子晁梁。第
六十七回則描述狄希陳刀瘡不癒，誤請庸醫艾回子診治無效而辭退，幫閒常
功便藉機敲詐艾回子皮襖得逞。狄員外獲悉此事即命家人物歸原主，哪知艾
回子恩將仇報意欲勒索財物，後因遭軍門追索廩糧方作罷。

　　此兩則事件雖有完整的情節陳述，除去拜年的節俗依舊無法看出與春節
意象的關聯，僅能推斷作者利用特殊的時間點，鋪陳具有濃厚勸世思想的情
節。沈裁縫貪財賣女一案，欲引導日後春鶯守寡生子的情節，以便透過晁梁
割肉救親一事宣揚孝道。作者自評曰：「孝順既有天知，忤逆豈無神鑒？惡人
急急回頭，莫待災來悔懺！」〔註8〕意在勸誡世人不行孝道者必招禍患。另外
艾回子忘恩負義之事，刻劃出小人得志猖狂的醜態，故作者云：「這可見小人
情狀，只宜惡人行起粗來，他便懼怕；若是有好到他，他便越起波瀾。」〔註
9〕警惕讀者防範小人的不善之心。

〔註8〕〔清〕西周生：《醒世姻緣傳》第三十六回，頁475。
〔註9〕〔清〕西周生：《醒世姻緣傳》第六十七回，頁839。

從《醒世姻緣傳》所有節令期間的事件分析，各事件的成因未必盡與節令意象相關，卻都宣揚果報思想。諸如重陽時狄家僕役尤聰欺主凌人，慘遭雷霆擊頂而死，作者乃言：「請觀作孽尤廚子，九月雷誅不順情。」〔註10〕告誡讀者須珍惜米糧。端午更是透過薛教授佈施許真君的情節，描寫薛家眾人得到庇佑方逃脫火難，作者指出：「若那時薛教授把他當個尋常遊方的野道，呼喝傲慢了他，那真君一定也不肯盡力搭救。所以說那君子要無眾寡、無小大、無敢慢。」〔註11〕呼籲世人慎勿以貌取人。

由此可見，《醒世姻緣傳》中節令間所發生的事件不僅和意象無關，更是由於勸世思想濃厚之故，情節的發展無不以懲惡揚善為主軸，造成事件的性質趨於一致。換言之，即便作者置換事件所發生的節令類別，亦無損於情節線索的發展走向。得證《醒世姻緣傳》節令的作用非如《金瓶梅》一般，只在小說的日常時間中形成特別的敘事焦點，襯托勸世思想的重要性。

二、《林蘭香》——女子生命的悲歡大觀

《林蘭香》的故事圍繞耿朗和妻妾的家庭生活展開，當取徑自《金瓶梅》的題材加以鋪陳，卻擁有截然不同的創作思維。作者自云：

> 合林蘭香三人而為名者，見閨人之幽閒貞靜，堪稱國香者不少，乃每不得于夫子，空度一生，大約有所掩蔽，有所混奪耳。……天地逆旅，光陰過客，後之視今，今之視昔，不過一梨園，一彈詞，一夢幻而已，……何不幸忽而生，忽而死，等於蜉蝣？又何幸而無賢無不肖皆留姓字於人間耶？〔註12〕

有別於《金瓶梅》以西門府興衰傳達果報的世情書寫，《林蘭香》的創作目的在於勾勒傳統女性的情貌樣態，防止女子才貌埋沒於深閨之中。因此作者筆下的女子或德行出眾、或才力過人，呈現嚴謹而端莊的女子大觀，不讓內容流於輕薄俗豔。然而在小說的婦女百態之下，作者又以耿府的興衰，作為情節推進的動力，展現好景不常、紅顏易老的歲月悲嘆。

因此相較於《醒世姻緣傳》單純以節令宣揚果報的形式，《林蘭香》的節

〔註10〕〔清〕西周生：《醒世姻緣傳》第五十四回，頁 687。

〔註11〕〔清〕西周生：《醒世姻緣傳》第二十九回，頁 388。

〔註12〕〔清〕隨緣下士著，〔清〕寄旅散人批點：《林蘭香》第一回，收入《古本小說集成》（上海：上海古籍出版社，1994 年），頁 1 上～2 下。以下引用本書，為免冗蕪之累，均採隨文引注方式。

令意象與事件性質關聯更為緊密，試觀下表所列：

表三：《林蘭香》節令與事件一覽

回　目	節　令	事　　件	後　　續
1	端午	耿家下聘迎娶燕夢卿。	燕玉被參包庇官吏行賄。
11	中秋	耿家向燕家議親再次迎娶燕夢卿。	天子嘉獎燕夢卿恪行貞孝，特賜孝女節婦牌匾。
13	元宵	耿府向宣家議親迎娶宣愛娘。	香兒不憤燕夢卿和宣愛娘多才，遂向耿朗進讒言。
17	春節	闔家團聚。	丁不識等人於春節間至勾欄飲酒會妓，因酒醉而與旁人鬧事。
18	元宵	彩雲、香兒酒醉同臥，受耿朗輕薄。	香兒趁機挑撥彩雲和燕夢卿不合。
22	端午	燕夢卿病癒。	泗國公耿忻病重，召集親族囑咐後事。
27	中秋	耿服如願迎娶渙渙。	丫鬟等依序向月光菩薩祝禱，枝兒等戲弄春畹拜了一拜，被愛娘取笑其為六娘。
30	重陽	耿朗生辰。	李寡婦因廣東人事掉落被耿朗責罰，豈料香兒早向耿朗搬弄是非，致使耿朗欲彈壓燕夢卿而出言諷刺。
32	春節	耿朗酒色過度而病重，燕夢卿遂割指入藥以救夫婿。	耿朗起死回生。
37	重陽	燕夢卿新亡。	耿朗夜夢燕夢卿，復又夢三彭拗戰，竟得燕夢卿和春畹相救。
40	清明	耿府上墳祭奠耿忻與燕夢卿。	眾人感念燕夢卿恩德。
41	端午	香兒與童氏密謀暗害春畹。	香兒欲以毒粽藥害春畹，不意卻被采艾所食。
42	重陽	耿朗與妻妾賞菊而思憶燕夢卿。	宣愛娘勸耿朗追尋耿服扇子來源。
43	元宵	康夫人與耿朗議定娶春畹為妾。	香兒私下意欲阻攔此事。
51	春節	耿朗追憶任香兒。	無

		清明	耿朗欲以佛事追薦任香兒，受眾人以家法勸阻。	法藏寺住持宗寅包庇輕輕和胡念庵私通，被彩雲得知後回稟耿朗，自此方打消追薦之念。
55		重陽	耿朗大病初癒，眾人追憶往事。	采菽、宿秀立志不嫁，願意入泗國府服侍春畹。
58		重陽	林雲屏、宣愛娘和春畹追憶往事。	林雲屏夜夢燕夢卿，不久旋卒。

除了除夕未曾出現之外，春節至重陽六項節令皆分佈在情節中。又以重陽出現五次居多，其次為春節、元宵各自出現三次，其餘清明、端午、中秋乃二至一次不等。

首先從春節的事件分析，《林蘭香》的春節敘事透過吉慶意象，鋪敘耿府由醜聞或災難逃脫的經歷。例如第十七回描述：

> （馮世才、丁不識、鄧通賢）二更後都已沉醉，順步走至勾欄行院，一家門首。……三人錯認，一齊亂打。眾幫閒亦來亂拉，三家家奴俱各大醉，只道幫閒無禮，都來與幫閒亂鬥，金錢兒早亦走脫。……直打出勾欄巷口之外，相打者如山崩水湧，觀鬥者似蟻聚蜂屯。（《林蘭香》，第17回，頁4下～8上）

馮世才、丁不識、鄧通賢與耿朗同朝共事，平日與耿朗稱為莫逆之交，卻皆是沉迷酒色的惡少。因此燕夢卿甚早勸戒耿朗遠離此輩，唯恐日後惹禍上身。果然馮世才等人於春節時往勾欄嫖娼，因被一妓作詩諷刺便大鬧勾欄，甚至在大街上誤認他人為嫖客而大打出手。後被御史捕獲投入三法司勘問，凸顯燕夢卿的高瞻遠矚。

又如第三十二回所示：

> 誰知耿朖在家酒色過度，精神散耗，感冒風寒，一臥不起。……（燕夢卿）人不知鬼不覺，悄悄來到正樓下去看煎藥，即將一段小指安放在內。此後耿朖二目不睜，足睡了半天一夜。次早醒來，血氣流通，精神頓長。（《林蘭香》，第32回，頁5上～6上）

此回描述耿朗在家酒色過度以致一病不起，造成耿府上下驚慌失措。唯有燕夢卿試圖以誠意動天，選擇割去小指入藥救夫，耿朗服下後確實起死回生，徹底展現燕夢卿的堅毅賢淑。足見小說中春節敘事重點，在於耿府如何在燕夢卿的引領下化險為夷，體現婦女才行出眾的風範。

《林蘭香》的元宵敘事充滿合家歡娛的場面，卻暗伏家庭衝突的線索。

例如第十三回所云：

> 香兒道：「我想婦女們又不應考，何必學習詩文？燕家姐姐的和韻詩
> 幸而遇著自家姊妹，倘若是遊冶浪子假作，豈不惹人訕笑？燕家姐
> 姐乃細心人，為何想不到此？就是宣家姐姐，亦未免多事。況且婦
> 女們筆跡言語，若被那些輕薄子弟得了去，有多少不便處！」耿朗
> 聽了，半晌不言語。（《林蘭香》，第 23 回，頁 7 上～7 下）

任香兒以侍妾身分入府，對燕夢卿、宣愛娘等人心懷妒忌，成為家庭失和的
關鍵人物。因此當任香兒得知燕、宣和韻的佳話後，反而趁機向耿朗指責兩
人恃才傲物，實乃有違婦道之舉；耿朗亦未仔細思量而聽信讒言，從此埋下
疏遠燕夢卿的禍端。

另外在第十八回中，任香兒進一步向其他妻妾屢進讒言，挑撥燕夢卿和
他人的關係：

> 彩雲道：「那個要睡？是汀煙說，夜來若不虧二娘，咱兩還不知被他
> 如何戲弄。」香兒道：「好個呆人！昨夜若非二娘勸酒，咱兩必不至
> 醉。醉是他教醉，他人作好人，這到不必。……」彩雲聽罷，不往
> 點頭。（《林蘭香》，第 18 回，頁 1 下～2 上）

元宵時耿朗和妻妾宴飲為樂，平彩雲和任香兒酒醉不起，而遭耿朗輕薄，所
幸燕夢卿命丫鬟扶二人回房方止。然而酒醒後，任香兒認為此事出於燕夢卿
勸酒，唆使平彩雲一同敵視燕夢卿，導致日後妻妾矛盾擴大。因此《林蘭香》
的元宵敘是用繁榮的表象，掩蓋家庭不和的遠因。

《林蘭香》的清明敘事發生在燕夢卿新亡之後，作者以合族大小上墳哀
悼的場面，表示紅顏薄命的惋惜之意：

> 耿家因耿忻、夢卿兩個新墳，合族大小，無一人不到。……康夫人
> 信了香兒的言語，教童觀隨需有孚協辦管家事務，耿家自此人心多
> 有不服矣。（《林蘭香》，第 40 回，頁 8 上）

此回重點雖是凸顯燕夢卿對於耿府的重要性，但是從後續康夫人安排家務的
舉動而論，不可輕忽清明預示災禍降臨的重要性。因為康夫人聽信任香兒的
讒言後，令童觀協理家務，造成耿府僕役人心浮動。如果《林蘭香》的元宵敘
事在於製造家道衰頹的遠因，則清明敘事繼之而起旨於揭發家庭衝突的直接
因素，步步引發情節的高潮。

端午是歲時的大凶時刻，反映在小說中代表家庭變故發生。綜觀《林蘭

香》的三次端午敘事,不論發生地點是否位於耿府,皆是災難或事變發生的時刻。諸如第一回燕玉受酷吏彈劾、第二十二回泗國公耿忻病危皆是如此,但是對於耿府來說最嚴重的影響當發生在第四十一回:

> 香兒笑向采艾道:「這都是春姨娘將此子養壞,看見食物如此嘴饞。然這是冷貨,給他吃不得,由他拿去作耍罷。」……這邊采艾將粽子吃完,方纔一同進東一所不提。……到晚間采艾的粽子毒日久突發,吐瀉不止。(《林蘭香》,第41回,頁4上~9上)

春畹原是燕夢卿的貼身丫鬟,自燕夢卿死後盡心照護其子耿順,故深受府中上下敬重,甚至被議立為耿朗的第六房妾室。任香兒自此妒意橫生,遂和僕役童氏、童觀合謀置春畹於死地,方法即在端午艾粽下毒,復令采艾兩人回奉春畹。豈料在歸途中采艾獨自食用,才讓春畹逃過一劫。此處不僅刻劃任香兒陰險狠毒的形象,更藉由端午惡日的意象製造情節高潮,象徵家道發展的禍患阻礙。

中秋是闔家團聚的代表節令,《林蘭香》作者安排耿朗迎娶燕夢卿的情節,彌補兩人因燕玉遭貶而被拆散的遺憾。然而在團圓的美好意象下,作者隱藏燕夢卿早死和春畹扶正的預兆,試觀第二十七回所述:

> 愛娘又教枝兒、春畹、喜兒、汀烟、綠雲來拜。枝兒笑道:「我們拜個甚麼?」愛娘道:「呆丫頭。鎮日家服事,難道分不得一分福物?」喜兒道:「我們只作謝賞,便拜拜何妨!」因合枝兒、汀烟、綠雲扶定春畹,七手八腳,春畹不防就拜了一拜。愛娘道:「今日大喜,又有了六娘也。」……平素間雲屏、愛娘見春畹居心行事頗似夢卿,便有不捨之意。且又私相議論,寧娶大家奴,不娶小家女。若使春畹居四娘五娘之位,必不在他兩人以下。(《林蘭香》,第27回,頁4下下~7上)

中秋當晚宣愛娘命丫鬟禮拜月光菩薩,眾人便戲弄春畹下拜而稱她六娘。此種行為固然屬於閨閣調笑,但是從林雲屏和宣愛娘的議論之中,便可知曉平素眾人即因春畹行事頗似燕夢卿,早有立春畹為六房的念頭。日後春畹果被立為六房,卻因燕夢卿早已撒手人寰,為耿府的家庭團聚增添遺憾。是知《林蘭香》的中秋敘事藉由人事變遷的缺憾,傳達人去樓空的不足及缺憾。

重陽乃炎夏和寒冬的交會時刻,在自然運行與人文意象中有衰退之意。《林蘭香》作者沿襲此意象呈現家道中衰的境況,例如第三十回所述:

是時屋內正無一個侍女，耿睍眼尖，見門檻邊落一物件。走去看時，却是一枚廣東人事，不覺大驚。……多時李寡婦走來，兩眼如鈴，四處亂瞅。猛然看見，挨身去取，已自拾在袖內。……誰知耿睍早有香兒的讒言在心，便大聲道：「雖說一介老婢不足重輕，然使五房少女盡皆效尤，成何體統？向來誤聽人言，壞却許多家法。今日須行己見，整立一切規模！」夢卿聽了這樣聲口，分明是因己而發，恰與春畹所述采蕭之言相符。（《林蘭香》，第 30 回，頁 1 下～2 下）

此回描述重陽間僕役向家主行禮，不料李寡婦身藏的廣東人事遺落，被耿朗發現採取重罰。燕夢卿本欲勸阻耿朗張揚此事，豈知耿朗聽從任香兒讒言認為燕夢卿自恃才高，欲獨斷家事而出言諷刺，燕夢卿自此不再出言規勸。此次事件固然可視作妻妾失和所引發的紛爭，但是誠如寄旅散人（？～？）所評：「此回比上回更深一層。此回之彰穢惡，視上回之抱怨泄讒為不虛。……上回乃虛寫耿燕反目之由，此回乃實寫耿燕反目之事。」〔註 13〕燕夢卿是耿府持家的重要人物，因此耿朗聽信任香兒而疏遠燕夢卿之舉，實已萌生耿府家道初衰的源頭，助長小人得勢的亂象。

又如第五十八回所述，重陽時林雲屏與宣愛娘邀春畹過節，當夕燕夢卿隨即入林雲屏的夢中，宣告眾人的大限之期：

（林雲屏）一夜未睡，至次日昏昏沉沉的一天，晚間醒來道：「纔夢見二娘坐了轎來按我，說官人與四娘、五娘反目，屢次要送回娘家。因有了兒子，難以遽絕，務要我去和解。……又說，告訴宣家姐姐、田家妹妹，俟豬鼠之年，再行相見。大約我亦不久於人世了，我誓不服藥，我死後諸事從儉，切不可招搖耳目……」愛娘、春畹千方百計勸進藥餌，再不依允，遂於第三日終于正寢，享年五十歲。（《林蘭香》，第 58 回，頁 5 上～6 上）

此回描述燕夢卿入林雲屏之夢，告知她和宣愛娘、春畹的大限之日，果然三日後林雲屏旋即辭世。雖然耿府的家業因子嗣健在，不曾因耿朗或其妻妾辭世而造成嚴重影響，但是隨著舊人逐一凋零，耿府無法恢復原先家庭同歡的盛況。

由此可見，《林蘭香》的歲時節令書寫大致承襲《金瓶梅》，是由節令意象為基礎鋪陳特定事件，建立起家道發展的逐步階段。但是檢視作者運用節

〔註 13〕〔清〕隨緣下士著，〔清〕寄旅散人批點：《林蘭香》第三十回，頁 9 上～9 下。

令的方式，可以發現《林蘭香》對於節令和事件關聯的詮釋，與《金瓶梅》不盡相同。綜合以上論述的結果，《林蘭香》的春節至清明的功能，在於鋪陳端午的災變，至中秋則轉為感慨人事無常的光景，並於重陽展現家道中衰的處境。在如此安排之下，可以發現《林蘭香》中耿府的家道，沒有明顯的起始及終結，原因在於小說的創作動機，以勾勒傳統婦女的生命歷程為主，所以家道的興衰反而成為陪襯，迥異於《金瓶梅》始終凸顯西門府由盛轉衰的歷程，因此《林蘭香》的節令布局無法形成完整的敘事結構。然而作者仍有意識地連結節令意象和家道發展，可以看出《林蘭香》繼承《金瓶梅》的特色所在。

三、《紅樓夢》──傳統世族的興衰歷程

《紅樓夢》是中國小說史上的創作高峰，亦是繼《金瓶梅》之後另一偉大的家庭小說，即如向愷所云：「《紅樓夢》不僅是這一時期世情小說的頂峰，而且是整個世情小說史乃至整個中國小說史的顛峰之作。」〔註14〕在本文所列舉的家庭小說中，《醒世姻緣傳》、《林蘭香》、《紅樓夢》各自繼承《金瓶梅》的不同藝術特色：《醒世姻緣傳》宣揚因果報應、《林蘭香》刻劃女子情致，《紅樓夢》則完整繼承《金瓶梅》陳述家庭或家族覆滅的過程，大幅展現世情萬象及人情變遷。

雖然《紅樓夢》可視為《金瓶梅》創作的餘緒，但是在題材方面，《紅樓夢》則展現出截然不同的敘事角度。《紅樓夢》描述傳統封建世族的家庭日常，並以榮、寧二府與史、王、薛三家的婚姻關係，構築出大家族的規模，不同於《金瓶梅》中庶民小家庭的生態。然而無論《紅樓夢》所展現的家庭書寫，如何顯示與前人不同的視角，作者鋪敘賈府由盛轉衰的意義與創作動機無可置疑，與《金瓶梅》相同仰賴歲時節令的推動。觀下表所示：

表四：《紅樓夢》節令與事件一覽

回 目	節 令	事 件	後 續
1	中秋	賈雨村受甄士隱資助，進京趕考	無
	元宵	甄家僕役霍啟抱英蓮賞燈	霍啟小解片刻，竟令英蓮被拐子擄走。
18	元宵	元春省親，闔府團聚	無

〔註14〕向愷：《世情小說史》（杭州：浙江古籍出版社，1998年），頁5。

30	端午	金釧兒和寶玉調笑，被王夫人察覺而逐出府中	金釧兒含羞自縊，寶玉遂因此事與私交戲子琪官，一併受賈政重責。
53	除夕	賈母率合族男女祭祀宗祠	無
	春節	元春生辰，賈母等人入宮朝賀	無
	元宵	賈府團聚娛樂	鳳姐因操勞過度而小產
58	清明	賈寶玉因病無法同往鐵檻寺祭祀	寶玉在大觀園中感悟年華易老之理。
70	清明	林黛玉重新創建桃花社，眾人即以柳絮為題填詞	眾人填詞畢，忽有風箏墜於竹梢，即命丫鬟各取出自家風箏放晦氣。
75	中秋	寧府賈珍率妻妾夜宴，卻聞得牆下有人長嘆，祠堂內亦有槅扇開闔之聲	賈母欲率賈府上下賞月作樂，然而許多親眷卻無法到場。

　　《紅樓夢》共描述春節、元宵、清明、端午、中秋、除夕六項節令，在歲時的重要節令中獨缺重陽。以各節令的出現次數計算，元宵共計三次居多，其次乃清明和中秋各為兩次，春節、端午、除夕僅見一次為末，整體而言呈現均等的分布。從節令意象與事件性質的關聯分析，《紅樓夢》的歲時節令與賈府興衰具有密切關係，各節令所象徵的家道發展階段特徵鮮明。

　　春節是賈府備受重視的節令，原因不僅是此日為闔家迎春的時刻，更是大小姐元春的生辰。元春本為朦朧的存在，因為早被送入宮中充任女官，鮮少出現於賈府的日常之中。但是在元春晉封賢德妃之際，方令賈府的家道趨於鼎盛，並以修築大觀園展現府中龐大的財勢。如第十八回提及，大觀園的景觀奇巧宏偉，無不展現富貴顯耀的太平景象：

> 元春入室，更衣畢復出，上輿進園。只見園中香烟繚繞，花彩繽紛，處處燈光相映，時時細樂聲喧，說不盡這太平景象，富貴風流。……且說賈妃在轎內看此園內外如此豪華，因默默歎息奢華過費。〔註15〕

大觀園是為迎接元春省親而修築，賈府意欲宣揚元春封妃之喜不惜恣意奢靡，極力凸顯賈府家業興盛的光景。雖然元春久處宮闈之中，目睹大觀園的富麗

〔註15〕〔清〕曹雪芹、高鶚：《紅樓夢》第十八回，見馮其庸等校注：《紅樓夢校注》（臺北：里仁書局，1984年），頁269～270。以下引用本書，為免冗蕪之累，均採隨文引注方式。

景致亦不禁嘆息再三，驗證賈府家道在此際處於顛峰。因此《紅樓夢》的春
節敘事係以元春作為媒介，透過其人在宮中晉升妃位的喜事，開啟賈府飛黃
騰達的境遇。

　　雖然春節敘事透漏賈府興盛的端倪，直至元宵作者方正式鋪敘賈府的富
庶日常，極力彰顯世家大族有別於庶民的奢靡日用。但是在一片藻飾太平、
雕琢富貴的娛樂場面下，作者隱藏災禍不遠的線索，呈現家道將衰的不祥徵
兆。例如第五十三回至第五十四回中，作者刻劃親眷團聚享樂的和諧景象，
卻偏在第五十五回突然提起鳳姐小產之事，造成闔府上下驚慌失措：

> 剛將年事忙過，鳳姐兒便小月了，在家一月，不能理事，天天兩三
> 個太醫用藥。……王夫人便覺失了膀臂，一人能有許多的精神？凡
> 有了大事，自己主張；將家中瑣碎之事，一應都暫令李紈協理。……
> 誰知鳳姐稟賦氣血不足，兼年幼不知保養，平生爭強鬥智，心力更
> 虧，故雖係小月，竟著實虧虛下來。（《紅樓夢》，第 55 回，頁 853）

賈府家務名義上是由王夫人掌理，鳳姐卻是真正的管控者，一人獨理榮府內
外事宜和僕役差遣。因此鳳姐在元宵之後忽然小產，對於賈府而言產生不小
的影響，導致府中無人作主而家紀鬆弛。足見《紅樓夢》的元宵敘事，雖然象
徵賈府家道的巔峰所在，卻也暗伏家道衰頹的警兆。

　　端午雖然並非繼元宵而起，但是從賈府家道發展的順序而言，端午的敘
事功能正是接續元宵意象而存在。《紅樓夢》的端午敘事如同《金瓶梅》和
《林蘭香》，描述家庭事變的發生經歷，令端午期間的事變成為賈府家庭衝
突的源頭：

> 金釧兒睜開眼，將寶玉一推，笑道：「你忙什麼！『金簪兒掉在井裏
> 頭，有你的只是有你的』，連這句話語難道也不明白？我倒告訴你個
> 巧宗兒，你往東小院兒裏拿環哥兒同彩雲去。」寶玉笑道：「憑他怎
> 麼去罷，我只守著你。」只見王夫人翻身起來，照金釧兒臉上就打
> 了個嘴巴子，指著罵道：「下作小娼婦，好好的爺們，都叫你教壞
> 了！」（《紅樓夢》，第 30 回，頁 476）

> 寶玉急的跺腳，正沒抓尋處，只見賈政的小廝走來，逼著他出去了。
> 賈政一見，眼都紅紫了，也不暇問他在外流蕩優伶，表贈私物，在
> 家荒疏學業，逼淫母婢等語，只喝令「堵起嘴來，著實打死！」小
> 廝們不敢違拗，只得將寶玉按在凳上，舉起大板打了十來下。賈政

猶嫌打輕了，一腳踢開掌板的，自己奪過來，咬着牙狠命蓋了三四十下。(《紅樓夢》，第33回，頁510～511)

賈政又陪笑道:「母親也不必傷感，皆是作兒的一時性急，從此以後再不打他了。」賈母便冷笑道:「你也不必和我使性子賭氣的。你的兒子，我也不該管你打不打。我猜着你也厭煩我們娘兒們，不如我們趕早離了你，大家乾淨！」說著便命人去看轎馬，「我和你太太寶玉立刻回南京去！」家下人只得乾答應著。(《紅樓夢》，第33回，頁512)

此次事變的原因複雜，乃王夫人之婢金釧兒和寶玉調笑而被逐出，導致金釧兒含羞自盡。適逢日前寶玉與酒席中結識的小旦琪官，是忠順王跟前侍奉得宜之人，因忽然失蹤而被王府認為受寶玉勾引，故遣人至賈府索討。賈政因琪官之事已對寶玉十分不滿，不料又受金釧兒投井之事刺激，旋以大板重笞寶玉。此次事件由於賈母素來疼惜寶玉，造成賈母、賈政、寶玉間的親子關係一度緊張，甚至引發賈母作出遷居南京的決定。由此可見，《紅樓夢》的端午敘事充滿家庭衝突和不合，是造成家道衰頹的關鍵。

中秋作為歲時團圓的重要時刻，在《紅樓夢》中如實呈現賈府團聚的場景，卻不時渲染親眷分散的感傷情懷，甚至是家族崩解的不祥徵兆。試觀第七十五回所述:

那天將有三更時分，賈珍酒已八分。大家正添衣飲茶，換盞更酌之際，忽聽那邊牆下有人長歎之聲。大家明明聽見，都竦然疑畏起來。賈珍忙厲聲叱吒，問:「誰在那裏？」連問幾聲，沒有人答應。……一語未了，只聽得一陣風聲，竟過牆去了。恍惚聞得祠堂內槅扇開闔之聲。只覺得風氣森森，比先更覺涼颯起來。

於廳前平臺上列下桌椅，又用一架大圍屏隔做兩間。凡桌椅形式皆是圓的，特取團圓之意。上面居中賈母坐下，左垂首賈赦、賈珍、賈璉、賈蓉，右垂首賈政、寶玉、賈環、賈蘭，團團圍坐。只坐了半壁，下面還有半壁餘空。(《紅樓夢》，第75回，頁1180～1182)

寧國府是由長房賈珍持家，卻性喜逸樂而使家紀敗壞，即便在為父親守喪期間仍以習射為由，聚集惡少夜飲賭博。但是在中秋前夜，眾人聽見牆下竟有嘆息之聲，甚至宗祠亦有陰風吹襲而使門窗開闔。此般異兆究竟為何產生，脂硯齋（？～？）即評:「蓋寧乃家宅，凡有關於吉凶者，故必先示之。且列

祖祠在此，豈無得而警乎？」〔註16〕是知寧府夜宴的異樣聲音，乃先祖感慨子孫不肖，自此即見賈府衰敗的徵兆。另外榮府在中秋當夕集合親眷賞月，雖然呈現有別於寧府淫逸的祥和氣氛，作者卻以子孫未能坐滿圓桌為譬喻，暗指賈府人口逐漸凋零的現象。即如脂硯齋復云：「未飲先感人丁，總是將散之兆。」〔註17〕因此《紅樓夢》的中秋敘事，並非鋪陳賈府家庭和樂的歡愉場面，反而透過異兆傳達家族破碎的結局。

　　除夕是歲時的終結，也是賈府祭祀祖先的重要節令，《紅樓夢》在第五十三回中細膩刻劃宗族祭祖的繁瑣環節，呈現封建貴族崇禮、敬祖的肅穆精神。然而對於賈府上下而言，除夕雖然自是以祭祖為首要，但是祭祀後的守歲娛樂方是眾人期待的活動。第五十四回陸續以觀戲、聽書、聞曲、傳令、說笑等娛樂，層層堆疊除夕家宴的熱鬧場面。但是從這些活動的敘述方式分析，可以發現作者的文字隨著活動的進行而愈趨清冷，最終透露家道終結的寓意：

> 早有三個媳婦已經手下預備下籤籮，聽見一個「賞」字，走上去向桌上的散堆錢內，每人便撮了一籤籮，走出來向戲臺說：「老祖宗、姨太太、親家太太賞文豹買果子吃的！」說著，向臺上便一撒，只聽豁啷啷滿臺的錢響。（《紅樓夢》，第 53 回，頁 831）

> 賈母笑道：「大正月裏，你師父也不放你們出來逛逛。你等唱什麼？剛才八齣《八義》鬧的我頭疼，咱們清淡些好。……咱們好歹別落了褒貶，少不得弄個新樣兒的。叫芳官唱一齣《尋夢》，只提琴至管簫合，笙笛一概不用。」（《紅樓夢》，第 54 回，頁 845）

> 鳳姐兒笑道：「外頭已經四更，依我說，老祖宗也乏了，咱們也該『聾子放炮仗——散了』罷。」尤氏等用手帕子握著嘴，笑的前仰後合，指他說道：「這個東西真會數貧嘴。」（《紅樓夢》，第 54 回，頁 848）

觀戲是賈府除夕娛樂的首樣活動，作者以金錢灑滿戲臺渲染場面的富麗，更加凸顯賈府的奢靡富庶。但是到了家班奏曲的活動時，賈母卻要求文官等僅以管簫奏樂清唱，導致歡愉的氣氛趨於冷清。最終鳳姐以聾子放炮杖的笑話作結，以一句「散了罷」代表除夕家宴的結束，更象徵賈府家道至此由盛轉

〔註16〕〔清〕曹雪芹著，〔清〕脂硯齋評點：《脂硯齋重評石頭記》第七十五回（臺北：宏業書局，1978 年），頁 1854。

〔註17〕〔清〕曹雪芹著，〔清〕脂硯齋評點：《脂硯齋重評石頭記》第七十五回，頁 1857。

衰。是知《紅樓夢》的除夕敘事，透過娛樂活動由熱至冷的過程，傳達賈府家道正式衰頹，不復當年興盛而奢靡的繁榮光景。

　　清明雖是屬於春季的節令，但是因此日乃百姓崇敬先祖、追思過往的時刻，投映於小說之中即有追憶過往的總結作用。《紅樓夢》的清明敘事見於第五十八回和第七十回，分別敘述寶玉因事起興及姊妹放風箏的情節。試觀第五十八回內容：

> 寶玉因想道：「能病了幾天，竟把杏花辜負了！不覺到『綠葉成蔭子滿枝』了！」因此仰望杏子不捨。又想起邢岫烟已擇了夫婿一事，雖說是男女大事，不可不行，但未免又少了一個好女兒。不過兩年，便也要「綠葉成蔭子滿枝」了。再過幾日，這杏樹子落枝空，再幾年，岫烟未免烏髮如銀，紅顏似縞了，因此不免傷心，只管對杏流淚歎息。（《紅樓夢》，第 58 回，頁 906～907）

寶玉閒步至杏樹花蔭之下，見樹梢杏子結實累累，聯想到日前邢岫烟待嫁薛蝌，不免嘆息女子在風華正盛之際嫁為人婦，不久便須產育子嗣而邁入衰年，遂為此事嘆息不已。雖然寶玉之嘆未必和賈府的家道相關，但是從其感時傷今的情懷中，也表達作者對於歲月流逝、繁華易殞的無奈，符合賈府由盛轉衰的敘事主軸。

　　然而清明敘事對於《紅樓夢》的重要之處，在於第七十回賈府姊妹放風箏的場景：

> 這裏小丫頭們聽見放風箏，巴不得七手八腳都忙著拿個美人風箏來。也有搬高凳去的，也有捆剪子股的，也有撥籰子的。寶釵等都立在院門前，命丫頭們在院外敞地下放去。寶琴笑道：「你這個不大好看，不如三姐姐的那一個軟翅子大鳳凰好。」
>
> 寶玉又興頭起來，也打發個小丫頭子家去，……丫頭去了，同了幾個人扛了一個美人並籰子來，說道：「襲姑娘說：昨兒把螃蟹給了三爺了。這一個是林大娘才送來的，放這一個罷。」寶玉細看了一回，只見這美人做的十分精緻。心中歡喜，便命叫放起來。
>
> 此時探春的也取了來了，翠墨帶着幾個小丫頭子們在那邊山坡上已放了起來。寶琴叫命人將自己的一個大紅蝙蝠也取來。寶釵也高興，也取了一個來，卻是一連七個大雁的，都放起來。（《紅樓夢》，第 70 回，頁 1098）

作者在此特別提及風箏樣式與施放情況不同，用以暗喻賈府眾人的發展和結局。據詹雅雯在《《紅樓夢》歲時節令研究》中指出：

> 風箏之於人物特質，放飛之於人物際遇，人物並以詩詞內容自作註
> 解。藉此，敘事明裡傳達賈府人、尤其是大觀園眾員在是年暮春的
> 生命景況，暗裡更透過不同線索再三預示不同人物之性情、命運和
> 故事終局。〔註18〕

是知作者有意透過放風箏的節俗為線索，向讀者展示大觀園姊妹的生命歷程。諸如林黛玉所放之風箏為美人形狀，而且是眾人中第一位放走風箏之人，象徵其人紅顏薄命的結局。探春的風箏則為軟翅子大鳳凰，代表她出嫁海澄後深得夫婿愛敬，寄寓著鳳凰于飛的美意。寶琴則是放出大蝙蝠的風箏，述說日後嫁給梅翰林之子而洪福齊天。〔註19〕因此《紅樓夢》的清明敘事是賈府家道的總結，作者藉由清明放風箏指示眾人生命的歸結，為榮、寧二府的興衰故事畫下明確結局。

　　由此可見，《紅樓夢》的歲時節令書寫和《金瓶梅》極其相似，甚至在節令布局的使用上更勝《金瓶梅》，擁有完整且循環的敘事結構。雖然《紅樓夢》與《金瓶梅》相比，缺少重陽此一代表中衰意象的節日，但是因為《紅樓夢》的春節和除夕敘事，各自具有完整而詳細的內容，不須將兩者的意象強行合併，使得賈府的家道能夠呈現獨立的開始和終結。總結以上論述的成果，賈府的家道由春節開始，以元春封妃作為家道興旺的前兆。待元春於元宵省親之際，賈府透過整修大觀園的浩繁工程，宣揚傳統世族的奢靡用度。然而在一派繁榮的光景之下，卻又隱藏家庭災變的惡兆。因此到了端午期間，家庭的紛爭和衝突由此形成，並至中秋時顯現出人丁凋零的場面。最後作者以除夕祭祖和家宴的排場，正式昭告賈府家道至此衰敗，繼而以清明的節俗指點重要角色的結局。即明在家庭小說的範疇之中，《紅樓夢》繼承《金瓶梅》的歲時節令書寫最為全面，並且補足後者架構不完全的問題。

　　是知《金瓶梅》作者遴選具有特殊意象之節令，作為西門府家道的發展階段，透過節令意象和人物、事件、節俗相互交織與影響，逐步堆疊出西門府由盛轉衰的歷程。對於家庭小說而言，作者須從日常瑣事中梳理出全書旨

〔註18〕詹雅雯：《《紅樓夢》歲時節令研究》（臺南：成功大學中國文學研究所博士論文，2014年），頁57。

〔註19〕詹雅雯：《《紅樓夢》歲時節令研究》，頁57～58。

要，故以節令鋪排的敘事結構串聯生活中的重大事件以凸顯主軸。綜觀後世家庭小說繼承的狀況，由於各書沿襲《金瓶梅》的面向不同，並非所有小說皆具有此種結構。《醒世姻緣傳》意在宣揚果報，所以節令的存在僅欲襯托因果報應不爽；《林蘭香》刻劃傳統女性的生命歷程，故耿府家道發展的境況並非作者著意凸顯的部分，未能成為具體而完整的敘事結構。唯有《紅樓夢》真正繼承《金瓶梅》家庭興衰的敘事主軸，藉由詳細敘述節令間所發生的事件，因而形成由春節至除夕的完整結構，充分展現賈府由盛轉衰的故事。

第二節　生日與節令特意重疊

　　小說的時間佈局是以現實時間為基礎，由作者自行選擇時間的運行模式，成為敘事過程的指引。楊義稱此為自然時間人文化，即在現實時間中渲染敘事者和人物的感覺和理智，賦予時間人文化的價值。在時間人文化的過程中，作者可以描述特定時間刻度，將人文化的範疇延伸至寫作和閱讀的聯想。[註20] 對於中國古典小說而言，獨特時間刻度往往是指生日和節令，分別具有相稱的創作特徵與意義：

> 他們把生日視為人與世界相聯繫的、具有豐富的文化密碼的起點。
> 他們把節日視為人類與天地鬼神相對話，與神話、傳說、信仰、娛
> 樂相交織的時間扭結。當作家把人物性格和命運置於這類獨特的時
> 間刻度之時，他奏響了一曲以人物性格命運為主旋律，以天上人間
> 古往今來的傳說、信仰、風俗為和聲的交響樂。[註21]

生日和節令屬於不同性質的時間，前者以個人為主體連結外部環境的脈絡，呈現單一個體在大千世界的獨特之處。後者則是以人群為主體展示民俗文化的累積，凸顯外部環境對於個人的深刻影響。兩者在小說敘事的差異為主體與客體的錯置，不同程度顯現出人物性格、命運，和環境、文化、信仰、風俗的關聯。尤其當生日與節令重疊時，人物及環境的關聯得到時間人文化的聳

〔註20〕楊義指出：「敘事過程，實際上也是一個把自然時間人文化的過程。時間依然可以辨識出某些刻度的，但刻度在敘事者的設置和操作中，已經和廣泛的人文現象發生聯繫，已經輸入各種具有人文意義的密碼。……不難發現，敘事作品所津津有味地描寫的某些獨特的時間刻度，也受到非常深刻的人文化了。並且這種人文化不僅存在於文本之內，還存在於文本之外，存在於寫作的聯想和閱讀的聯想之中。」參氏著：《中國敘事學》，頁169。

〔註21〕楊義：《中國敘事學》，頁169。

固，促使人物的性格、命運和節日的風俗、文化息息相關，深化敘事結構哲理化的意義。

　　但是對於人類而言，生日的意義遠較節令與自身相關，因為生日是人類生命的肇始，亦是存在於宇宙的證明，對於現實社會或小說創作皆是獨特的時間刻度。楊義復云：

> 除了以生日禮儀來顯示榮華福壽、恩寵親情以外，生日自身還是命
> 運的期待和生命的自省的時間契機。生日的文化內涵的多義性，為
> 敘事文學對它的描寫提供了豐富多彩的可能。〔註22〕

百姓對於生日的重視，多數須透過聚會、贈禮、祭祀等具體活動或儀式展現，方能凸顯他人寄予的無限祝福或情誼。但是從小說創作的角度檢視生日的意義，可以發現作者不僅著眼於生日儀式，與活動所傳達的情意，更在乎生日和人類生命的人文紐帶，亦即生日被人類賦予特定的命限定數。透過檢視人物生日在歲時的位置，讀者往往能夠推測出人物的運勢和作用，甚至擴及人物對於整體敘事情節的影響。

　　檢視《金瓶梅》的人物生日，作者擇定元宵、端午、中秋三大節令，分別作為李瓶兒、韓愛姐及吳月娘的生日，凸顯三人在情節中所象徵的寓意。是知《金瓶梅》的節令及生日重疊的現象絕非偶然，而是作者善於透過節令意象和人物命運的緊密連結，作為情節推動的關鍵與寄寓勸世的意涵。兩者雖然看似獨立的特色，但是在古典小說的敘事思維中實為一體兩面，誠如楊義所云：

> 以顯層的技巧性結構蘊含著深層的哲理性結構，反過來又以深層的
> 哲理性結構貫串著顯層的技巧性結構。……談中國敘事作品事不能
> 忽視以結構之道貫串結構之技的思維方式，是不能忽視哲理性結構
> 和技巧性結構相互呼應的雙重構成的。不然，就會只知其然而不知
> 其所以然，難以解讀清楚其深層的文化密碼。〔註23〕

中國的敘事文學向來講求情和質的密切連結，意即文章的技巧不能脫離思想而獨存，思想亦不能缺少技巧的襯托。在思想和技巧的相輔相成之下，作者方能駕馭敘事結構的組成方式，並以精巧的文字及深刻的理念，增加內容的可看性。《金瓶梅》的歲時節令書寫屬於敘事結構的一環，作者在構思情節推

〔註22〕楊義：《中國敘事學》，頁171。
〔註23〕楊義：《中國敘事學》，頁47。

展的可能性之際，當試圖在有限的文字內引申無限的思想。因此作者透過節令和生日的重疊，促使節令的意象能夠透過人物間的互動，實質貫徹並融入到情節之中，產生多條引導西門府故事發展的情節線索，營造出兼具技巧和哲理的雙向結構。

一、《醒世姻緣傳》——生日與節令的偶然重疊

《醒世姻緣傳》屢次提及人物祝壽的情節，但是多數與節令無關。筆者茲將小說人物的生日依照日期列於下表，以供讀者檢閱：

表五：《醒世姻緣傳》人物生日和節令關聯一覽

人　物	生　日	節　令
公亮	正月初七日	春節
計氏	二月十一日	無
薛素姐	二月十六日	無
相棟宇	三月十六日	無
珍哥	四月初七日	無
狄婆子	四月二十日	無
陳師娘	六月初二日	無
小鴉兒之姐	六月十三日	無
陳驊岳丈	七月初九日	無
陳內官之母	九月十六日	無
晁夫人	十月一十日	無
周龍皋	十一月初三日	無

從上表臚列的人物生辰可知，《醒世姻緣傳》未將人物生日和節令意象融合，因此人物的生日多散佈在平常的時日。僅有第三十六回所提及的公亮一人乃正月初七日所生，正位於春節期間。然而從此回的內容進行分析，公亮不過是小說中的陪襯角色，對於整體情節發展的影響力不大。試觀以下內容：

> 這春鶯原是一個裁縫的女兒，那裁縫叫是沈善樂，原是江西人，在
> 武城成衣生理。……縣官因自己心愛的衣服，親自看他下剪。那沈
> 裁他便沒得落去，不過下剪的時候不十分扯緊，鬆鬆的下剪罷
> 了。……他拿了這套做壞的員領走到家中，也過不出甚麼好年，低

了頭納悶。他想出一個法來：恩縣有一位鄉宦，姓公，名亮，號變寰，兵部車駕司員外，養病在家，身長剛得三尺，短短的兩根手臂。這沈裁原也曾答應過他，記得他是正月初七日生日。他把圓領底下爽利截短了一尺有零，從新做過，照了公鄉宦的身材，做了一套齊整吉服。（《醒世姻緣傳》，第 36 回，頁 467～469）

此回敘述晁梁之母春鶯的出身，其父沈裁縫因圖謀減去縣官圓領尺寸而圖利，不料被縣官發現而勒令重製。沈裁縫一時無錢購買相同布料，遂將原先圓領裁為鄉宦公亮之衣，並以賀壽為由奉入府中，公亮大悅而賜紋銀二十兩。至本回之後，作者未再提起公亮的事蹟，因此公亮生於正月初七日純屬偶然，僅欲配合沈裁縫貪利賣女之事，對於全書情節未有任何助益。由此可見，《醒世姻緣傳》並未沿襲《金瓶梅》此一敘事特色。

二、《林蘭香》──人物形象的鮮明刻劃

《林蘭香》的情形與《醒世姻緣傳》大相逕庭，作者鮮少提及小說人物的確切生日。然而相較於《醒世姻緣傳》忽略生日和節令相融的重要性，《林蘭香》將重要人物的生日與節令重疊，呈現特殊的敘事功能。觀下表所示：

表六：《林蘭香》人物生日和節令關聯一覽

人　物	生　日	節　令
茅大剛	正月初二日	春節
燕夢卿	正月初七日	春節
林雲屏	二月初一日〔註 24〕	中和節
平彩雲	三月十六日	無
荊夫人	七月初旬	無
耿朗	九月九日	重陽

在《林蘭香》眾多的人物之中，作者雖然僅提到耿朗等六人生日，卻特別標示茅大剛、燕夢卿、林雲屏和耿朗的生日，與特定節令重疊，側面顯示四人的重要性。

〔註 24〕有關林雲屏的生日日期作者並未明確表述，筆者乃據書中所云「乃雲屏生辰，早間供過太陽糕，親眷都送壽禮來」一句，以祭祀太陽糕的節俗反推該日為中和節。參〔清〕隨緣下士著，〔清〕寄旅散人批點：《林蘭香》第五十一回，頁 5 上。

茅大剛和燕夢卿皆生於春節期間，分別是正月初二日以及正月初七日，兩人的性格或生平當與春節的人文意象相關。茅大剛出現於《林蘭香》第八回至第十回中，生性浮浪而喜結惡少為友，因知宣愛娘是才色雙全的麗人，故命家人上門求親。豈料宣安人知其素行不良而婉拒，茅大剛因此負氣染疾，得名醫胡念庵之薦結識道士葉淵，能攝人魂魄，將平彩雲之魂攝入茅大剛夢中任其淫樂。自此茅大剛日夜姦淫家中僕婦和丫鬟，最後竟因色傷身而亡。試觀第十回所述：

> 誰知那酒是用兔腦、天靈蓋、密蒙花等物泡好，大剛喫了下去，一時藥性大發，頭暈眼黑，早已倒在芭蕉叢下。兩人（儲兒、憐兒）見中了計，急將器皿收起，便各自去睡。却說大剛身體已是弱極，如何當得夜露風寒，加以精滑不固，馬口開張。及至天明醒轉來時，四肢麻木，肚內恰似冰石。……茅白夫婦回家，急令人請醫生、煎炒藥，大剛已是脊骨發麻、腦髓轉疼、腎子縮小、熱如火炭，嗚呼哀哉尚饗矣。大剛好色太過，貪淫不節。（《林蘭香》，第 10 回，頁 9 下～10 下）

茅大剛因覬覦丫鬟儲兒和憐兒美色，終日尋覓機會姦淫二人。豈知二人假意服從並勸飲藥酒數杯，導致茅大剛身體不支而倒地，最終死於惡疾之下。作者評其「好色太過，貪淫不節」，用以警戒世人美色傷身的道理。

值得注意的是，茅大剛和春節的關聯，正如《金瓶梅》中西門慶縱慾身亡。綜觀《金瓶梅》的春節敘事，雖然作者大量鋪陳西門府喜迎新春的繁盛場面，卻不時穿插西門慶姦淫婦女的情節。作者評云：「西門慶只知貪淫樂色，更不知油枯燈盡，髓竭人亡。原來這女色坑陷得人有成時必有敗。」〔註25〕即知西門慶死於春節期間，是欲透過此神聖時空諷刺其人死非得時。回顧《林蘭香》中茅大剛縱慾身亡的情節，雖然並非死於春節期間，但是因出生在此一神聖的時刻卻不得好死，足以產生與《金瓶梅》相同的諷刺寓意。

另一方面，燕夢卿出生於春節的意涵又有別於茅大剛，真正展現春節吉慶美善的人文意象。雖然燕夢卿因為父親入獄，而錯失成為耿朗正房的機會，但是對於作者而言，燕夢卿才是傳統社會中理想的佳人典範。她賢淑、堅毅、多才的形象，即使其餘妻妾無人能掩其鋒芒。作者即言：

> 合林蘭香三人而為名者，見閨人之幽閑貞靜，堪稱國香者不少，乃

〔註25〕〔明〕蘭陵笑笑生：《金瓶梅詞話》第七十八回，頁 1378。

> 每不得于夫子，空度一生，大約有所掩蔽，有所混奪耳。如雲屏之
> 於夢卿，所謂掩蔽也。如香兒之於夢卿，所謂混奪也。掩蔽不已，
> 至於坎坷終身。混奪不已，至于悠忽畢世。……逢場作戲之宣愛娘，
> 隨遇而安之平彩雲，雖與蘭有和不和之異，究其終，則皆蘭之可以
> 忘憂，可以為鑒者也。況無往不復，自然之理。嗇彼豐此，權自我
> 操。故睹九畹之良田，宿根尚在，國香不泯。誰曰死不如生，妄以
> 得失從違而自汶汶乎！然則林之掩蔽，一如未掩蔽也。香之混奪，
> 一如未混奪也。（《林蘭香》，第 1 回，頁 1 下～2 下）

耿朗的妻妾固然皆具有佳人之資，卻因各人賢愚善惡氣稟不同，形成多元的
性格與特色，而在耿府中各自綻放不同的光輝。即使燕夢卿以近乎完美的人
格身處耿府，但是一者在名分上不如正室林雲屏，二者因持重不爭的個性而
數度被侍妾任香兒排擠，造成燕夢卿不受夫婿敬愛，而抱憾終身。但是誠如
小說主旨所示，縱然燕夢卿在耿府的境況艱難，仍以不怨天尤人的態度安然
度過，呈現出完人的典範，而得府中上下敬重。即便林雲屏、任香兒等人風
采如何突出，依舊無法掩蓋燕夢卿才性卓絕的事實。足見燕夢卿生於春節時
分，乃欲透過春節歲首和吉慶的意象，凸顯燕夢卿在耿府的重要性與純然美
善的佳人形象。

　　林雲屏出生於二月一日中和節，在節令選擇上相當特別。因為小說多數
採用重大節令如春節、元宵、端午作為人物生日，甚少擴及其餘小型節令。
然而《林蘭香》既然擇定中和節，作為耿朗正室林雲屏的生日，當有其特殊
之處。中和節的來源據《帝京歲時紀勝》考察：

> 初一日為中和節，傳自唐始。李泌請以二月朔為中和節，賜民間以
> 囊盛百果穀瓜李種相問遺，號獻生子，令百官獻農書。京師於是日
> 以江米為糕，上印金烏圓光，用以祀日，繞街遍巷，叫而賣之，曰
> 太陽雞糕。其祭神云馬，題曰太陽星君。焚帛時，將新正各門戶張
> 貼之五色挂錢，摘而焚之，曰太陽錢糧。〔註26〕

中和節始自唐代，最早是祈求五穀豐登的農事節令。至清代民間則認為此日
乃太陽星君生辰，家戶所祭祀的糕餅、焚燒用的幣帛無不冠以太陽之名，見
證民間延續古代太陽崇拜的痕跡。

〔註26〕〔清〕潘榮陛：《帝京歲時紀勝》，收入《續修四庫全書‧史部》第 885 冊（上
　　　　海：上海古籍出版社，2002 年），頁 1 下。

何以《林蘭香》將林雲屏的生日置於中和節？據筆者淺見，當不離此日太陽崇拜。作者在第一回自云：「林者何？林雲屏也。其枝繁雜，其葉茂密，勢足以蔽蘭之色，掩蘭之香，故先於蘭而為首。蘭者何？燕夢卿也，取燕錢夢蘭之意。古語云：『蘭不為深林而不芳』，故次於林而為二。」〔註27〕顯示林雲屏和燕夢卿間微妙的尊卑關係。作者將燕夢卿刻畫為悲劇下的典型美人，欲透過平生遭受的種種困境，烘托她的好處。其中燕夢卿因父親下獄而錯失成為耿朗正妻的機緣，被迫僅能屈居於林雲屏之下，實乃嫁入耿府後第一項磨難。作者既以春節作為燕夢卿的生日，便須另一相襯的節令凸顯林雲屏的正室之尊，則中和節的太陽崇拜當有至高之意，最能反映林雲屏作為正室管束妾室、掌理家務的權威。

耿朗生在重陽當日，最能反映其人反覆游移、陰晴不定的矛盾性格。相對於耿府六房妻妾的鮮明形象和獨立人格，作者投注於耿朗的筆墨明顯不及前者，呈現出朦朧不清的人物塑造。但是在少數的情節中，讀者依舊可以看出耿朗反覆無常、多疑猜忌的性格。例如第十三回有云：

> 香兒道：「宣家姐姐之會作詩，已曾聽見說過。若燕家姐姐之會作與否，今日方知。但不知作詩有何用處？」耿朗道：「這個難講。但臨風對月，詠雪吟花。亦足以暢敘幽情。」香兒道：「我想婦女們又不應考，何必學習詩文？燕家姐姐的和韻詩幸而遇著自家姊妹，倘若是游冶浪子假作，豈不惹人訕笑？……況且婦女們筆跡言語，若被那些輕薄子弟得了去，有多少不便處！」耿朗聽了，半晌不言語。

（《林蘭香》，第13回，頁7上～7下）

此回描述耿朗即將迎娶宣愛娘入府，甚喜宣愛娘及燕夢卿工於詩詞，故同任香兒提及此事。豈知任香兒忌妒兩人才華，遂以女子多才恐惹人非議為由，指責宣、燕恃才傲物。耿朗聽聞之後不曾替兩人分明，竟一味認同任香兒的讒言，日後處處防範並疏離燕夢卿，埋下家庭不和的遠因。

相同的例證尚可見第三十二回：

> 忽侍女傳進一封手啟，乃季子章邀賞梅花，……耿朗道：「此約斷不可不赴。」彩雲道：「又非慶賀筵席，有甚要緊？凍手凍足，還作這寒酸事體。」耿朗猶疑未決。香兒亦道：「這樣天寒地冷，家中儘足快樂，何必去尋清苦！」耿朗乃寫回箋辭却。……過了兩日，公明

〔註27〕〔清〕隨緣下士著，〔清〕寄旅散人批點：《林蘭香》第一回，頁1上～1下。

達亦折簡來邀，……耿郎又被香兒、彩雲所阻，亦以疾辭。自此耿
郎在家與香兒、彩雲謔浪狎遊，未免終朝累日。笙歌酒讌，時常徹
夜連宵。……次日耿郎又在香兒房裡，公明達、季狸又合詞來請。
香兒作主，便令人辭却。誰知耿郎在家酒色過度，精神散耗，感冒
風寒，一臥不起。雲屏隨請醫生調理，日甚一日，醫藥無效，氣息
奄奄。（《林蘭香》，第 32 回，頁 1 上～4 下）

此回以耿朗貪圖逸樂的場面，揭露其人行事反覆的缺失。耿朗受季狸和公明
達的邀約賞梅，心中雖欲赴約卻惑於任香兒和平彩雲之言，再三推辭兩人的
美意，沉迷在聲色之中不理世事。最後竟任由任香兒替自己應對外人，完全
放棄身為家長的權責，最終因酒色過度而臥病不起。是知耿朗生於九月九日，
乃是作者為了以重陽的意象，呼應其性格的缺失，藉此彌補耿朗敘述不足的
問題。重陽當日陰陽失調的現象，正可展現耿朗陰晴不定、反覆游移的性格。
在如此性格的主導之下，耿朗不僅使自身陷入瀕死的生命危機，更因聽信任、
平讒言，而令家庭捲入不合的衝突之中，再度呼應重陽惡日的意象。

　　由此可見，《林蘭香》善於運用節令和生日重疊的敘事技巧，可以視為沿
襲《金瓶梅》歲時節令書寫的證明之一。但是有別於《金瓶梅》用以推動敘事
情節並哲理化的功能，《林蘭香》作者乃以節令意象，凸顯人物獨特的形象和
意義，促使人物塑造方面更為鮮明而飽滿。諸如燕夢卿生於春節，乃是運用
該日歲首的地位，烘托其人美善的形象。或是林雲屏生於中和，當為作者假
借民間祭祀太陽的節俗，襯托其人在耿府正室的尊榮。

三、《紅樓夢》——個人命運與情節推進

　　《紅樓夢》的人物生日是作者的敘事重心所在，時常可在情節中發現賈
府眾人祝壽的場面，格外具有重要的敘事功能。誠如詹雅雯所云：

「生日」亦成為壽星生命至此一階段的「行述」，且藉由以壽星為主
角的筵席衍生與其密切相關的事件，提升了「過生日」的意蘊層
次。……因此當我們探察人物的秉性如何、察其待人接物言談志趣
等個人行為，同時也得以推究其家族未來的發展。〔註28〕

生日本即人類和世間萬物連結的橋樑，故生日間所發生的任何事件，皆可視
為各人生命的足跡。然而《紅樓夢》中生日的書寫，不局限於人物的特寫，更

〔註28〕詹雅雯：《《紅樓夢》歲時節令研究》，頁 229～230。

進一步連結至家族未來的發展，將個人的命運與家族的興衰緊密相連。觀下表所示：

表七：《紅樓夢》人物生日和節令關聯一覽〔註29〕

人　物	生　日	節　令
賈元春	正月初一日	春節
薛寶釵	正月二十一日	無
林黛玉	二月十二日	無
花襲人		
王夫人	三月初一日	無
薛姨媽	二、三月間	不詳
賈探春	三月初三日	清明
賈璉	三月初九日	無
賈寶玉	四月間	不詳
薛寶琴		
邢岫煙		
平兒		
薛蟠	五月初三日	無
賈巧姐	七月初七日	七夕
賈母	八月初三日	無
王熙鳳	九月初二日	無
賈敬	九月間	不詳
賈政	十一月間	不詳

　　從上表可知，《紅樓夢》中重要人物的生日多數具有明確的日期，但是和節令重疊者屈指可數，僅有元春、探春和巧姐的生日，分別交逢春節、清明及七夕，顯示三人對於賈府的重要性。

　　元春乃賈政與王夫人的長女，在《紅樓夢》故事開始時，已入宮為女吏，是賈府和宮中往來的重要橋樑。亦是除了賈府所世襲的寧、榮二國公之爵位

〔註29〕 本表所列出的人物生日，乃參酌朱一玄於《《紅樓夢》人物譜》的考據成果，唯朱氏所考據的對象，包含所有在《紅樓夢》中直接或間接提及生日之人，筆者在此僅擇其中重要人物的生日，臚列於該表並論述。參氏著：《《紅樓夢》人物譜》（天津：百花文藝出版社，1997年），頁92。

外，唯一能夠確保賈府富貴長存的方式，因此元春入宮實際上是合族興旺的關鍵。雖然綜觀小說的整體敘事，元春因身居宮中而鮮少出現在賈府，但是她的任何舉動，皆與賈府的家道有千絲萬縷的關聯。

誠如詹雅雯所指出《紅樓夢》中生日的特色，由於元春身負賈府興隆的重責，故個人榮辱和存亡即象徵賈府家道的興衰起落。是以元春生於春節當日，正是代表她為賈府迎來富貴榮華的前景。第十六回作者即透過賈璉夫婦和趙嬤嬤的對話，透漏元春封妃的重要性所在：

> 趙嬤嬤道：「阿彌陀佛！原來如此。這樣說，咱們家也要預備接咱們大小姐了？」賈璉道：「這何用說呢！不然，這會子忙的是什麼？」……趙嬤嬤道：「嗳喲喲，那可是千載希逢的！那時候我才記事兒，咱們賈府正在姑蘇揚州一帶監造海舫，修理海塘，只預備接駕一次，把銀子花的淌海水似的！說起來……」（《紅樓夢》，第16回，頁243～244）

賈府原是開國以來的功勳世家，曾為太祖巡幸南方辦理接駕而備受恩寵，但是自賈赦、賈珍一輩當家後久未受帝王青睞，一度呈現家道中衰的境況。〔註30〕因此元春封妃與省親之事，實際上是賈府宣示帝王榮寵的絕佳時機，並藉由園林的擴建和景物的修造，彰顯賈府的富貴及氣勢，使搖搖欲墜的家道獲得復興的轉機。

探春為賈政和妾室趙姨娘所生之庶女，雖然自幼屢受其母地位卑下和心性愚昧牽連而遭人冷眼，卻因具有聰慧的思想、廣闊的見識，受賈府長輩寵愛。曾於第五十六回鳳姐小產調養之際，奉王夫人之命與李紈、寶釵協理榮府內務，能以機敏的目光和長遠的眼界改革弊端，展現不同於一般女子的過人才識。然而縱使探春擁有如此美好的形象及人格特質，作者特地將探春的生日安排在清明期間，暗示日後遠嫁異地的結局，導引出世情無常的缺憾。

〔註30〕《紅樓夢》作者在第二回透過賈雨村和冷子興的談話，透漏賈府家道一度中衰的境況：「子興嘆道：『老先生休如此說。如今的這榮寧兩門，也都蕭疏了，不比先時的光景。』……冷子興笑道：『……如今生齒日繁，事務日盛，主僕上下，安富尊榮者盡多，運籌謀畫者無一；其日用排場費用，又不能將就省儉，如今外面的架子雖未甚倒，內囊卻也盡上來了。這還是小事，更有一件大事：誰知這樣鐘鳴鼎食之家，翰墨詩書之族，如今的兒孫，竟一代不如一代了！』可見賈府由於習於安逸的富庶生活，又兼子孫不肖之故，家道傳至賈珍、賈赦作主時已不復從前。參〔清〕曹雪芹、高鶚：《紅樓夢》第二回，見馮其庸等校注：《紅樓夢校注》，頁29。

在清明的眾多節俗之中，施放風箏是《紅樓夢》反覆出現的重要活動，用以鋪排小說人物的命運和結局。除了前文所提及第七十回，眾姊妹施放風箏的場面之外，在第五回中作者已然明示探春和清明、風箏不可分割的關聯：

> 後面又畫著兩個人放風箏，一片大海，一隻大船，船中有一女子掩面泣涕之狀。也有四句寫云：「才自精明志自高，生於末世運偏消。清明涕送江邊望，千里東風一夢遙。」（《紅樓夢》，第5回，頁87）

此回敘述賈寶玉夢入太虛仙境，一窺薄命司內「金陵十二釵正冊」中，薛寶釵、林黛玉等十二名女子的命運。其中有關探春命運的暗示，為圖中有二人施放風箏，送別一名在大船上哭泣的女子，末後判詞則有「清明涕送江邊望，千里東風一夢遙」兩句。藉由圖畫及判詞的內容，可以發現作者以清明放風箏為比喻，形容探春日後猶如風箏高飛一般，遠離故土和親友而遠嫁異鄉，難以再歸母家時時團聚。

後於第一百回中，探春果在賈政的授意下，遠嫁鎮海統制之子，引起府中眾人不捨之情：

> 是日，寶釵在賈母屋裏聽得王夫人告訴老太太要聘探春一事。……賈母道：「好便好，但是道兒太遠。雖然老爺在那裏，倘或將來老爺調任，可不是我們孩子太單了嗎？」王夫人道：「兩家都是做官的，也是拿不定。或者那邊還調進來；即不然，終有個葉落歸根。況且老爺既在那裏做官，上司已經說了，好意思不給麼？想來老爺的主意定了，只是不敢做主。故遣人來回老太太的。」賈母道：「你們願意更好。只是三丫頭這一去了，不知三年兩年那邊可能回家？若再遲了，恐怕我趕不上再見他一面了。」說著，掉下淚來。（《紅樓夢》，第100回，頁1543～1544）

從賈母與王夫人談話的內容可知，雖然探春的歸屬在賈政的安排下能得圓滿，但是在兩地相隔遙遠，且夫家職守調任不定的情況，回歸母家團聚的可能性大幅縮減。因此探春的生日和清明重疊，乃作者有意埋伏其人日後遠嫁他鄉的線索，營造骨肉分離的缺憾之感。

巧姐是賈璉和鳳姐之女，自幼雖得賈府眾人寵愛，卻在鳳姐逝世後一度遭受王仁和賈環算計，欲被賣與藩王為側室。幸虧得到王夫人和平兒護持，由乾娘劉姥姥掩護躲入村莊藏身，後與鄉紳之子周秀才訂親而得良緣。巧姐的一生可謂坎坷多變，並歷經善惡兩段親事糾纏，實與其生於七夕有關。

七夕與牛郎織女的傳說密不可分，時至今日已成為男女定情、甚至結合的專屬節令。然而據蕭放考證的結果，先秦百姓解讀此則傳說的角度迥異於今人，認為兩人受河漢阻隔導致婚姻無果，因此七夕最早是舉行婚姻的禁忌之日。〔註31〕直至漢魏之際，七夕的意象在百姓意識的主導下，逐漸扭轉原先的惡日形象：

> 七夕節俗主題在西漢中期以後開始發生重大變化，由七夕的分離禁忌逐漸演進到男女的良宵歡會，七夕由兇時惡日轉變為良辰吉日，這是七夕民俗的一大昇華，也是七夕真正成為傳統民俗節日的精神助力。織女牽牛的悲劇傳說演進為牛女鵲橋相會的喜劇故事，這不僅是故事情節擴充、發展，更重要的是它反映了民眾的精神情感需要。〔註32〕

早期牛郎織女的故事僅有相隔河漢的雛型，尚未衍生出相識甚至私訂終身的情節，〔註33〕方被援引為七夕婚嫁的禁忌來源。但是到了漢代以降，百姓對於情感的渴望意識提升，將牛郎織女的故事增添後續重聚鵲橋的情節，促使七夕轉變成適於婚嫁的吉日。

回顧《紅樓夢》中巧姐的生平經歷，作者透過七夕原先的惡日意象，預告後續她在婚姻上所遭遇的劫難。最早在小說第四十二回鳳姐和劉姥姥的談話中，便可知曉巧姐生於七夕之事被視為不祥：

> 劉姥姥聽說，便想了一想，笑道：「不知他是幾時生的？」鳳姐兒道：「正是生日的日子不好呢，可巧是七月初七日。」劉姥姥忙笑道：「這個正好，就叫他是巧哥兒。這個叫做『以毒攻毒，以火攻火』的法子。姑奶奶定要依我這名字，他必然長命百歲，日後大了，各人成家立業，或一時有不遂心的事，必然是遇難成祥，逢凶化吉，都從這『巧』字上來！」（《紅樓夢》，第42回，頁646）

〔註31〕蕭放：《歲時——傳統中國民眾的時間生活》（北京：中華書局，2016年），頁178。

〔註32〕蕭放：《歲時——傳統中國民眾的時間生活》，頁179。

〔註33〕牛郎織女的傳說起源甚早，根據蕭放的考證結果，現今能夠追溯的故事原型最早出自《詩經·小雅·大東》：「維天有漢、監亦有光。跂彼織女、終日七襄。雖則七襄、不成報章。睆彼牽牛、不以服箱。」從此段文字來看，先秦人民在觀察天體時，已將牛郎星和織女星的形象擬人化，但是兩者作為獨立的存在，並未產生任何連結。參氏著：《歲時——傳統中國民眾的時間生活》，頁178。

巧姐自幼體弱多病，故鳳姐希望能由劉姥姥取名，以鎮壓邪祟，原因正是巧姐生於七夕之故。劉姥姥以巧字為名，認為採取以毒攻毒的方式可助巧姐日後逢凶化吉。

　　果至第一一八回鳳姐亡故後，賈芸因積欠賭債而與賈環、王仁圖謀，賣巧姐為藩王侍妾，使巧姐險些陷入不幸的婚姻之中。所幸得平兒等人及時救護化險為夷，方由賈璉做主和鄉紳訂親：

> （賈芸）連日在外又輸了好些銀錢，無所抵償，便和賈環相商。賈環本是一個錢沒有的，雖是趙姨娘積蓄些微，早被他弄光了，那能照應人家。便想起鳳姐待他刻薄，要趁賈璉不在家要擺佈巧姐出氣，……賈環道：「不是前兒有人說是外藩要買個偏房，你們何不和王大舅商量把巧姐說給他呢？」（《紅樓夢》，第 118 回，頁 1760）

> 於是王夫人回去，倒過找邢夫人說閒話兒，把邢夫人先絆住了。……平兒便將巧姐裝做青兒模樣，急急的去了。後來平兒只當送人，眼錯不見，也跨上車去了。（《紅樓夢》，第 119 回，頁 1776）

> 賈璉也趁便回說：「巧姐親事，父親太太都願意給周家為媳。」賈政昨晚也知巧姐的始末，便說：「大老爺大太太作主就是了。莫說村居不好，只要人家清白，孩子肯念書，能夠上進。朝裡那些官難道都是城裏的人麼？」（《紅樓夢》，第 120 回，頁 1793～1794）

由此可見，巧姐雖應日後在婚姻上有此劫難，但是最後逢凶化吉、嫁入鄉紳周家的圓滿結局，依舊符合七夕由惡日轉成吉日的節令意象，乃小說中才子佳人結合的典型情節。是知作者有意透過巧姐和七夕的結合，鋪敘其人日後在婚姻上逢凶化吉的過程。

　　《紅樓夢》的人物生日雖然多數與節令無關，但是從元春、探春和巧姐的事例而論，作者分別安排三人的生日與春節、清明及七夕重疊，具有一致性的意義。春節是萬物復甦和興旺的象徵，正如元春封妃是賈府家道復興的重要標誌，宣示賈府再度受到帝王恩寵，延續往日盛極一時的富貴光景。探春出生於清明時節，則是和放風箏的節俗息息相關，暗示婚後將如風箏飛向遠方，難以再和家庭團聚一堂。巧姐誕生在七夕是不吉的徵兆，埋伏日後險被賣為藩王侍妾的危機，然而最後逢凶化吉的經歷，依舊指向婚姻圓滿的結局。足見《紅樓夢》運用生日和節令重疊的方式，與《金瓶梅》相仿，旨於推動情節線索的發展。

　　是知作者特意將小說重點人物的生日和節令重疊，加強人物命運及節令意象的關聯，用以推進與指引情節線索的鋪陳。查考後世家庭小說沿襲的情形，實際上並非所有小說作者都採用此種敘事筆法，例如《醒世姻緣傳》的人物生日皆有明確日期可循，與節令重疊者不過是一陪襯角色。抑或僅在形式上遵照《金瓶梅》的做法，但是另具備不同的敘事功能，諸如《林蘭香》中燕夢卿、林雲屏、耿朗等人以節令為生日，因為作者欲以節令意象烘托人物的性格、生平，促使角色設定能夠更為立體和鮮明。唯有《紅樓夢》以元春、探春和巧姐的生日為節令，能和情節線索緊密連結，充分顯現《金瓶梅》的敘事特色。

第三節　時空營造的冷熱對比

　　時間是現實和小說不可或缺的部分，但是人類在生命中察覺時序演進之際，必定同時感受到空間隨之變動。在時間和空間的交互作用之下，自然與萬物方有成形的可能，無法捨棄對方而獨存。中國早在先秦時期提出宇宙一詞，作為時間和空間的代稱，例如《尸子》云：「天地四方曰宇，往古來今曰宙。」〔註34〕足見宇宙二字分別象徵空間及時間，從兩字並稱的情況看出不可分割的特性。

　　相對於時間難以捉摸的特性，空間作為具體顯現的存在，人類容易通過感官覺察和指稱。雖然以感官把握的方式有侷限性，無法將空間的存有無限延展，但是處在有限的空間之中，人類依舊能憑藉五感，陳述空間對於生命的影響。諸如春花秋月、鳥語花香等物事，無不是由感官知覺所獲取，方能以具體形式訴諸於文字。在小說的敘事之中，不僅時間能夠被賦予獨特的人文意象，空間亦可擁有同樣的敘事功能。相比時間因不易掌握，而僅能透過特定的刻度呈現，空間以其具象的性質，容易被作者清楚表述。只要是存在於相同空間的人、事、物，皆可透過不同的表達方式躍然紙上，建構出固定的輪廓。小說作者即可運用發生在空間裡的事物，賦予空間人文化的意義並脫離做為情節場景的單純作用。

　　《金瓶梅》的歲時節令書寫中，空間與時間作為相輔相成的存在，忠實的

〔註34〕〔周〕尸佼著，〔清〕汪繼培輯：《尸子》，收入《叢書集成初編》（北京：中華書局，1991 年），卷下，頁 27。

呈現季節流轉的變遷，並深刻影響人物的作息和生活。有別於時間的人文意涵須透過節令抽象表述，作者著眼與節令中空間的環境及事物展現，以冷熱對比的方式凸顯特定的意涵。所謂敘事的冷熱對比，乃是《金瓶梅》作者擅長製造人物、環境、時間、事件的多重對照，產生深刻且鮮明的意象衝突，藉此傳達對於世情或人物的批判。此說最早由清人張竹坡（1670～1698）提出，不僅點出《金瓶梅》的思想所在，成為後世評論小說敘事技巧的重要指標：

> 天下最真者莫若倫常，最假者莫若財色。然而倫常之中如君臣、朋友、夫婦，可合而成，若夫父子兄弟，如水同源，如木同本，流分枝引，莫不天成，乃竟有假父假子假兄假弟之輩。噫，此而可假，孰不可假？將富貴而假者可真，貧賤而真者亦假。富貴，熱也，熱則無不真；貧賤，冷也，冷則無不假。不謂「冷熱」二字，顛倒真假一至於此！……本以嗜欲故，遂迷財色；因財色故，遂成冷熱；因冷熱故，遂亂真假。因彼之假者，欲肆其趨承，使我之真者，皆遭其荼毒，所以此書獨罪財色也。〔註35〕

張竹坡認為《金瓶梅》的宗旨，在於譴責世人貪圖財色的醜態，但是此一觀點並非直接統合小說情節提出，乃是著眼於社會亂象方有感而發，其中連結小說及現實的關鍵，即是冷熱二字。在理想或正常的社會倫理中，倫常血緣是世間不可抹滅和偽造的存在，財富與美色則是虛幻而難以把握的假象。世人往往執迷於財色享樂，不僅扭轉倫常以趨炎附勢，甚至能以貧賤為由顛倒是非，造成真假不分的情形產生。凡此種種追求財色而扭曲真假的現象，無不能以冷熱兩字進行總結，可見冷熱對比在小說的敘事技巧中，不限於形體對於天氣或溫度的具體感受，實可概括任何抽象的概念與真實的經驗，例如真假、貧富、倫常皆是此例。

　　空間由許多具象或抽象事物所構成，容易和自身或者其他元素產生對比，但是由於空間和時間不可分割的關聯，空間所比較的對象往往是節令的人文意象。以空間和時間對比的手法而論，《金瓶梅》最顯著的例證莫過於春節。春節作為歲時之首，百姓運用多種節俗用品妝點環境並除舊布新，賦予時間和空間鮮明的吉慶意涵。《金瓶梅》第七十八回中，便針對西門府的新年布景

〔註35〕〔清〕張竹坡：〈竹坡閒話〉，收入〔明〕蘭陵笑笑生著，劉輝、吳敢輯校：《《金瓶梅》會評會校》第 5 冊（香港：天地圖書有限公司，2010 年），頁2101。

詳細陳述，營造出濃厚的吉慶氣氛。然而就在如此吉利的氣氛之中，作者卻有意運用環境的變動，促使西門慶步入暴卒的悲劇。可見作者有意運用空間及節令意象的冷熱對比，表達西門慶死非得時的寓意。亦即在春節神聖的人文意象中，西門慶卻身處陰冷的環境而受驚，方引導出後續猝死的結局。

除了上述時空映襯而形成的冷熱對比之外，由不同時間中的空間對照，亦是《金瓶梅》常見的敘事筆法。例如清明是以墓祭為核心的節令，也是外出踏青的絕佳時機，百姓往往藉由郊外掃墓之便，於祭祀完畢後於曠野聚坐宴飲，欣賞新綠萌芽的絕佳景緻。每當小說以清明為背景時，無不針對環境進行深入描繪，凸顯清明與環境的關聯。在小說第四十八回與第八十九回中，西門府兩度於清明當日墓祭，作者敘事的重點聚焦在環境之上，呈現截然不同的新春氣象，足見清明敘事的關鍵在於西門府的興衰。西門慶興而環境無光，西門慶亡則環境明媚。此種由環境所構成的冷熱差異，可推論作者由此作為批判西門慶行為的方式，並且凸顯人情冷暖和豪族由盛轉衰的世情百態。

是知在《金瓶梅》的歲時節令書寫中，作者並未因節令屬於時間的範疇，而忽略空間和時間在現實生活的共同影響。身為和節令呼應的重要元素，作者賦予空間的人文意涵，乃是透過冷熱對比而達成。意即藉由某一空間的環境或事物的描寫，對比相應節令的意象或期間的事件，產生鮮明的冷熱衝突以傳達特定的寓意。由於《金瓶梅》的主旨在於呈現西門府的興衰，以及暴露人情冷暖的險惡世態，因此作者在春節和清明空間所運用的冷熱對比，不脫對於世情和社會的批判，回歸此書所強調的勸世宗旨。

一、《醒世姻緣傳》──大禍臨頭的不祥徵兆

從前文的論述結果即明，《醒世姻緣傳》作者並未特別關注歲時節令在小說的重要性，在敘事結構和生日鋪排方面，並未沿襲《金瓶梅》的特色，僅僅藉由節令在時間布局的特殊性傳達果報思想。但是亦因作者欲在節令期間安排具有果報的事件產生，在特定的節令中意象及事件便產生了冷熱對比。例如第三回描述晁源自射殺狐精後遭其報復，幸虧祖父晁太公庇護方幸免於難，然而晁源未遵太公之言堅持外出，幾乎在元宵當夕遭狐精陷害：

> 各處掛停當了燈，收拾了坐起，從炕房內抬出來兩盆梅花，兩盆迎春，擺在臥房明間上面，晚間要與珍哥吃酒。一連三日。到了十六日晚上，各處俱點上了燈，……晁大舍剛剛睡去，只見那初一日五

> 更裡那個老兒拄了根拐杖，又走進房來，將晁大舍牀上帳用杖挑起
> 一扇，掛在鉤上，說道：「晁源孫兒，你不聽老人言，定有恓惶處。
> 那日我這樣囑咐了你，你不依我說，定要出去。若不是我攔護得緊，
> 他要一交跌死你哩！總然你的命還不該死，也要半年一年活
> 受。……你若不急急往北京去投奔爹娘跟前躲避，我明日又要去了，
> 沒人搭救你，苦也！」（《醒世姻緣傳》，第3回，頁41～43）

此段文字藉由晁家為慶祝元宵所布置的場面，描繪闔家賞燈的熱鬧景象及期
待的心情，明顯傳達出元宵喧囂的狂歡氣氛。但是作者安排晁太公二度入夢
的情節，宣告晁源本當死於該日和往後受罪的噩耗，將原先元宵的吉慶氣氛
一掃而空，瞬間使晁家的未來蒙上陰冷而不祥的徵兆。

　　另外在第七回中，同樣是處於元宵期間，皇帝受太監王振挑唆而準備御
駕親征也先，造成京師百官議論紛紛，晁家亦受此事牽連：

> 那也先的邊報一日緊如一日。點城夫、編牌甲、搜奸細、戶部措處
> 糧餉，工部料理火器懸簾滾木、查理盔甲、鎣磨器械、修補城垣，
> 吏、兵二部派撥文武官員守門，戎政、軍門操練團營人馬，五城兵
> 馬合宛、大兩縣靜街道、做柵欄，也甚是戒嚴，城門早關晚啟。……
> 晁大舍原不曾見過事體，又不曉得甚麼叫是忠孝，只見了這個光景，
> 不要說起君來，連那親也都不顧，唬得屁滾尿流，跑回下處。（《醒
> 世姻緣傳》，第7回，頁94）

元宵本是闔家歡娛的歲時節令，但是由於瓦剌部落騷擾邊疆，造成舉國感染
不安和惶恐的氣氛。尤其皇帝即將御駕親征的消息，更令地方官吏深恐國破
家亡後身家不保，紛紛上書致仕保身。尤其京師為了爭戰邊疆，而充滿肅殺
之氣，一掃年節帶來的吉慶意象。因此晁家父子聽聞此事之後，不聽下屬勸
告而投書致仕，希冀保全身家性命無虞。

　　是知《醒世姻緣傳》作者善用元宵意象，和空間氣氛或擺設的映襯，製
造顯著而鮮明的冷熱對比。從以上兩則例證分析，元宵的意象本即狂歡與喧
囂，是所謂熱的最佳比喻。晁源被狐精尋仇、君王準備御駕親征兩事，則可
看出使晁家甚至全國處於陰冷而不祥的氣氛，因此屬於冷的代表。透過兩者
所交織的情節，能夠發現《醒世姻緣傳》沿襲《金瓶梅》以節令和空間對舉的
筆法，展現晁家大禍臨頭的徵兆。

二、《林蘭香》——繁華歲月的無盡追思

　　《林蘭香》善以冷熱對比的筆法，表達人去樓空、年華易逝的無常悲嘆。重陽作為全書出現次數最多的節令，作者不斷以追憶往事為主題，凸顯此一敘事主軸：

> 這日正值九月九日，耿朖生辰，雲屏五人稱賀已畢。男自眾允以下，都在儀門外。女自和氏以下，都在儀門內。依次叩拜，次是枝兒等五個行禮，耿朖就筵間各賞些茰酒花糕。末後是葉兒等叩首，二十三個人我挨你，你擠我。（《林蘭香》，第30回，頁1上～1下）

> 却說燕夢卿死後，林雲屏悲傷過度，臥病在床。宣愛娘雖則勉強解勸，却更是同病相憐。悠悠忽忽，過了仲秋，又早重陽。家家飲菊酒，處處賣花糕。想起去年與夢卿評論菊花，借花自比，今日風景不殊，知心安在？由不得不痛入心肝。（《林蘭香》，第37回，頁1上～1下）

> 彩雲道：「想那年四娘的愛念書，三娘的愛戲耍，實在令人可喜。如今亦不用想昔日的快樂，且將耿（岳頁）耿（皇頁）的聰明憐俐一看，不覺令人又歡又愛。」……春畹道：「畹兒出身侍女，作了配房，又蒙抬舉，立為側室。家主母收為義女，大夫人認作兒婦。如今亦不用虛說感戴，且將耿順撫養成人，纔不愧在東一所及泗國府內一場。」（《林蘭香》，第55回，頁5上～5下）

> 只見雲屏嘆息道：「正統九年九月九日，是與官人起病。今年九月九日，又與六娘起病。他們四個先後辭世，如今只剩你我三人，又皆半老。景物一般，心情頓改。……從今以後，又不知誰留誰去，誰有誰無？」（《林蘭香》，第58回，頁4下）

第三十回是耿府首次歡度重陽，妻妾五人和僕役老少依序向耿朖行禮，呈現熱鬧而壅擠的佳節勝景。至第三十七回第二度重陽之際，不僅耿朖因征戰在外而缺席家宴，連帶燕夢卿新亡造成府中氣氛不如往常，增添些許悲傷情懷。第五十五回耿朖已返家和妻妾過節，多少彌補往日分離的不足之感，但是隨著燕夢卿和任香兒紛紛離世，眾人不禁追憶往日妻妾團聚的熱鬧場面，促使歡度佳節的意味銳減許多，僅剩強顏歡笑的娛樂活動。第五十八回是耿府舊人最後一次度過重陽，此時府中只有林雲屏、宣愛娘和春畹健在，所有慶祝

重陽的活動一概免去，只剩三人對往日府中熱鬧場面的無限追思，徒存悲傷和寂寥的畫面。

故知《林蘭香》透過不同時間的重陽景象，構築出一連續而分明的冷熱對比。讀者可以清楚看出，隨著小說時間的流逝，造成耿府人丁不斷銳減的現象，導致府中歡度重陽的景象逐年單薄，形成前熱後冷的顯著映襯。作者藉由此一敘事筆法，緩慢卻清晰的勾勒耿府日漸衰敗的光景，與《金瓶梅》的清明敘事有異曲同工之妙。

三、《紅樓夢》——家族興衰的前後對照

《紅樓夢》沿襲《金瓶梅》的創作手法最為全面，相較於《醒世姻緣傳》和《林蘭香》各自承襲《金瓶梅》冷熱對比的單一面向，《紅樓夢》則兼而有之。然而與《金瓶梅》的不同之處在於，《紅樓夢》作者在相同的節令中展現不同的技巧，即透過中秋敘事，完整呈現冷熱對比的兩種面向。試觀以下內容：

> 那天將有三更時分，賈珍酒已八分。大家正添衣飲茶，換盞更酌之際，忽聽那邊墻下有人長歎之聲。大家明明聽見，都竦然疑畏起來。賈珍忙屬聲叱吒，問：「誰在那裏？」連問幾聲，沒有人答應。……一語未了，只聽得一陣風聲，竟過墻去了。恍惚聞得祠堂內槅扇開闔之聲。只覺得風氣森森，比先更覺涼颯起來。
>
> 於廳前平臺上列下桌椅，又用一架大圍屏隔做兩間。凡桌椅形式皆是圓的，特取團圓之意。上面居中賈母坐下，左垂首賈赦、賈珍、賈璉、賈蓉，右垂首賈政、寶玉、賈環，賈蘭，團團圍坐。只坐了半壁，下面還有半壁餘空。賈母笑道：「常日倒還不覺人少，今日看來，還是咱們的人也甚少，算不得甚麼。想當年過的日子，到今夜男女三四十個，何等熱鬧。今日就這樣，太少了。」（《紅樓夢》，第七十五回，頁 1180～1182）

從第一段文字分析，中秋是闔家團圓的重要時刻，本應充滿歡愉、喧囂的佳節氣氛。但是寧國府在中秋前夜，由賈珍率領妻妾同歡時，牆邊竟然傳來長嘆、祠堂窗扉有開闔之聲，使眾人察覺四周染上陰冷的色彩。足見作者在此運用冷熱對比的筆法，將中秋團圓的熱鬧意象，與長嘆、風吹等陰冷意象對舉，呈現賈府家道面臨衰敗的徵兆。

第二段文字則是中秋當晚，榮府團聚合族親眷的場面，雖然與往日相較

之下賈赦、賈政難得出席家宴，展現祖孫四代同堂的大團圓之景。尤其作者更細膩刻劃桌椅的樣式，無不凸顯家族團聚的溫馨氣氛。但是從賈母所云「想當年過的日子，今夜男女三四十個，何等熱鬧！今日那有那些人？」一句，便知賈府人丁逐漸蕭條，從原先中秋家宴四、五十人團聚的盛大場面，如今僅剩男女不過十餘人的蕭條光景，呈現今非昔比的傷感之狀。是知作者在中秋敘事內，並非單純將意象和事件對比，而是能透過人物對往昔的追思，以中秋家宴為媒介，比較往日人丁繁盛的景象，和今時親族凋零的窘境，呈現出昔熱今冷的畫面，以刻劃封建世族的沒落。

可見《金瓶梅》作者妥善運用時間與空間的共生特性，在特定的節令中詳細刻畫空間的細節，製造出與節令意象或不同時間的冷熱對比，傳達深刻的哲理寓意。舉凡《醒世姻緣傳》、《林蘭香》和《紅樓夢》皆有繼承的痕跡，用以凸顯作者欲傳達的思想或小說的敘事主軸。但是《金瓶梅》作者運用的手法並非一致，而是隨著與空間比較的對象相異而有所分別，造成各小說作者沿襲的面相不盡相同。《醒世姻緣傳》利用元宵狂歡的意象和多重事件對比，呈現晁家大難臨頭的徵兆。《林蘭香》則是連續對比不同時間中耿府度過重陽的場面，藉由先熱後冷的敘事顯示人丁凋零的衰敗之象。《紅樓夢》則兼容兩種不同的敘事筆法，透過中秋敘事中榮、寧二府團聚的描寫，同時彰顯賈府將衰的預兆及家族興衰的今昔對比。

小結

《金瓶梅》是明清小說的創作高峰，舉凡宗教、文化、飲食、穿著等庶民生活風貌，無一不是明代社會的投影，引起後世小說創作者的關注與效仿。雖然《金瓶梅》遺留後世的藝術價值眾多，但是從敘事技巧而論此書開創以家庭日常為核心的敘事主軸，藉由西門慶和妻妾生活的細碎片段，交織出家庭敗落的始末，令平凡的家庭生活具有不平凡的社會意義，此乃前代小說未曾觸及的一大貢獻。

因為小說的篇幅有限，作者如何有效的一方面呈現人物生活的細節，另一方面拼湊家道由興起至衰亡的過程，是家庭小說創作上的一大難題。《金瓶梅》作者著眼於時間布局的重要性，在虛擬的日常時間中置入特殊的刻度，用以凸顯家道發展的重大事件，不僅製造家庭小說必要的情節高潮，更能呼

應並串聯敘事主軸。筆者彙整本文第貳至四章的論述成果,將《金瓶梅》歲時節令書寫的特色分為三項,即節令鋪排的敘事結構、節令和生日重疊、時空營造的冷熱對比。透過三項特色的交互使用,小說分別能夠達到完整敘述、情節推動、深化意涵三樣敘事功能,足以在有限的篇幅中,清楚鋪陳西門府由盛轉衰的過程。

歲時節令書寫既然是《金瓶梅》重要的敘事特色,則以此書在中國小說史的崇高地位,是否影響後世家庭小說,是值得深入探討的議題。本章以繼《金瓶梅》之後的三本重要長篇家庭小說——《醒世姻緣傳》、《林蘭香》、《紅樓夢》為比較對象,考察內容是否沿襲或新創之處。筆者將各書情形臚列於下表,以便讀者交互比對:

表八:《金瓶梅》歲時節令書寫發展一覽

書　名	節令鋪排的敘事結構	節令與生日刻意重疊	時空營造的冷熱對比
《金瓶梅》	以元宵、端午、中秋、重陽、春節(除夕)、清明六節令構築西門府的興衰歷程,分別對應興起、外患、內憂、中衰、衰敗、總結六階段。	作者安排李瓶兒、韓愛姐、吳月娘三人生於元宵、端午、中秋三節令,透過節令意象和人物命運的緊密連結,作為情節推動的關鍵。	以空間為基礎,分別與時間或空間進行對比。前者如西門慶死於春節期間,乃諷刺其人死非得時;後者如西門府兩次墓祭,藉由不同時間的清明景象,呈現西門府興衰的境況對照。
《醒世姻緣傳》	無	無	以元宵遇劫的事件,宣揚晁家大禍臨頭的警訊。
《林蘭香》	內容雖然出現春節、元宵、清明、端午、中秋、重陽六節令,但是礙於沒有節令,足以代表明確的起始和終結階段,因此無法形成完整的家道發展歷程。	作者安排茅大剛和燕夢卿生於春節、林雲屏生於中和、耿朗生於重陽,多數乃係透過節令意象,進一步強調人物的性格與生平。	在不同時間的重陽敘事中,逐漸弱化耿府歡度佳節的氣氛;隨著主要人物分別離世,傳達繁華亦逝的感慨。
《紅樓夢》	以春節、元宵、端午、中秋、除夕、清明六項節令代表賈府的興衰歷程,分別對應興起、鼎盛、禍患、凋零、衰敗、總結六階段。	作者安排元春生於春節、探春生於清明、巧姐生於七夕,透過節令意象和人物命運的緊密連結,作為情節推動的關鍵。	分別透過中秋期間寧府聞異兆、榮府憶過往兩段情節,一方面象徵家道將衰,另一方面呈現今昔對比。

　　從上表比較《金瓶梅》和各小說的內容，共可歸納出兩項重點：第一，除了《紅樓夢》以外，其餘家庭小說皆未完整沿襲《金瓶梅》歲時節令書寫的特色。例如《醒世姻緣傳》的敘事主軸以宣揚果報為主，在情節的鋪排上並未特別凸顯晁家或狄家的家道發展，因此節令不僅是作為反映果報的特殊時刻，不具象徵家道發展階段的功用。所以在《金瓶梅》歲時節令書寫的三項功能中，《醒世姻緣傳》缺少以節令作為敘事結構和人物生日的兩項特色。然而亦因果報的存在有賴於節令意象的襯托，《醒世姻緣傳》作者延續冷熱對比的敘事筆法，以元宵狂歡的意象襯托災變出現的不祥預兆，凸顯晁家素行不善而大禍臨頭的警兆，故《醒世姻緣傳》在創作上，依舊出現沿襲《金瓶梅》的跡象。

　　《林蘭香》繼承《金瓶梅》的程度遠過於《醒世姻緣傳》，僅因沒有節令足以代表耿府家道的起始和終結，無法形成完整的敘事結構。因為《林蘭香》的創作動機在於描述傳統佳人的生命歷程，以至於家道發展的線索並非作者亟欲撰寫的情節，造成耿府的家道發展的軌跡模糊不清。但是仔細探索《林蘭香》運用節令的方式，可以發現作者依然在少數節令中呈現意象和家道的關聯片段，例如端午代表家庭衝突的產生、中秋象徵家庭團圓的缺憾。由此可見，《林蘭香》在敘事結構上依舊繼承《金瓶梅》的特色，並未忽略由節令架構敘事主軸的重要性。

　　第二，後世家庭小說在沿襲《金瓶梅》歲時節令書寫特色的同時，亦衍生出各自的敘事特色或功能。例如《林蘭香》作者雖然安排書中人物的生日和節令重疊，卻非遵循《金瓶梅》以人物命運推動情節的作法，而是以節令的意象，強調或突顯人物的生平和特色。諸如燕夢卿生於春節，代表其人乃府中妻妾首善之人。抑或林雲屏生於中和，乃係透過太陽崇拜，襯托其於府中正妻的地位，顯示《林蘭香》從《金瓶梅》蛻變的跡象。

　　《紅樓夢》的歲時節令書寫相較於《醒世姻緣傳》及《林蘭香》，無論在任一方面皆更貼近《金瓶梅》的敘事模式，甚至展現超越《金瓶梅》的敘事技巧。例如在敘事結構上，《金瓶梅》的除夕敘事由於篇幅過短的關係，僅能被納入廣義的春節中，一併象徵西門府家道的終結。但是在《紅樓夢》中，春節和除夕的敘事功能各自獨立，分別呼應賈府家道的起始和終結，絕無混同的可能，並且能夠擔當家道起始和終結的階段，真正顯示家道由盛轉衰的循環歷程。另外由於兩者出現的節令不一，造成對於相同節令所代表的家道階段

有所差別。以中秋為例，《金瓶梅》的中秋敘事佈滿妻妾衝突的情節，當是西門府家道中內憂的階段；《紅樓夢》的中秋敘事則是充滿對於對於往日的追思，以此作為家庭崩解、人丁凋零的環節。凡此種種細微的改變，皆可看出《紅樓夢》沿襲和新變之處。

　　是知《金瓶梅》的歲時節令書寫對於後世家庭小說的影響深遠，縱使並非所有小說皆完整繼承其中特色，卻無小說能夠完全脫離此種敘事模式。即便小說如《林蘭香》和《紅樓夢》或見自出機杼之處，亦有賴於《金瓶梅》的奠基之功。值得注意的是，在本文所舉例的三本家庭小說中，又以《紅樓夢》的歲時節令書寫與《金瓶梅》相近，遠非《醒世姻緣傳》和《林蘭香》可及。因此繼《金瓶梅》之後，《紅樓夢》能夠再創家庭小說或人情小說的高峰，從歲時節令運用的議題分析，《金瓶梅》的功勞不容置疑，實為後世家庭小說開闢嶄新的敘事題材和創作技巧。

第六章　結　論

　　《金瓶梅》是中國人情小說的典範，作者蘭陵笑笑生（？～？）筆下的虛擬世界，無不脫胎自明代庶民社會的世情百態。舉凡書中所提及的文化、宗教、飲食等生活細節，皆是當時百姓日常生活的投影，因此在正式的史傳著錄之外，《金瓶梅》無疑是明代風土民情的最佳寫照。

　　除此之外，《金瓶梅》作為明清長篇小說的重要代表，作者所運用的敘事技巧，是後代創作者效仿的楷模，誠如曹煒和寧宗一所云：「《金瓶梅》善於細膩地觀察事物，在寫作過程中追求客觀的效果，追求藝術的真實。」〔註1〕《金瓶梅》以西門慶及妻妾相處的日常生活為主軸，還有與親眷、官吏、娼優等人物的互動過程，共同建構龐大而繁複的情節網絡。作者以細膩的文學筆觸、深入的社會觀察，逐步勾勒書中人物獨一無二的臉譜和生命，因此在藝術成就上取得極高的成就。

　　回顧自二十世紀以來《金瓶梅》研究的發展，自從 1924 年魯迅在《中國小說史略》，呼籲《金瓶梅》的重要性以來，逐漸引起學界的關注並紛紛投入研究的行列，甚至形成一股「金學」的熱潮，至今累積大量且可觀的成果。據吳敢於《20 世紀《金瓶梅》研究史長編》指出，二十世紀的《金瓶梅》研究在 1924～1949 年由於詞話本問世，學界的研究以作者、版本、年代、語言等考據議題為主，奠定後人對於《金瓶梅》的基礎認知。以此為前提，往後的金學研究能夠突破小說的文字框架，聚焦於小說內容所乘載的歷史信息如社會

〔註1〕曹煒、寧宗一：《《金瓶梅》的藝術世界》（臺北：文史哲出版社，2002 年），頁 15。

風俗、時代精神等面向，甚至能夠形成跨領域研究，促使《金瓶梅》成為古典小說研究的顯學。〔註2〕

在這樣的研究洪流之下，《金瓶梅》的相關研究至今漸趨飽和，後進學者欲跨越前人成果而自出機杼絕非易事，甚至容易陷入蹈襲他人的危機，實是現今金學研究的一大困境。但是此種現象，並不代表今人不宜繼續從事《金瓶梅》研究；相反的若能夠在前人的基礎之上深入探討，我們亦能拓墾《金瓶梅》研究的視野。筆者的研究動機便是以此思維展開，得益於浦安迪（Andrew H. Plaks）在《中國敘事學》提出：

> （《金瓶梅》）作者不厭其煩地描寫四季節令，超出了介紹故事背景和按年月順序敘述事件的範圍，可以說已達到了把季節描寫看成了一種特殊的結構原則的地步。如果我們注意到作者描寫景物時特別突出冷和熱不斷交替的原理，這種季節性的框架結構就顯得更為明顯。……我們不難察覺，西門慶家運的盛衰與季節循環的冷熱息息相關。〔註3〕

此段文字明確指出，歲時節令是《金瓶梅》獨特的存在，因為若干節令不斷出現於情節之中，並藉由冷熱交替的原則形成特殊結構，能夠指引西門府家道的發展。浦安迪闡釋歲時節令和西門府家道的關聯，並以元宵作為例：

> 在一年四季的周期循環理，不少最「熱」的場景都被安排在最寒冷的幾個月份裡，而在中國傳統的習慣裡，這些月份又恰巧是人們最熱衷於尋歡作樂的節令。這一章法的原理也許能局部地解釋為什麼「元宵節」在明清文人小說家的眼裡特別富有魅力。〔註4〕

《金瓶梅》作者利用冷熱交替的技巧，將小說中最熱鬧的場景安排在最寒冷的節令，不僅扣合中國傳統社會的生活習慣，更可透過元宵的文化意象別有寄託。

浦安迪提供《金瓶梅》歲時節令研究的雛形，即作者在特定的節令中指示西門府家道的走向，形成完整的敘事結構。但是隨之而來的問題有待後人深入分析：《金瓶梅》共提及十五種節令，是否所有節令皆能成為敘事結構的

〔註2〕吳敢：《20世紀《金瓶梅》研究史長篇》（上海：文匯出版社，2003年），頁3～5。
〔註3〕浦安迪：《中國敘事學》（北京：北京大學出版社，2018年），頁102～103。
〔註4〕浦安迪：《中國敘事學》，頁103。

一環？作者所選定的節令具有何種人文意象，在西門府的家道發展中又擔當何種階段？作者為了建立此種特殊的敘事結構，是否運用特殊的技巧，或者有無影響後世小說的創作？此三項問題皆是從《中國敘事學》衍生而來，凝聚成本文的問題意識，也是章節安排的構想來源。筆者於第二至四章中，分別探討《金瓶梅》春季至冬季節令的節俗和文化意象的關聯，以及作者在各式節令書寫中所運用的敘事技巧。第五章則上承前三章的論述成果，首先總結《金瓶梅》歲時節令書寫的藝術特色，並以三本重要的長篇家庭小說——《醒世姻緣傳》、《林蘭香》、《紅樓夢》為比較對象，分析《金瓶梅》對於三者的影響。

第二章分析《金瓶梅》冬、春二季的節令，以除夕、春節、元宵及清明四者為探討對象。在此四項節令之中，除夕作為冬季中唯一和西門慶家道相關的節令，卻因在小說中篇幅過短不足以專章論述。故筆者遵從傳統社會對於春節的廣泛定義，將除夕併入春節共同析論。春季和冬季是歲時的開端與終結，在氣候變遷的主導下，萬物的生命經過寒冬的摧折而宣告止息，直至春季暖風吹拂下再次重生，共同構成生命的無限循環。西門慶的家道在由氣候形成的冷熱交替下，跟隨節令的變遷表現出由盛轉衰的歷程。

除夕和春節敘事在《金瓶梅》中由團聚、祭祀、拜年三樣節俗構成，作者以精煉而細膩的筆法，勾勒西門府忙年的盛況，在時間和空間中無不飄逸吉慶而喧囂的氣氛，彰顯出西門慶前途無量的順遂光景。但是在如此神聖而吉祥的時空下，卻出現大量西門慶姦淫婦女的情節，作為西門慶將死於縱慾的警兆。可見作者有意透過春節吉慶的意象為對比，襯托和諷刺西門慶死非得時的報應，同時宣告西門府家道的敗落。

元宵具有展望未來以及狂歡作樂的功能，《金瓶梅》的相關敘事中充滿西門府奢靡富庶的吃穿用度，藉由觀賞花燈、施放煙火、走百病三項活動，彰顯太平興盛的佳節場景。作者將李瓶兒的生日安排於元宵，正欲藉由李瓶兒嫁入西門府和生子官哥的事件，實質上為府中帶來鉅額的財富及血脈的延續，開啟西門慶平步青雲的光明前景。另外作者亦透過元宵當夕，西門府與獅子街放煙火的景象，側面烘托西門府的殷實家境，因此元宵的存在，乃象徵西門府家道的全盛階段。

清明本是傳統二十四節氣之一，由於吸收日期相近的寒食節俗，形成百姓慎終追遠和郊外踏青的最佳時機，屬於兼容冷熱性質的特殊節令。《金瓶梅》

的清明敘事出現盪鞦韆、墓祭和踏青三種節俗，其中作者著眼於墓祭和踏青的意義，透過清明的場景呈現西門府前盛後衰的家道對比。墓祭方面，作者描述西門府兩度上墳的人潮和排場，以冷熱對比的筆法，凸顯西門府昔盛今衰的光景。踏青方面，則利用孟玉樓改嫁李衙內的事件，傳達西門慶淫人妻女的報應。即知清明敘事的重點在於強調今昔之感，繼眾節令之後總結西門府的故事。

第三章討論《金瓶梅》夏季節令，以端午為主要對象。夏季的到來一掃春季殘留的寒氣，乃是歲時最燠熱的階段。但是當時序演進至仲夏，隨著白晝時間逐漸縮短令陰氣孳生，造成陽氣和陰氣失調的現象，萬物莫不籠罩在死亡的陰影之下。端午位於仲夏時節，自然繼承凶險、不吉的人文意象，自古被視為大凶之日。《金瓶梅》的端午敘事臚列絨線符牌、各色紗小粽子、解毒艾虎兒，與飲雄黃酒及解粽等節俗，皆是古人順應天時，所產生的節令用品和飲食，具有驅除邪祟或醫治惡疾的功效。

由於端午的惡日意象十分鮮明，作者便以看似平凡且瑣碎的事件為前導，昭示後續事變的產生，諸如西門慶毒弒武大而遭武松追殺、受楊提督失誤兵機而險被牽連。這些災難皆是由外部侵襲西門府，甚至數度威脅西門慶的身家性命。為了區別中秋節間的家庭糾紛，筆者以「外患」一詞總括端午敘事的意義，代表西門府的家道在歷經繁華後遭受打擊。除此之外，作者善用端午節俗的避邪功能，安排韓愛姐的生日在端午，以其從良守貞而終得善終的人生，對比潘金蓮、李瓶兒等人不得好死的結局，呼籲世人知過能改的重要性。

第四章探討《金瓶梅》的秋季節令，聚焦於中秋和重陽兩大節令。秋季處於夏季和冬季的交會點，不僅是陽氣和陰氣衝突的時刻，亦是氣候由暖趨寒的過渡階段，造成萬物的生命迎向終結。古人秉持順天應時的生活原則，多在秋季舉行戰爭和處刑，導致此時瀰漫不祥而肅殺的氣氛。但是對於傳統農業社會而言，秋季也是收穫和休耕的時節，百姓可以運用此段時間從事娛樂活動。因此秋季是冷熱衝突的季節，具有濃厚的矛盾性質。

中秋是團圓的重要節令，雖然《金瓶梅》僅簡略提及賞月的節俗，此日所發生的事件依舊與家庭關係密切。因為中秋也是西門慶正房吳月娘的生日，作者力圖塑造其為賢妻良母的典範人物，卻運用二律被反的方式，處處透漏吳月娘人格的矛盾性。最有力的證明當在中秋期間，西門府發生多起妻妾糾

紛或家庭事故，吳月娘多數採取漠視、妥協或苟且的方式處置，呈現治家無方的弊端，與陰險狡詐的人格。因此繼端午的外患之後，中秋敘事的意義在於「內憂」，以家庭產生的諸多紛爭和衝突，進一步將西門府引推入敗落的結局。

重陽所在的九月九日乃陽數之極，在傳統的歲時觀中，亦是陰陽交惡的時刻，是繼端午之後另一惡日，呈現中衰的意象。《金瓶梅》的重陽敘事與李瓶兒息息相關，作者既以李瓶兒作為影響西門府家道的關鍵人物，遂利用其病發重陽的事件，象徵西門府家道的重大轉折。因此在李瓶兒身亡之後，作者屢屢安排其向西門慶託夢的情節，透漏西門慶將死的預兆，以此宣告西門府家道覆亡的結局。是知在端午和中秋的外患內憂接連侵襲之後，重陽敘事代表西門府家道中衰的階段，呼應接下來春節敘事的敗落意義。

第五章總結第二至四章的論述成果，歸納《金瓶梅》歲時節令書寫的藝術特色，並進一步探討此書對於後世長篇家庭小說的影響力，具有承先啟後的意義。據筆者淺見，《金瓶梅》歲時節令書寫的特色可以分成三類：第一為以節令構成的敘事結構。由於《金瓶梅》須在有限的篇幅內，完整呈現家庭覆亡的經歷，作者便以特定的節令在情節中反覆出現，運用節令獨特的文化意象和特定事件重合，有效彰顯西門府家道發展的各項階段並予以串聯。根據筆者分析的成果，西門慶的家道發展共分為鼎盛、外患、內憂、中衰、敗落、結束六大階段，正可與春節等六節令相對，展現和物候變遷呼應的興衰過程。

西門府的故事起始於元宵，透過西門慶和親友縱情享樂的過程，可以看出西門府家道正值鼎盛階段，展現出前途無量的氣勢及光景。但是自端午開始，大小禍患接連由外侵襲西門府，甚至屢次危及西門慶的仕途和身家，幸而仰賴府中雄厚的財勢，與寬廣的人脈化險為夷。然而在中秋期間所發生的家庭紛爭，暴露出西門慶與吳月娘治家無方的事實，導致家破人亡的悲劇和醜聞不斷產生，由家庭內部撼動西門府顯耀一時的根基及名聲。因此時序至重陽之際，西門府家道雖然依舊維持繁榮的表象，卻已顯露些許衰敗的跡象。直到春節期間由於西門慶暴病身亡，導致西門府家業一蹶不振，正式宣告家道衰敗而難以挽回。最後作者以西門府清明墓祭的情節作結，以鮮明的冷熱對比回顧西門府前盛後衰的家道發展，傳達繁華易逝與世情冷暖的無限感慨和忠告。

　　第二是節令和人物生日特意重疊，作者有意將重點人物的生日安排在特定節令，強化節令意象對於情節推演的重要性。即透過人物的人格特質或生命歷程，實質影響西門府家道發展的走向，對於情節布局具有重要的作用。檢視《金瓶梅》的人物生日，作者擇定元宵、端午、中秋三大節令，分別作為李瓶兒、韓愛姐及吳月娘的生日，凸顯三人在情節中所象徵的寓意。首先在西門府家道的發展階段中，元宵因具有展望未來的隱喻，而被視為繁榮昌盛的境遇。作者乃以李瓶兒生於元宵為媒介，為西門慶帶來雄厚的嫁妝和久盼的子嗣，立下西門慶飛黃騰達的基礎。是知李瓶兒在小說中是富饒的象徵，尤其在元宵敘事中，作者極力刻劃西門府豪奢極侈的吃穿用度，徹底彰顯李瓶兒所帶來的繁榮光景。然而正因李瓶兒身為西門府興旺的指標人物，所以她的早逝亦宣告西門府榮景的落幕，埋下家道衰敗的伏筆。

　　端午是歲時的大凶之日，導致邪祟和疾病瀰漫世間，大肆侵襲人體而造成傷害。因此在端午的節俗裡，艾草不僅是避邪的主要用品，更是醫療疾病的必備藥物。韓愛姐生於端午便和艾草緊密連結，可將其名中愛字與艾字通同。與潘金蓮、李瓶兒、龐春梅等重要人物相較，韓愛姐出現在情節的次數雖不多見，卻是全書難得的節婦代表。雖然韓愛姐從翟謙妾室的身分淪落為娼妓，於理已違背傳統的貞節觀念，但是其自陳經濟死後立誓不嫁，甚至不惜毀容為尼。對應潘、李等人耽溺情慾而不得善終的下場，韓愛姐知過能改以得善終的結局正是醫治眾生的艾藥，徹底彰顯作者勸化世人的最終寓意，引出最後由普淨禪師超渡眾生的圓滿結局。

　　中秋是團聚的重要節令，顯示中國社會重視家庭倫理和宗族團結的重要觀念，因此吳月娘以西門慶正室之尊生於中秋，自然肩負協和內眷與整飭家風的重責。然而在《金瓶梅》五度的中秋敘事裡，作者著力描寫家庭失和與家醜外揚的事件，在在暴露吳月娘寵溺晚輩、治家無方的嚴重過失，足見作者有意藉此宣揚妥善持家的重要性。雖然這些中秋期間所發生的家庭衝突看似尋常，卻在日後發生無法弭補的多重悲劇，嚴重影響西門府的家道發展，間接導致敗落的節局。

　　第三乃時空營造的冷熱對比，作者妥善利用時間和空間的共生特性，在特定的節令中仔細刻畫空間的布置或景象，製造出鮮明的冷熱對比，用以傳達作者的思想或哲理。在《金瓶梅》的情節中，作者分別利用空間和節令的人文意象，或不同時間中的相同空間進行冷熱對比，凸顯特定的創作思維。

前者如小說第七十八回的春節敘事，西門府的室內空間具有濃厚的吉慶氣氛：

> 看看到年除之日，窗梅痕月，簷雪滾風，竹爆千門萬戶。家家帖春
> 勝，處處挂桃符。……到次日，重和元年新正月元旦，西門慶早起，
> 冠冕穿大紅，天地上炷了香，燒了紙，吃了點心，備馬就出去拜巡
> 按賀節去了。月娘與眾婦人，早起來施朱付粉，插花插翠，錦裙繡
> 襖，羅襪方鞋，妝點妖嬈，打扮可喜，都來後邊月娘房內，廝見行
> 禮。……後邊大廳擺設錦筵卓席，單管待親朋。花園卷棚，放下氈
> 幃暖簾，鋪陳錦裀繡毯，獸炭火盆，放著十卓，都是銷金卓幃，妝
> 花柳匈，寶妝菓品，瓶插金花，筵開玳瑁，專一留待士大夫官長。
> 〔註5〕

從這段文字中，可以看出作者不僅點出傳統的節俗陳設，如爆竹、春勝、桃符等物，更意圖以大量奢華的家私擺設，襯托出萬象更新的新春氣象。從西門府在春節間的時空描述而論，整體文字傳達出西門府沐浴在吉慶的庇護之下，呈現家業鼎盛的繁榮光景。

然而就在如此吉利的氣氛之中，作者卻有意運用環境的變動，促使西門慶步入暴卒的悲劇。第七十九回即敘述西門慶自王六兒處返家的歷程，清楚表現環境的敘事作用：

> 那時也有三更時分，天氣有些陰雲，昏昏慘慘的月色，街市上靜悄
> 悄，九衢澄淨，鳴柝唱號提鈴。打馬正過之次，剛走到西首那石橋
> 兒根前，忽然見一個黑影子，從橋底下鑽出來，向西門慶一拾，那
> 馬見了只一驚躲，西門慶在馬上打了著個冷戰。（《金瓶梅》，第79
> 回，頁1376）

此處將場景置於三更的街衢之中，並特別點出天色和月象的變化，渲染出沉默而不祥的氣氛。甚至有不明的黑影突然出現，侵襲西門慶和坐下馬匹造成驚嚇，無不顯示環境的穢惡不堪。足見作者有意使用冷熱對比的敘事筆法，傳達西門慶死非得時的報應。

後者則存在於《金瓶梅》的兩度清明敘事之中，在小說第四十八回與第八十九回中，西門府兩度於清明當日進行墓祭，作者敘事的重點聚焦在環境

〔註5〕〔明〕蘭陵笑笑生：《金瓶梅詞話》第七十八回，見梅節校訂：《夢梅館校本金瓶梅詞話》（臺北：里仁書局，2007年），頁1338～1339。以下引用本書，為免冗蕪之累，均採隨文引注方式。

之上，呈現截然不同的新春氣象。試觀第四十八回的墓祭場面：

> 官家請了張團練、喬大戶、吳大舅、花大舅、吳二舅、沈姨夫、應
> 伯爵、謝希大、傅伙計、韓道國、雲離守、賁地傳、並女婿陳經濟
> 等，約二十餘人。堂客請了張團練娘子、張親家母、喬大戶娘子、
> 朱臺官娘子、尚舉人娘子、吳大妗子、二妗子、楊姑娘、潘姥姥、
> 花大妗子、吳大姨、孟大姨、吳舜臣媳婦鄭三姐、崔本妻、段大姐、
> 並家中吳月娘、李嬌兒、孟玉樓、潘金蓮、李瓶兒、孫雪娥、西門
> 大姐、春梅、迎春、玉簫、蘭香，奶子如意兒抱著官哥兒，里外也
> 有二十四、五頂轎子。……從清早晨，堂客都從家裡取齊起身，上
> 了轎子，一路無辭。出南門，到五里原祖墳上，遠遠望見青松鬱鬱，
> 翠柏森森。新蓋的墳門，兩邊坡峰上去，周圍石墻，當中甬路。明
> 堂神臺、香爐、燭臺，都是白玉石鑿的。（《金瓶梅》，第48回，頁
> 709～710）

作者不嫌繁瑣的臚列大量賓客名單，欲以人潮凸顯西門氏墓祭的龐大規模，
烘托出西門慶廣闊的人脈及不凡的權勢。相較之下，作者描繪周遭景物的文
字簡略而單調，僅以「青松鬱鬱，翠柏森森」、「周圍石墻，當中甬路。明堂神
臺、香爐、燭臺，都是白玉石鑿的」數句草草帶過，完全無法展現春光爛漫的
絕好風景。

但是在第八十九回中，作者描繪環境的筆力和焦點有所改變，極力勾勒
清明時春光爛漫的景致：

> （吳月娘）帶了孟玉樓和小玉，並奶子如意兒，抱著孝哥兒，都坐
> 轎子，往墳上去。又請了吳大舅和大妗子老公母二人同去。出了城
> 門，只見那郊原野曠，景物芳菲，花紅柳綠，仕女游人不斷頭的走
> 的。一年四季，無過春天最好景致：日謂之麗日，風謂之和風，吹
> 柳眼，綻花心，拂香塵；天色暖謂之暄，天色寒謂之料峭；騎的馬
> 謂之寶馬，坐的轎謂之香車，行的路謂之香徑，地下飛的土來謂之
> 香塵；千花發蕊，萬草生芽，謂之春信。（《金瓶梅》，第89回，頁
> 1517）

此次上墳的人數由於西門府敗落而銳減，從原先四十餘人的規模變成吳月娘
等八名親眷，導致描寫人潮的筆墨無法有所延伸。反觀描繪環境的段落大為
增長，作者極力刻劃清明郊野的花草大觀，從細微的「柳眼」、「花心」，到顯

著的「麗日」、「和風」，皆可看出作者凸顯時空變遷的用心。

　　兩段文字相較之下，不難看出空間變化在清明敘事中所具有的重要性。首次墓祭的時機乃西門慶顯耀之際，所謂的熱鬧皆是由人群所渲染，環境反而黯淡無光。第二次墓祭在西門慶新亡之後，祭祀的人數雖然不如以往，周遭的風景卻明豔異常。因此造成兩度清明敘事的差異乃西門府的家道，隨著西門府的家道發展從盛轉衰，郊外環境亦隨之由單調變成明媚，呈現空間中鮮明的冷熱對比。可見作者有意以此批判西門慶的惡行惡狀，顯現地方豪強發跡暴富並迅速衰敗的無常世態。

　　歲時節令書寫既然是《金瓶梅》重要的藝術特色，後世小說的創作者應當有所仿擬或沿襲。尤其《金瓶梅》開創以家庭日常為敘事主軸的小說類型，對於家庭小說的影響必然深遠。因此筆者以清代三部重要的長篇家庭小說——《醒世姻緣傳》、《林蘭香》、《紅樓夢》為比較對象，探討三者是否繼承《金瓶梅》的敘事特色。根據筆者交相比對的成果，此項議題可從兩種方向著手分析。第一，除了《紅樓夢》以外，《醒世姻緣傳》和《林蘭香》的歲時節令書寫皆未完整沿襲《金瓶梅》的敘事特色。《醒世姻緣傳》以宣揚因果報應為全書旨要，並未以晁家或狄家的家道發展為敘事主軸，因此節令的存在僅是凸顯報應的到來，未能形成一具體的敘事結構。除此之外，《醒世姻緣傳》中人物多數具有明確的生日日期，但是與節令重疊者僅有陪襯人物公亮，顯示小說未曾以此推動情節線索的推移。《林蘭香》和《金瓶梅》的相異之處則在敘事結構部分，前者由於以勾勒傳統悲劇女子的才性風貌為主題，耿府家道發展相關敘述，反居其次而不甚明朗。因此縱使作者在若干節令敘事中確實有意沿襲《金瓶梅》的敘事技巧，將節令的人文意象與事件的產生進行媒合以闡述耿府家道的發展階段，卻因缺乏脈絡的整體性而終究無法形成敘事結構。

　　第二，後世家庭小說因襲《金瓶梅》藝術特色的同時，不拘泥於《金瓶梅》原有的敘事模式，演變成各自獨特的歲時節令書寫。諸如在《林蘭香》的人物群像中，燕夢卿、林雲屏、耿朗的生日分別於春節、中和、重陽三節令。但是有別於《金瓶梅》以人物命運或性格推動情節的作法，《林蘭香》則以節令的意象，烘托人物的性格或地位。例如燕夢卿生於春節，是運用歲首之意彰顯其人美善的人格特質。耿朗生於重陽，乃將此日矛盾而衝突意象，帶入其人反覆多疑的性格。《紅樓夢》則遵循《金瓶梅》以節令象徵家道的敘事結

構，但是在節令的選擇與代表意義上進行置換。例如《金瓶梅》選擇元宵、端午、中秋、重陽、春節、清明等六種節令，代表西門府家道鼎盛、外患、內憂、中衰、衰敗、總結六項階段。《紅樓夢》另行遴選春節、元宵、端午、中秋、除夕、清明六種節令，象徵賈府家道肇始、鼎盛、事變、凋零、衰敗、總結六項階段。兩者相較之下，《紅樓夢》的家道發展比《金瓶梅》更加完整，而且除了元宵、端午、清明所展現的家道發展階段相似以外，其餘節令各自具有不同的意涵，顯示《紅樓夢》繼承與創新之處。

　　是知本文能夠延續並完善浦安迪所提出的《金瓶梅》時間布局議題，藉由完整建構《金瓶梅》歲時節令對於小說創作的重要性，更能說明此項藝術特色對於後世家庭小說的影響所在。尤其是在《醒世姻緣傳》、《林蘭香》、《紅樓夢》三部小說之中，透過比較的結果，能夠明確指出《紅樓夢》繼承《金瓶梅》的情形最為全面，是《醒世姻緣傳》和《林蘭香》所不及。因此《紅樓夢》能在《金瓶梅》之後，創造家庭小說或人情小說的巔峰，實受益於《金瓶梅》的前導與奠基之功。

　　筆者希望透過本文的研究成果，對於現代的《金瓶梅》研究起到補充之用，並且在前人的基礎之上，進一步發掘未來《金瓶梅》研究議題的可能性。但是因為本文的篇幅有限，對於此項議題的論述仍有不足之處，在於筆者討論《金瓶梅》敘事特色對於後世家庭小說的影響所在，礙於相關小說的定義不全而造成數量過多的問題，僅能選擇長篇家庭小說為對象進行探討，以此兼顧定義和篇幅的問題。但是在許多中篇或短篇家庭小說的歲時節令書寫中，是否亦出現繼承《金瓶梅》敘事特色的情形？當有待於日後進一步詳細考察和補充。

參考文獻

一、傳統文獻

1. 〔周〕卜子夏：《子夏易傳》，收入〔清〕永瑢等編《景印文淵閣四庫全書·經部》第 7 冊，臺北：臺灣商務印書館，1986 年。

2. 〔周〕尸佼著，〔清〕汪繼培輯：《尸子》，收入《叢書集成初編》，北京：中華書局，1991 年。

3. 〔周〕左丘明傳，〔晉〕杜預注，〔唐〕孔穎達疏：《春秋左傳正義》，收入〔清〕阮元校輯：《十三經注疏》第 6 冊，臺北：大化書局，1989 年。

4. 〔漢〕司馬遷著，〔南朝宋〕裴駰集解，〔唐〕司馬貞索隱，〔唐〕張守節正義，〔日〕瀧川龜太郎考證：《史記會注考證》，高雄：復文圖書出版社，1997 年。

5. 〔漢〕班固：《漢書》，臺北：鼎文書局，1983 年。

6. 〔漢〕戴德著，〔清〕王樹枬注：《校正孔氏大戴禮記補注》，收入《續修四庫全書·經部》第 108 冊，上海：上海古籍出版社，2002 年。

7. 〔漢〕司馬遷：《史記》，臺北：鼎文書局，1993 年。

8. 〔漢〕班固著，〔唐〕顏師古注，〔唐〕王先謙補注：《漢書補注》，北京：中華書局，1983 年。

9. 〔漢〕崔寔：《四民月令》，收入《歲時習俗資料彙編》第 1 冊（臺北：藝文印書館，1970 年。

10. 〔漢〕董仲舒：《春秋繁露》，上海：上海古籍出版社，1989 年。

11. 〔漢〕鄭玄注，〔唐〕孔穎達疏：《禮記正義》，收入〔清〕阮元校輯：《十三經注疏》第 5 冊，臺北：大化書局，1989 年。

12. 〔漢〕鄭玄注，〔唐〕賈公彥疏：《周禮注疏》，收入〔清〕阮元校輯：《十三經注疏》第 3 冊，臺北：大化書局，1989 年。

13. 〔晉〕周處：《風土記》，輯入〔北魏〕賈思勰：《齊民要術》，收入《景印摛藻堂四庫全書薈要·子部》第 258 冊，臺北：世界書局，1988 年。

14. 〔晉〕葛洪：《西京雜記》，收入《筆記小說大觀》第 1 冊，揚州：廣陵書社，2007 年。

15. 〔晉〕葛洪：《肘後備急方》，收入《中國古代醫方真本秘本全集》第 7 冊，北京：新華書店，2004 年。

16. 〔晉〕周處：《風土記》，收入〔清〕陳夢雷等編：《古今圖書集成·歲功典》第 3 冊，臺北：鼎文書局，1977 年。

17. 〔魏〕曹丕：〈九日與鍾繇書〉，收入〔清〕嚴可均編：《全三國文》，輯入文懷沙主編：《四部文明·魏晉南北朝文明卷》第 18 冊，西安：陝西人民出版社，2007 年。

18. 〔南朝宋〕范曄：《後漢書》，臺北：鼎文書局，1987 年。

19. 〔南朝梁〕吳均：《續齊諧記》，收入〔清〕永瑢等編：《景印文淵閣四庫全書·子部》第 1042 冊，臺北：臺灣商務印書館，1986 年。

20. 〔南朝梁〕宗懍：《荊楚歲時記》，收入《叢書集成初編》，北京：中華書局，1991 年。

21. 〔唐〕杜佑：《通典》，臺北：新興書局，1995 年。

22. 〔唐〕孫思邈：《千金翼方》，收入蕭天石：《道藏精華》第 13 集之 7，臺北：自由出版社，1989 年。

23. 〔唐〕闕名：《輦下歲時記》，輯入〔宋〕史鑄：《百菊集譜》，收入〔清〕永瑢等編：《景印文淵閣四庫全書·子部》第 845 冊，臺北：臺灣商務印書館，1986 年。

24. 〔後晉〕劉昫等：《舊唐書》，臺北：鼎文書局，1985 年。

25. 〔宋〕高承：《事物紀原》，收入〔清〕永瑢等編：《景印文淵閣四庫全書·子部》第 920 冊，臺北：臺灣商務印書館，1986 年。

26. 〔宋〕張鎡：〈賞心樂事〉，收入《續修四庫全書·史部》第 885 冊，上

海：上海古籍出版社，2002 年。

27. 〔宋〕陳元靚：《歲時廣記》，臺北：新興書局有限公司，1977 年。

28. 〔宋〕蘇軾：《仇池筆記》，收入〔清〕永瑢等編：《景印文淵閣四庫全書・子部》第 863 冊，臺北：臺灣商務印書館，1986 年。

29. 〔宋〕王與之：《周禮訂義》，收入〔清〕永瑢等編：《景印文淵閣四庫全書・經部》第 94 冊，臺北：臺灣商務印書館，1986 年。

30. 〔宋〕史正志：《史氏菊譜》，收入〔清〕永瑢等編：《景印文淵閣四庫全書・子部》第 845 冊，臺北：臺灣商務印書館，1986 年。

31. 〔宋〕吳自牧：《夢粱錄》，收入《全宋筆記》第 8 編，鄭州：大象出版社，2017 年。

32. 〔宋〕周密：《武林舊事》，收入《全宋筆記》第 8 編，鄭州：大象出版社，2017 年。

33. 〔宋〕孟元老著，鄧之誠注：《東京孟華錄錄注》，臺北：世界書局，1999 年。

34. 〔宋〕金盈之：《新編醉翁談錄》，收入《全宋筆記》第 10 編，鄭州：大象出版社，2003 年。

35. 〔宋〕胡仔：《苕溪漁隱叢話》，臺北：長安出版社，1978 年。

36. 〔宋〕劉蒙：《劉氏菊譜》，收入〔清〕永瑢等編：《景印文淵閣四庫全書・子部》第 845 冊，臺北：臺灣商務印書館，1986 年。

37. 〔宋〕贊寧著，富世平校柱：《大宋僧史略校注》，北京：中華書局，2015 年。

38. 〔宋〕蘇軾著，〔清〕馮應榴輯注：《蘇軾詩集》，臺北：學海出版社，1985 年。

39. 〔元〕吳澄：《月令七十二候集解》，收入《歲時習俗研究資料彙編》第 8 冊，臺北：藝文印書館，1970 年。

40. 〔明〕田藝蘅：《留青日札》，收入《續修四庫全書・子部》第 1129 冊，上海：上海古籍出版社，2002 年。

41. 〔明〕李東陽等：《大明會典》，臺北：新文豐出版股份有限公司，1976 年。

42. 〔明〕李時珍：《本草綱目》，新北市：國立中國醫藥研究所，1988 年。

43. 〔明〕高濂:《遵生八箋》,臺北:臺灣商務印書館,1979 年。

44. 〔明〕陸容:《菽園雜記》,收入《明清筆記史料》第 64 冊,北京:中國書店,2000 年。

45. 〔明〕馮夢龍著,徐文助校注:《警世通言》,臺北:三民書局股份有限公司,1983 年。

46. 〔明〕趙錦修、〔明〕張袞篡:《江陰縣志》,收入《天一閣藏明代方志選刊》第 5 冊,臺北:新文豐出版股份有限公司,1985 年。

47. 〔明〕謝庭桂、〔明〕蘇乾:《隆慶志》,收入《天一閣藏明代方志選刊》第 3 冊,臺北:新文豐出版股份有限公司,1985 年。

48. 〔明〕謝肇淛:《五雜組》,上海:上海書店出版社,2001 年。

49. 〔明〕蘭陵笑笑生:《金瓶梅詞話》,見梅節校訂:《夢梅館校本金瓶梅詞話》,臺北:里仁書局,2007 年。

50. 〔明〕蘭陵笑笑生著,〔清〕張竹坡評點,劉輝、吳敢輯校:《《金瓶梅》會評會校》,香港:天地圖書有限公司,2010 年。

51. 〔明〕顧起元:《客座贅語》,收入《叢書集成初編》,北京:中華書局,1991 年。

52. 〔明〕田汝成:《西湖遊覽志餘》,臺北:木鐸出版社,1982 年。

53. 〔明〕李一楫:《月令採奇》,收入《歲時習俗研究資料彙編》第 8 冊,臺北:藝文印書館,1970 年。

54. 〔明〕沈榜:《宛署雜記》,收入中國科學院圖書館編:《稀見中國地方彙刊》第 1 冊,北京:中國書店,1992 年。

55. 〔明〕周履靖:《夷門廣牘》,收入王雲五編:《記錄彙編》,臺北:臺灣商務印書館,1969 年。

56. 〔明〕徐炬:《新鐫古今事物原始全書》,收入《續修四庫全書·子部》第 1237 冊,上海:上海古籍出版社,2002 年。

57. 〔明〕張岱:《陶庵夢憶》,收入《明清筆記史料》第 45 冊,北京:中國書店,2000 年。

58. 〔明〕陳建:《皇明資治通紀》,收入《四庫禁燬書叢刊·史部》第 12 冊,北京:北京出版社,2005 年。

59. 〔明〕劉侗、于奕正:《帝京景物略》,收入張智主編:《風土志叢刊》第

15 冊，揚州：廣陵書社，2003 年。

60. 〔明〕劉若愚：《酌中志》，收入《明清筆記史料》第 98 冊，北京：中國書店，2000 年。

61. 〔清〕富察敦崇：《燕京歲時紀勝》，收入《筆記小說大觀》第 35 冊，臺北：新興書局股份有限公司，1985 年。

62. 〔清〕潘榮陛：《帝京歲時紀勝》，收入《續修四庫全書・史部》第 885 冊，上海：上海古籍出版社，2002 年。

63. 〔清〕西周生：《醒世姻緣傳》，臺北：聯經出版事業公司，1991 年。

64. 〔清〕曹雪芹、高鶚：《紅樓夢》，見馮其庸等校注：《紅樓夢校注》，臺北：里仁書局，1984 年。

65. 〔清〕曹雪芹著，〔清〕脂硯齋評點：《脂硯齋重評石頭記》，臺北：宏業書局，1978 年。

66. 〔清〕隨緣下士著，〔清〕寄旅散人批點：《林蘭香》，收入《古本小說集成》，上海：上海古籍出版社，1994 年。

二、近人論著

1. 白維國：《《金瓶梅》風俗譚》，北京：商務印書館，2016 年。

2. 朱一玄：《《紅樓夢》人物譜》，天津：百花文藝出版社，1997 年。

3. 向愷：《世情小說史》，杭州：浙江古籍出版社，1998 年。

4. 吳敢：《20 世紀《金瓶梅》研究史長篇》，上海：文匯出版社，2003 年。

5. 李永匡、王熹：《中國節令史》，臺北：文津出版社，1995 年。

6. 李道和：《歲時民俗與古小說研究》，天津：天津古籍出版社，2004 年。

7. 周中明：《《金瓶梅》藝術論》，臺北：貫雅文化事業有限公司，1990 年。

8. 段江麗：《禮法與人情——明清家庭小說的家庭主題研究》，北京：中華書局，2006 年。

9 徐志平：《明清小說敘事研究》，臺北：新文豐出版股份有限公司，2014 年。

10. 浦安迪：《中國敘事學》，北京：北京大學出版社，2018 年。

11. 張亞敏：《《金瓶梅》的藝術美》，北京：教育科學出版社，1992 年。

12. 曹煒、寧宗一：《《金瓶梅》的藝術世界》，臺北：文史哲出版社，2002 年。

13. 郭興文、韓養民：《中國古代節日風俗》，臺北：博遠出版有限公司，1989年。

14. 喬繼堂：《中國歲時禮俗》，天津：天津人民出版社，1992年。

15. 黃石：《端午禮俗史》，臺北：鼎文書局，1979年。

16. 楊義：《中國敘事學》，《楊義文存》第一卷，北京：人民出版社，1997年。

17. 詹鄞鑫：《神靈與祭祀——中國傳統宗教綜論》，南京：江蘇古籍出版社，1992年。

18. 趙東玉：《中華傳統節慶文化研究》，北京：人民出版社，2002年。

19. 齊裕焜：《明代小說史》，杭州：浙江古籍出版社，1997年。

20 魯迅：《中國小說史略》，臺北：風雲時代出版股份有限公司，2018年。

21. 蕭放：《歲時——傳統中國民眾的時間生活》，北京：中華書局，2002年。

22. 鍾敬文：《民俗學概論》，上海：上海文藝出版社，1998年。

23. 魏子雲：《《金瓶梅》編年紀事》，新北市：巨流圖書公司，1981年。

三、單篇論文

1. 任訪秋：〈略論《金瓶梅》中的人物形象及其藝術成就〉，收入胡文彬、張慶善編：《論金瓶梅》，北京：文化藝術出版社，1984年。

2. 李亦園：〈寒食與介之推——則中國古代神話與儀式的結構學研究〉，《宗教與神話論集》，臺北：立緒文化事業有限公司，1998年。

3. 李豐楙：〈由常入非常——中國節日慶典中的狂文化〉，《中外文學》第3期（1993年8月），頁116～150。

4. 杜貴晨：〈《金瓶梅》為家庭小說簡論——一個關於明清小說分類的個案分析〉，《河北大學學報（哲學社會科學版）》2001年第4期，頁23～27。

5. 阿英：〈燈市——《金瓶梅》風俗考之一〉，《阿英文集》上冊，香港：生活‧讀書‧新知三聯書店，1979年。

6. 孫遜：〈論《金瓶梅》的思想意義〉，收入胡文彬、張慶善等編：《論《金瓶梅》》，北京：文化藝術出版社，1984年。

7. 張瑞：〈《金瓶梅》的節日描寫與敘事框架〉，《青年文學家》，2011年5月，頁40～43。

8. 陳福智：〈世俗時間——《金瓶梅》的主要時間形式及其意義〉，《輔仁國

文學報》第 37 期，2013 年 10 月，頁 135～174。

9. 路瑞芳、霍現俊：〈《金瓶梅》歲時節令描寫梳理及表現特徵〉，收入黃霖
   等：《第十二屆國際《金瓶梅》學術研討會論文集》，北京：北京圖書館
   出版社，2017 年。

10. 魏遠征：〈歲時節日在《金瓶梅》中的敘事意義〉，《安慶師範學院學報（社
    會科學版）》第 6 期，2004 年 11 月，頁 86～90。

四、學位論文

1. 李琳：《《金瓶梅》歲時節令文學功能研究》（青島：青島大學中國古代文
   學碩士論文，2018 年。

2. 林偉淑：《明清家庭小說的時間研究——以《金瓶梅》、《醒世姻緣傳》、
   《林蘭香》、《紅樓夢》為對象》，臺北：輔仁大學中文研究所博士論文，
   2009 年。

3. 張彩麗：《中國古典通俗小說的節日描寫研究》，開封：河南大學中國古
   代文學碩士論文，2005 年。

4. 詹雅雯：《《紅樓夢》歲時節令研究》，臺南：成功大學中國文學研究所博
   士論文，2014 年。

5. 路瑞芳：《《金瓶梅》歲時節令研究》，石家莊：河北師範大學中國古代文
   學碩士論文，2014 年。

五、網路資源

1. 韻典網：https://ytenx.org/